硬頭姑娘 2

文創風 724

鹿鳴 著

目錄

第三十二章　神婆批命

「大妮，江大夫來了！」

門外，崔景蘭帶著喘息的聲音傳進屋內，崔景蕙原本緊張的情緒一緩，絲毫沒有半點猶豫地撲向門口，看到江大夫揹著藥箱子，正踱著步子走來。

「大妮，別慌！我先進去看看妳娘的情況。」江大夫看到崔景蕙急眉上眼的樣子，忙安撫了一句，跨過門檻，步子又快了幾步，走到床邊。「順子媳婦，煩勞伸出手，讓老夫給把下脈。」

「有勞江大夫了。」李氏有些不好意思地伸出手，任由江大夫探上其手腕處。

不妙，不妙！半頃，江大夫臉色凝重地將手拿開，扭頭回望崔景蕙。「大妮，我們出去再說。」

「好！」看江大夫的神情，崔景蕙心中一咯噔，袖中的手不由得一緊，面帶安撫地看了李氏一眼，這才跟著江大夫出了房門。

「妳娘的情況……唉，我給妳抓兩服藥，妳現在就煎了，給妳娘服下，應該可以緩解病症。我今天晚上不會出診，若有事，妳隨時都可以到藥廬來找老夫。」江大夫也是搖了搖頭。這好不容易從鬼門關裡救回來的人，要是再有點什麼事，就算是神醫在世，只怕也是無力回天了！

「真的已經這麼糟糕了嗎？」崔景蕙喃喃低語了一句，瞬間湧入全身的那種無力感，將她最後的一點信念給擊碎。她只是想要娘好好活著，怎麼就這麼難呢？

腦中昏昏沈沈，可崔景蕙還是要強顏歡笑，以免李氏看出端倪。待伺候李氏吃完藥、睡下之後，她才稍微鬆了一口氣，坐在床邊，呆愣愣地望著李氏那張臉，一時間神思倒是有些恍惚了起來。

待天色盡數暗沈下來後，周氏依舊沒有回來，倒是崔老漢回來時看到崔景蘭焦躁不安地等在院子門口。「蘭子，妳怎麼在這兒？妳阿嬤呢？」

「阿嬤出去了，我也不知道去哪裡了。」崔景蘭有些畏懼地看了崔老漢一眼，畏手畏腳地蹭到崔老漢的面前，也不知該不該說今兒發生的事。

「出去了？這是怎麼回事？」崔老漢看了看外面的天色，心裡倒是有了一絲不好的預感。這個時候出去，不會是出了什麼事吧？

崔景蘭自然是不敢有絲毫的隱瞞，忙將事情說與了崔老漢。「阿爺，您和大妮去墳山的時候，阿嬤跑進了二嬸的屋裡，把二叔和大妮的事都說了。二嬸氣暈過去，又血崩了，剛剛江大夫還來看過了。阿嬤之前看二嬸暈了就跑出去，到現在還沒有回來。」

聽了崔景蘭的話，這還了得？崔老漢只覺心中怒火中燒，猛的一拍身側的門檻。「這個該死的老婆子！實在是……實在是……」崔老漢氣得胸中悶氣難平，胸膛起伏了好一會兒，這才緩過氣來。「蘭子，事情我已經知道了，妳先回去吧！」

「那、那我先回去了！」崔景蘭在此等了好一會兒了，心裡本就懼怕不已，崔老漢這麼說，她自然是巴不得離開了。

崔老漢見崔景蘭回了屋，待在院子裡想了一會兒後，背著手，還是往五進屋的方向走去。

「大妮，妳娘還好吧？」二房屋內並沒有點燈，所以唯有清冷的月色透過窗戶，將屋內照射得影影綽綽，鬱鬱昏沈。

「阿爺，您回來了。江伯已經開了藥，我娘這會兒歇下了，該是沒什麼大問題了。」崔景蕙被崔老漢突如其來的聲音嚇了一跳，側頭望向崔老漢，勾出了一個還不算難看的笑容。

「大妮，妳阿嬤做的事，我已經知道了！妳……妳放心，以後我會看好周氏，絕對不再讓她驚擾順子媳婦的。」崔老漢躬著背，一臉愧疚地看了床上的李氏一眼。若不是因為周氏，順子媳婦何須遭這個罪？

「嗯，那就有勞阿爺了。」崔景蕙淡淡地應承了一句，沒有多說什麼，也不願多說什麼。周氏是她阿嬤，在輩分上，她只是小輩，即便周氏再不慈，自己說的話也不可能對周氏造成過多的影響。畢竟周氏奉養了婆婆，又為崔家誕下兩個兒子，所以無論如何，崔老漢也不可能為著李氏將她休棄。既然明白這個道理，那麼再多激烈指責的言語都是徒勞的，還不如什麼都不說。

崔老漢看崔景蕙這模樣，一時間老臉也是有些掛不住了，張了張嘴，還想說點什麼，只是看著崔景蕙無暇顧及其他，滿心滿眼裡都是李氏的樣子，終究還是搖搖頭，嘆了口氣，晃晃悠悠地出了二房門。

李氏這一覺硬是睡到了子時才堪堪醒來。崔景蕙在睡之前就煎好的第二服藥，也已涼了個透澈，不過讓崔景蕙欣慰的是，原本都是一個半時辰便要醒來一次的承佑，這天夜裡一直都不曾鬧騰。

崔景蕙點了燈，將涼了的藥放小灶上熱著，又查看了一番李氏月事帶上的出血情況，幸好，出血量小了下來，讓崔景蕙不由得鬆了一大口氣。重新幫李氏清洗了下身，又換了乾淨的月事帶，熱著的藥也好了，崔景蕙伺候著李氏將藥喝下後，睡了近三個時辰的承佑卻是醒了。

崔景蕙給承佑換了尿片，便塞進了李氏的懷裡，李氏微微側身摟著承佑，開始餵起奶來。

「娘，餓不餓？」崔景蕙打了個哈欠，本想上床睡，卻想起晚上李氏睡得急了，還未用過晚飯。

「都這個時辰了，別麻煩了。」哺乳期本來就餓得快些，李氏這會兒倒還真是有點餓了。只是想了想，這個時候再去灶房重新弄吃的也太麻煩了。

「沒事，伯娘送了晚飯過來，就放在櫥櫃裡，熱一下就好了！」崔景蕙這會兒還有什麼不明白的?向李氏解釋了一下，然後便將櫥櫃裡放著的一碗肉粥，還有兩個荷包蛋一併拿出來，尋了個能放上小灶的大碗，將肉粥和荷包蛋一併倒了進去。

李氏借著昏黃的燈光望著崔景蕙忙活著，忽然提了句題外話。「大妮，承佑的小名就叫『團團』吧，團圓的團。」

崔景蕙聽到李氏的話，原本伸出去想要探一下大碗溫度的手，在空中頓了一下。她深吸了一口氣，平復掉湧上眼眶的濕意，扭頭對著李氏笑了一下。「嗯，好，就叫團團，團團圓圓！」

另一邊，周氏這會兒在陸山村小周氏的陪同下，正往神婆家裡走去。

「老姊姊，我看妳也是個糊塗的，早在那李氏進門的時候，就該算算命數了。現在可好，順子好好一個大活人就這樣給剋沒了，妳才想起這攤子事!不過也不算太晚，你們老崔家本來就人丁單薄，這要是真跟妳說的，那李氏娘倆都是掃把星的話，還是要早做打算，免得累及子孫輩。」小周氏邊說著邊嘆氣，臉上一副難解的憂愁，完全就是為周氏考慮的模樣。

「老妹妹，都怪我一時間蒙了心眼，怎麼就沒有想起這一茬。要不是昨兒個走上這一遭，怕是我這條老命怎麼去的都不知道了!」聽小周氏這麼一說，周氏心中自然是後怕不已，拉著小周氏，步子又快了幾分，好像晚上幾秒，自己就要折壽了一般。

進了神婆家，只見一個臉上塗著厚厚脂粉的老婦人裝神弄鬼地盤坐在一蒲團之上。

小周氏一臉肅穆地雙手合一，朝神婆行了一禮，周氏趕忙緊隨其後。

「說吧！所求何事？」

這般模樣，倒是讓神婆顯得有些高深莫測了起來。

周氏忙不迭地從李氏懷孕之後的樁樁事兒說起，末了，不免露出一臉唏嘘的表情。

「生辰八字，拿來！」神婆微微掀了眼簾，瞟了周氏一眼，心裡儼然已經有了成算，然後朝周氏伸出了手。

「誰的？」周氏一愣，一時間倒是沒有緩過神來。

倒是身邊的小周氏伸手推了推周氏。「傻呀？那娘倆的生辰八字啊！」

「喔喔！」周氏恍然。不過她來陸山村的本意是躲難的，這生辰八字的字條自然是沒有。雖然字條沒有，她腦子卻是記得的，忙將李氏娘倆的生辰八字說給了神婆聽。

神婆聽到耳裡，又是搖鈴鐺，又是嘴裡神神叨叨的，手舞足蹈，就像是鬼神附身一樣，持續了一刻鐘時間。

就在周氏凝神屏息盯著的時候，神婆突然渾身一顫，然後所有的動作一滯，猛的張開了眼，一臉駭然地望著周氏。

周氏被神婆的目光一嚇，不由得一哆嗦，忙緊張地問道：「神婆，這……我這媳婦、孫子的命理如何？」

神婆沈吟了片刻，露出一臉神秘表情。「妳媳婦不過剋上之命，她父母早已過世，如今她已經成婚生子，這命理也算是破了，不足為慮。」

周氏聽到耳裡，倒是鬆了一口氣，不知道的還以為她多疼李氏呢！「那我孫子？」

「這個……」神婆看了周氏一眼，倒是有些為難了。

小周氏看到神婆那樣，頓時一臉心領神會地從懷裡掏出了一個荷包，從裡面摸出十個銅板，塞進神婆的手裡。「神婆，有什麼妳就說吧！咱受得住。」

神婆雖然有些不滿意這數兒，可是從那個陰陽子出生之後，她的生意可是一落千丈，這好不容易來了生意，再小的蚊子也算是肉不是？

將銀子收入懷裡，神婆這才不情願地開口說道：「這孩子，父死子生，出生的時辰不對。這是天煞孤星的命，只要誰和他靠得近，那可是會出人命的！」

「難怪，難怪我的順子會沒命！原來都是這天煞孤星害的！神婆，可有什麼破解的方法？」周氏露出一臉恍然的表情，真的將崔順安的死完全推到了才出生不過幾日的崔承佑身上了。

「這破解的方法有是有，只不過……」神婆一臉為難地看了小周氏，話說到一半便閉了眼不繼續說下去了。

周氏急得直跳腳，卻是一點辦法都沒有，她出來得急，這身上可是一個銅板都沒有帶呀！原本還想將小周氏剛剛掏銅板的事當作沒看見，這會兒卻是不得不向小周氏開口了。

「老妹妹，就當是姊姊跟妳借的，等我回去了再還妳！」

「……那成！」小周氏躊躇了一下，一咬牙算是應承了，畢竟都掏了一回，也就不介意第二回了。只是這要多少，神婆子沒說，小周氏也就只掏出了七個銅板，一把塞到神婆手裡，不陰不陽地說了句。「陳婆子，咱們都是鄉里鄉親，妳那點事我可是知根知底的！別太貪了，做得過了，誰也得不到好！」

神婆一臉笑咪咪地收了銀子，對於小周氏的話不置可否，但也算是聽進耳朵裡了，倒也不嫌錢多錢少的事了。

「若是不想讓這天煞孤星剋著旁的人，唯一的解法，就是將這孩子祭山神。若是三日之後這孩子還活著，便是山神已經寬恕了他的罪業，更改了他的命數；若是沒有，那就只能怪這孩子命數太惡，無力回天了！」神婆拉長著聲音，說完了最後幾個字，便直接閉上了眼睛，作出一副送客的模樣。

周氏愣愣地望著神婆，不自覺的打了個寒顫。祭山神？這法子成嗎？一想到大妮拿著刀子的那個眼神，她就忍不住心裡直打鼓，這行得通嗎？她就是怕了大妮那蹄子，這才跑出來的，要是……要是再把那個小掃把星給弄出來，祭了山神……周氏一點都不懷疑，大妮那騷蹄子真會殺了她！

「神婆，還有其他的方法嗎？」周氏不死心的又問了一句。只可惜神婆閉著眼睛，一副高深莫測的表情，完全沒有半絲想要理會周氏的打算了。

周氏待了好一會兒，看神婆始終沒有開口，雖然不甘心，但也只能一步三回頭地跟著小周氏出了神婆家。

小周氏看周氏一臉不安的樣子，不由得撇了撇嘴。「老姊姊，妳還在想什麼呢？那可是天煞孤星，剋父剋母！只要是親近的人，怕是都逃不了的！妳是他阿嬤，這要是下不了心思，遲早可是會剋到妳頭上的。再說要是妳那孫子是個福緣厚的，指不定那山神就給他改了命呢！」

「這……老妹妹，妳這說得也有道理。只是妳不知道，我家那孫女就是個渾的，我這心裡可是惴得慌呀！」周氏苦笑一聲，她在下河村裡就怵大妮。

「老姊姊，妳這就錯了！大妮那妮子也不過就是個紙老虎，她都動了幾次刀子了，老姊姊妳自己想想，可是真的傷了誰？不過是嚇唬嚇唬你們的吧！」小周氏對崔景蕙的事也有些耳聞，不過卻是不大相信的。

被小周氏這麼一說，周氏越想還真是這個理，大妮那小蹄子裝得凶，可還真沒傷著誰！這般想著，周氏心裡倒是有了底氣。

「算了，咱們姊妹一場，正好妳也要還我銅板，下午我便跟妳一道回去吧！咱也得好生合計一下不是？」小周氏看周氏有了底氣，卻還是一臉懼怕模樣，倒是有些看稀奇了。周氏是誰？在娘家的時候，那就是有理不饒人，沒理也要爭三分的人呀！作為妹妹，小周氏哪裡見過周氏怕誰？因此心裡倒是對崔家那顏色漂亮的大妮更多了幾分好奇。

「那可就再好不過了！老妹妹，要沒了妳跟著，我這心啊，還真是……」周氏聽到小周氏肯陪她，自然是再願意不過了，連小周氏提到還錢的事，也不覺得肉痛了。

「說什麼見外的話！咱可是親姊妹，我不幫著妳，還幫著誰呀？」小周氏客套了幾句，心裡卻在琢磨著，這麼大的熱鬧不親眼見著，那不是遺憾得很？

兩個老姊妹心裡各自懷著心思，商量了好一會兒，就在下午邊上，往大河村趕了回去。

第三十三章 抱走團團

這事也就是這麼趕巧，這天下午，一向平靜的大河村卻是出了大事。幾個上大別山掏弄藥材的漢子碰見了野豬，這要是平常的話，自然是跑得遠遠的；可是今兒個，這六、七個漢子卻是剛好碰上一塊兒了，而且崔獵戶也在，身上還帶了打獵用的武器。

畢竟尋了這麼久的寶都沒所得，乍看到這麼個大傢伙，心裡自是眼紅著。於是幾個漢子一合計，便選擇了動手，而這一動手，卻是壞了大事。

不過才剛傷了眼前的野豬，一轉眼便看見另外兩頭野豬圍了上來。這一頭對付起來已經算是勉強了，三頭一起上，哪還有半點機會？只能落荒而逃！逃得慢的，自然也就遭了大難。

等這幾個染血的漢子一路驚魂未定地狂奔回村子，正要慶祝一番他們的劫後餘生時，卻發現落下了一個人——王進不見了！

只是這會兒他們幾個都不敢再往大別山裡去了，幾人相扶著去了曬穀場，那鮮血糊糊的模樣瞬間將曬穀場裡閒話的人們嚇住，場面也亂了起來。一傳十，十傳百，奔相走告間，越來越多的人聚集在了曬穀場，而王進媳婦幾近哭暈了過去。這個時候，村長只能站出來主持局面，叫上村裡的青壯，拿了鋤頭、鐵器，進到大別山裡尋人。

如今快要入冬，原本外出找活的青年人也盡數回了村子。村長一番指令下來，近百來人一下子湧進了一向清冷的大別山內，倒是熱鬧非凡。

而崔家的張氏也動了湊熱鬧的心思，不顧崔景蘭的阻止，硬是和搜尋的人們去了大別山，急得崔景蘭直掉眼淚。只是崔老漢早先也進了山，她根本就拉不住張氏，只能帶著弟弟兩人窩在屋裡。

就在這時候，周氏兩姊妹悄悄地摸回了崔家院子。周氏一靠近灶房，便聞見一股雞湯的香味，下意識的嚥了嚥口水，心裡卻忍不住咒罵了幾句。

一個個要死了，居然趁著她不在家把她的雞給殺了！不就是坐個月子，有什麼了不起的？還真當自己嫁到崔家是來享福的了！

周氏在心裡將二房一家罵了個底朝天，卻是絲毫沒有半點猶豫地進了灶屋。一掀開鍋蓋，便看見裡面翻著熱潮、鼓著水泡的雞湯，口水一下子便流到了下巴處。

「嗞溜！」周氏吸了口口水，伸出袖子一把抹去嘴角的痕跡，來不及拿碗，抄起掌勺便揀了一塊雞肉塞進嘴裡，真香啊！

嘴裡嚼著雞肉，周氏這才騰了時間，拿了碗筷。待轉身看到身後的小周氏，嘴裡嚼著雞肉的動作倒是不由得頓了一下，她怎麼就忘了小周氏也跟著她回來了！

不情不願的又拿了一副碗筷，裝了兩碗。一碗堆滿著雞肉，不見湯水，這自然是給自己的；一碗卻是湯水中孤零零地躺著幾塊雞肉，遞到了小周氏面前。

好在小周氏也知曉周氏吝嗇的性子，雖然覺得好笑，但也不至於生氣，兩人站在灶膛前，滋溜滋溜便吃完了手中的雞肉。周氏意猶未盡的還要去拿掌勺，卻被小周氏一把按住。

「老姊姊，妳要再吃，可就要露餡了！咱們這趟回來，可是有要事的！」家裡有個月婆子，小周氏不用想都知道這鍋雞湯是煮給誰的。

一隻雞才多少肉，這一鍋明顯也就半隻雞而已。周氏這一碗就直接裝了三分之一去了，這要再來一碗，不就直接暴露了周氏已經回來了的消息？

「……好吧。」周氏一臉不情願地放下了碗。要是依著周氏的心思，她會將這一鍋子的雞肉全部吃了，憑什麼便宜李氏那個掃把星？但是現在情況不同，她可是有大事要辦，這點蠅頭小利還是先放下吧！

「對了，老姊姊，妳家有巴豆不？」小周氏看著那一鍋雞湯，忽然有了主意。

「有呀！妳問這個幹什麼？」周氏一臉疑惑，卻在看到小周氏的眼色後，猛然醒過神來，面上亦是露出了喜色。對呀！這麼好的主意，她怎麼就沒想到呢？這雞湯不就是給李氏吃的嗎，要是李氏這會兒拉肚子，那大妮豈不是得去請大夫？

這般心思，卻是絲毫不覺得給月婆子下巴豆是何等的缺德。

周氏一臉喜形於色地從疙瘩窩裡掏出一把巴豆，磨碎了就要往雞湯裡灑，卻被小周氏一把拉住。

「老姊姊，妳怎麼還想不明白呀？要拉肚子也得大妮拉！」說著，便從周氏的手裡接過裝著巴豆粉末的碗，打開了旁邊一直搗著的另一個鍋子。

果不其然，裡面是一鍋熬得稀爛的玉米糊糊粥。小周氏得意地朝周氏笑了一下，就著之前吃雞湯的碗，裝了兩碗出來，然後將巴豆撒了進去。

「好了，接下來我們就邊吃邊等著看戲吧！」小周氏滿意地拍了拍手，然後朝周氏看了一眼，端著碗就進了正屋門。

周氏看小周氏那模樣，便知道小周氏圖的是什麼了。但是欠債還錢，天經地義的事，即便心中再不願意，還是跟在小周氏後面進了屋子，從臥房藏錢的地兒數出十七個銅板，塞到了小周氏手裡。

小周氏一臉笑咪咪地收了銅板，端著玉米糊糊粥，慢慢地喝了起來。

果不其然，沒過一會兒，便聽見有腳步聲傳來。小周氏下意識裡朝周氏「噓」了一聲，兩人就著門縫，看見崔景蕙盛了些吃食端出去，看到崔景蕙離開的背影，兩人頓時相視一笑。

事情成了一半！

李氏的胃口並不是很好，只喝了一些雞湯，便不再吃了。

而崔景蕙絲毫沒有察覺到吃食出了岔子。在吃完晚飯後差不多三刻鐘的時間，便感覺到腹中一陣翻滾，本以為只是正常反應，但上了趟茅房之後，還不到一盞茶的工夫，腹中再度翻滾了起來。她倒是有些納悶了，難道是吃壞東西了？這般想著，卻是再度進了茅房。

只是，這次崔景蕙才剛進了茅房，一直貓在屋後注視著這邊情況的小周氏就一下衝了出來，直接從菜地上踩了過去，奔到茅房前，拿出事先準備好的鎖頭，一把將茅房的門給鎖了，然後朝還在屋後探頭探腦的周氏點了點頭，示意大妮這邊已經搞定。

周氏見這模樣，心中頓時一喜，急匆匆地從屋後走了出來，然後從五進的側門直接走了進去，直奔床頭。

「大……娘?!您怎麼……來了？」承佑已經睡下了，李氏這會兒正半靠在褥子上，看著承佑的睡顏出神。乍一見人影閃進來，本以為是大妮回來了，不料抬頭間，冷不丁卻見周氏進來，頓時想起了之前周氏和自己說過的話，心裡便覺得有些堵得慌。

「哼，這是我家，我來還要告訴妳嗎？」周氏看到李氏，便想到之前神婆說的話，只覺得越看李氏越不順眼。「把孫子給我抱一下！」

聽到周氏強硬的聲音，李氏心裡便有些發顫，她下意識裡伸手攬住承佑，一臉懇切地望向周氏。

「娘，團團他睡了。這孩子覺輕，要不娘等等，等團團醒來了再抱？」

「這是我的孫子，我想什麼時候抱就什麼時候抱，妳不用管！快把孩子給我！」周氏聽了媳婦明顯就是拒絕的話，臉色頓時就有些不好了。

「這……娘，我……」看到周氏生氣，李氏一下子便不知該怎麼應對了，眼睛的餘光直往側門處瞟，心裡想著大妮怎麼還不回來？

「怎麼，連老婆子我的話妳都不聽了嗎？」周氏順著李氏的目光往門口一瞟，便看到小周氏示意自己快點的動作。李氏這樣子她看了就生氣，也不想繼續糾纏下去，於是伸手一把將李氏護住承佑的手推開，極其粗魯地將包著承佑的襁褓抱在了懷裡。這番動作，頓時將承佑驚醒了過來，張開嘴便「哇啊哇啊」的大哭了起來，只是周氏根本就像是沒有聽到承佑的哭聲一樣，轉身就往門外走。

而一直注意這邊的小周氏看到周氏得手，也忙不迭地跟了上去。

「娘，您要幹什麼？把團團還給我！娘，您別走呀！」李氏看到周氏抱著承佑直接就往門外走，這哪裡只是抱一抱？李氏頓時慌了，忙大喊了起來。

可周氏這會兒滿腦子想的都是祭山神，哪裡還會在乎李氏的撕心裂肺聲？

「大妮！大妮！妳快回來，團團……團團被妳阿嬤抱走了！」李氏見喚不回周氏，趕忙蹭到床尾處，用盡力氣朝茅房裡的崔景蕙喊了起來。

崔景蕙自然是聽到了娘的聲音，也顧不得肚子裡轟鳴不斷了，清理了一下，便要去推門，可是門早已被鎖住，完全推不動。

她被算計了！崔景蕙一想到這個可能，心裡頓時一沈，也顧不得去想別的，忙後退了幾步，一個大力便踹在了門上，企圖將門踹開。只可惜，這茅房的門雖然簡易，卻也不是崔景蕙這一腳能夠踹開的。「娘，您別急，茅房的門被鎖上了，我先想辦法出來！」

崔景蕙的話，原本是想讓李氏不要擔心，可是李氏聽了之後卻是雙手發顫。大妮被鎖住了！她的團團，她的團團該怎麼辦？李氏明白，這會兒靠不上大妮，只能靠自己了！

只是才剛剛經歷過大出血的李氏，這會兒哪裡有力氣？她挪到床邊，本想扶著床邊櫃子蹭下來，卻高估了自己手上的力氣，這腿還沒落下來，身體便已經軟軟地向地上摔了去。

「啪！」李氏的身體落空，瞬間掉在了地上，摔得骨肉生痛。可是李氏根本顧不得那麼多了，她掙扎了幾下，想要站起來，但終究只是徒勞，不得不選擇放棄。既然走不動，那就是爬，她也要爬出去！

心裡撐著那口氣，李氏一步一挪地往門口爬去，而一門之隔的四進屋內，崔景蘭自然是聽到了二房的動靜。朝一旁蹲在地上玩石頭的崔元生招呼了一聲後，崔景蘭出了房門，正好看到阿嬤的身影出了院子。

阿嬤什麼時候回來的，她怎麼不知道？心裡疑惑著，腳下往五進門的步子卻是沒有停，只是走到五進門口的時候，崔景蘭頓時大驚失色。

李氏這會兒工夫，已經爬到了屋中間了！

「二嬸！您怎麼到地上了？」崔景蘭驚叫了一聲，跨過門檻忙迎了上去，伸手便要去扶李氏。「大妮呢？二嬸，大妮怎麼不在？」

「蘭子，大妮被鎖在茅房裡了！蘭子，妳先不用管這個。快！快去把妳阿嬤追回來，她把團團抱走了！」看到崔景蘭，李氏頓時有了希望，她就著崔景蘭相扶的手，一把抓住了崔景蘭的手臂，一臉急切地懇求。

「啊？阿嬷抱走了團團？二嬸，您先別急，我扶您到床上，就去找阿嬷回來。團團也是阿嬷的孫子，您別擔心，阿嬷不會對團團怎麼樣的！」崔景蘭完全沒想到阿嬷回來就是為了這個，頓時也急了，伸手便去扶李氏。

只是，李氏這會兒哪裡還管得上自己會不會落下月子病？伸手便死命地將崔景蘭往屋外推。「不，不用管我！蘭子妳快點去！」

「二嬸，我這就去！」崔景蘭沒法子，只能鬆了李氏的手，再度衝去了房門，一路衝到院子外，可這會兒哪裡還能看到阿嬷的影子？崔景蘭左右看了一會兒，一咬牙便往山下衝了去。她哪裡會想到，自己一開始就找錯了方向，周氏根本就是衝著大別山的方向去的，哪會往山下走？她只會和周氏越來越遠。

不過，任誰都沒有想到的是，就在崔景蘭出了房門去二房家的時候，原本在地上玩石頭的崔元生卻是腦袋一歪，生出了幾分好奇。崔景蘭前腳出了堂屋門，他後腳便趴在了門檻上，自然也看到了周氏離開的影子。

阿嬷這是去哪兒？崔元生心裡冒了個問號，腳下卻沒有絲毫猶豫地跟了上去。

崔景蕙踹了幾次茅房門都沒能踹開，索性用茅房的尿勺將茅房頂的茅草給掀了，這才從房頂出了茅房。

「娘！娘，您沒事吧？」崔景蕙一衝進屋子，便看到李氏扒在床邊上，奮力的想要往床上爬，只可惜終究力氣太弱，不能如願，試了幾次，最後都跌在了地上。

「娘，您別動，我來幫您！」崔景蕙一時間心裡又氣又心疼，忙跑上前，雙手從李氏的腋下穿過，將李氏抬了起來，然後搬上床。

「大妮，別管我，快去找團團！」李氏這會兒哪裡顧得上自己，這才剛落到床上，便已經開始迫不及待地推搡起崔景蕙來。

「娘，您不要急，我這就去！您千萬不要急！」崔景蕙看到李氏焦急的模樣，心裡頓時便有些慌了，畢竟李氏大出血才剛剛止住，甚至可以說情況才剛剛穩定下來，這情緒要是再度波動，那就不妙了。

「大妮，妳一定要把團團找到，好不好？」李氏這會兒已經有些歇斯底里了，她盼這個孩子盼了太長的時間，她容不得團團出任何事，那簡直就是在挖她的肉呀！

「我會的，我一定會的！」便是李氏不說，她也會將團團找到的，團團不僅僅是李氏的期盼，也是她的期盼。她用力地點了點頭，將被子蓋在李氏身上，然後轉身往外跑，不敢有絲毫的耽擱。

才剛出門，卻看到崔景蘭的身影從堂屋裡衝了出來，聲音慌張無比。

崔景蘭剛剛尋周氏無果，想回來尋崔景蕙的主意，在路過堂屋時，卻看到自家門敞開著，往裡一看，裡面空無一物，哪裡還有崔元生的影子？這情景頓時嚇得崔景蘭魂飛魄散！

「元元，快出來，別藏了！你在哪裡？快出來呀！」

崔景蘭看到崔景蕙，頓時有了主心骨一樣地衝了上前，一把抓住崔景蕙的手，急得眼淚都掉下來了。「大妮，元元也不見了！可怎麼辦呀？要是讓我娘知道了，會打死我的！」

「崔元生不見了？這是什麼時候的事？」崔景蕙愣了一下，倒是沒想到這個時候，這渾小子還會來添亂。

「我去找阿嬤之前還在的！」

看到崔景蘭這麼焦急的樣子，崔景蕙還是問了一句。「妳回來的時候碰到崔元生了沒？」

「沒有，沒有看到！」崔景蘭忙搖了搖頭，又想起了周氏的事，忙向崔景蕙說道：「大妮，我下山的時候沒有看到阿嬤，阿嬤怕是上山去了！只是，上山只有通往大別山一條路，阿嬤抱團團去那裡幹什麼？」

崔景蘭無意的推測，卻使崔景蕙的心直沈谷底。往大別山去了？難道阿嬤是想要把團團給丟了？一想到這個可能性，崔景蕙是一刻都待不下去了！

「蘭子，我娘就交給妳了！我這就去找團團，還有崔元生。」

崔景蕙朝崔景蘭嚷了一句，然後轉身就往大別山的方向跑去。

第三十四章　一筆勾銷

大別山這會兒亦是熱鬧得很，近百人在山裡吆喝著，倒是別有一番趣味，只是崔景蕙的心思根本就不在這裡。她一頭扎進大別山裡，跟個無頭蒼蠅一樣，只往山裡亂竄著。

剛叔正尋著王進的身影，抬頭便看到崔景蕙跌跌撞撞地往這邊衝了過來，倒是有些奇怪了。「這不是大妮嗎？大妮，妳怎麼也進山了？」

「剛叔，您看到我阿嬤了沒？」崔景蕙踩著灌木走到剛叔跟前，慘白的小臉上沒有半點笑意。

「周氏？沒看見啊！怎麼了？」剛叔搖了搖頭，這他倒是沒注意了，但是看崔景蕙煞白著小臉，心裡有些不忍。「可是出什麼事了？大妮，妳別慌，我幫妳問問別人。」

「那就謝謝剛叔了！」崔景蕙苦笑著點了點頭，這繃緊的神經倒是有了些許的鬆懈，只是這一鬆懈，頓時便覺得腹中再度翻滾了起來。崔景蕙一把摀住肚子，越加欲哭無淚了起來，這裡可沒有如廁的地兒。

強忍著腹中的不適，崔景蕙往地上四下查看了一番，頓時眼前一亮。馬齒莧！也顧不得什麼熬製不熬製的了，崔景蕙往地上揪了一把馬齒莧，將有泥巴的地方摘去，然後直接放嘴裡生嚼，強嚥了下去。就這等著的時間，便看到剛剛離開的剛叔匆匆地跑了過來。

「看到了、看到了！大妮，有人看到妳阿嬤抱著個襁褓，跟個婦人一起往西南方向那裡去了！」

「謝謝，謝謝剛叔了！」崔景蕙心中一喜，有了方向就是好事。她一手捣著肚子，一手撥開灌木叢，然後往西南方向跑去。

剛叔看著崔景蕙離去的方向，一臉不解。這周氏進山還抱了個娃娃，倒也是奇了怪了！

「對了，剛叔，剛剛那崔大娘往西南方向去的時候，我好像還看到元元了！」

正當剛叔納悶的時候，背後一個聲音響起，正是之前告知周氏去處的張榔頭。

「元元也跟了來？這可壞了！榔頭，我跟過去看看，你們要是出山了，就別等我了！」剛叔一拍大腿。小孩兒跑進這大別山，不就是來送死嗎？這可不行，他得跟上去搭把手！

「成，等回村的時候，我和婆子說一聲！」張榔頭點了點頭，算是應承下來了。

剛叔也不耽擱，直接往西南方向追了過去。

「是這兒嗎？」

「沒錯，是這兒！」

周氏氣喘吁吁地望著眼前破爛得只剩下一堵牆的山神廟，聽著懷中承佑撕心裂肺的哭聲，只覺得煩躁得很。

「這廟會不會太破了點呀？」小周氏皺了下眉頭，看著雜草叢生、完全就是一堆廢墟的山神廟，不由得泛起了嘀咕。

「那也沒得其他的法子，將就一點得了！」周氏自然知道這山神廟是啥樣子，可是這周圍的幾個村裡，唯一能和山神掛得上鈎的也就這兒了。

「算了，就這兒吧！這要是再換個地，我這把老骨頭也要散架了。」反正又不關自家的事，就算失敗了，那天煞孤星也剋不到自己頭上！小周氏這般想著，倒也不計較這山神廟的破舊了，順手往一塊平坦的地兒一指。「就把那天煞孤星擱那兒吧！還有，記得把生辰八字放上去。」

「都帶著呢，不會忘的！」周氏點了點頭，像是扔了一個包袱一樣，絲毫沒有半點猶豫地將承佑放在石板上，然後從懷中掏出一張皺巴巴、寫著生辰八字字樣的紙條，塞進了襁褓裡。做完這一切之後，周氏又朝著山神廟的方向拜了拜，嘴裡默默唸道：「山神大人在上，小民在這兒將孫兒獻上，希望山神大人大發慈悲，洗滌我這孫兒的罪孽。要是山神不允，收了我這孫子也成！」

「走吧！再不走，只怕這天就要黑了！」小周氏看周氏停了動作，忙說道。之前一直趕路還不覺得，這停了下來，竟覺得周圍有些陰惻惻的味道。而且天色漸晚，這未知的危機也就多了起來，還是趕緊出去為好。

周氏這會兒了了心事，自然也不願意再多待，兩人一合計便往大別山外的方向走去，對於身後撕心裂肺的嬰兒哭泣聲，卻是沒有半點愧疚的感覺，反倒覺得如釋重負。

只是她們根本沒有想到的是，就在她們離開這破敗的山神廟沒多久，一個身上滿是泥濘的孩子同樣氣喘吁吁地出現在她們之前所站的位置，也不知道摔了多少跤，這會兒臉上、身上、手腳上到處是一塊塊泥巴，整個人就跟隻小花貓似的。他一臉好奇地走到石板前面，看著因為哭泣而皺成了包子模樣的承佑，然後伸出手，輕輕地戳了下承佑的臉頰。

「弟弟！」稚嫩而好奇的聲音，正是一路尾隨周氏而來的崔元生。因著畏懼大妮的原因，他這還是第一次看到承佑呢！

更加神奇的是，或許是孩子之間有著天生的本能，哭了一路的崔承佑，在聽到崔元生的聲音之後，卻是止了哭泣，睜著一雙黑葡萄一樣的眼睛，望著崔元生，咧著嘴，竟然無聲地笑了起來。

「笑了！弟弟笑了！」崔元生其實也不是心黑的，只是之前一直被舅舅誤導了，再加上周氏一直偏心著，這才歪了秧子。可自從出了那件事之後，饒是張氏拘著，不准他與二房來往，但是崔濟安卻趁此機會，時不時和崔元生說些個兄弟友愛、相互扶持的故事。

崔元生本來就機靈，自然知道自己做了不該做的事，這會兒又看到承佑對自己笑，心裡一下子就覺得稀罕得不得了。「弟弟乖！別怕，哥哥帶你回家！」崔元生躬下身，以極度生硬的姿勢，就如同環抱了個樹樁子一樣，將承佑抱進了懷裡，然後深一腳淺一腳地往回走。

只是，崔元生畢竟是個不過六、七歲的孩子，一路跟著周氏而來，沒有跟丟便已是萬幸了，這會兒沒了周氏的指引，就只能順著來路的方向往回走。不多時，崔元生望著四處皆是鬱鬱蔥蔥的樹木，終究還是迷失了方向，只能擇了一個方向亂走。

大別山終究還是太大了一點，便是崔景蕙一直朝著西南方向，卻始終沒有看到周氏的身影，更別提其他的人了。夜漸漸的深了，崔景蕙焦急地走在樹木叢中，彷彿要漸漸融入其中一般。

等崔景蕙尋到了破山神廟處，已近寅時了。她一路朝西南尋來，卻是遍尋無果，雖然腹中的絞痛在吃了一堆生草藥的情況下有所好轉，但這會兒看著手中那張從地上拾起的紙條，崔景蕙還是忍不住從腹中生出一股涼意，蔓延到四肢百骸。

她是認字的，自然知道這是承佑的生辰八字，只是為什麼會出現在這兒？既然生辰八字在這兒，那承佑又在哪裡？難道是……被野獸給……一想到這個可能性，崔景蕙心裡不由得升起了一股莫名的恐慌。她慌忙四下顧盼，沒有哪一刻比現在還要慶幸自己的夜視能力。

沒有血跡，沒有衣服碎屑，也沒有身體被撕咬留下來的碎肉。

這是不是說，承佑沒有被野獸給吃了？還是說，被野獸給叼走了？

崔景蕙搖了搖頭，將腦中湧上的混亂思緒甩開，深吸了一口氣，凝神靜氣，定下心來，跪趴在地上，開始慢慢找尋線索。

腳印！

崔景蕙看到踩在青苔上的幾個腳印，頓時一喜，這裡有人來過！崔景蕙心裡定了神，思路也開始清晰了起來，她瘋了一樣地將破山神廟這塊荒蕪的地方翻了個遍，然後看著自己滿是泥巴的手，肩頭聳動，卻是笑了，笑出了聲音。笑聲迴蕩，驚起了一片入睡的鳥獸。

肉眼可見，沒有看到野獸的腳印，便是連凝固的野獸腳印也沒有。這是不是說明，這塊地方便連大型動物也很少光顧？

崔景蕙笑了一下，伸出袖子一把拭去臉上不知是高興還是慶幸的淚水。

不管是誰帶走了承佑，她都要快點，快點找到承佑才行！

撥開一根根礙眼的枝椏，崔景蕙深一腳淺一腳地在林子裡穿梭著。

「嗷——」

遠方的一聲狼叫傳入了崔景蕙的耳裡，崔景蕙還沒來得及作出反應，便聽到有哭泣聲傳來。

「哇啊哇啊哇啊……」

「嗚嗚嗚嗚……我好害怕啊！」

哭泣聲音雖小，崔景蕙卻還是分辨出了有兩個不同的哭泣聲。兩個孩子？崔景蕙來不及去細細琢磨和承佑在一塊的孩子是誰，便加快速度循著聲音的方向趕了過去。

「承佑，姊姊來了！承佑乖，不哭！」

略顯嘶啞的聲音在樹林中迴蕩，再迴蕩，而原本低弱的哭泣聲也越來越清楚。

「救命啊！嗚嗚……誰來救救我們呀？娘，我要回家，我好怕！」

「哇啊哇啊哇啊……」

這個聲音？崔景蕙聽出來了，是崔元生！只是他怎麼會在這裡，還和承佑在一起？不過現在不是想這個的時候，快點尋到承佑才是正理。

「是元元嗎？我是堂姊，你在原地不要動，我這就來找你們！」

「二姊，我在這裡，妳快點來！」崔景蕙的聲音終於傳到了躲在一棵空了大半的枯樹裡的崔元生耳裡，這一刻他內心的恐懼完全戰勝了對大妮的懼怕，他雙手緊緊地抱著承佑，挨著一個小小的樹洞往外看。

聲音越來越近，崔景蕙在樹林中一頓狂奔，帶刺的枝椏在她臉上、手上劃出一道道的細小血痕，可她甚至看都沒看上一眼，因為這點疼痛對她而言，根本就抵不上此刻她心中的歡喜和雀躍。

「哇啊哇啊……」

承佑的哭泣聲明明就在眼前了，可是崔景蕙環顧周遭，卻沒有看到承佑的身影。「元元，你在哪裡？出來吧！」

「二姊，我在這裡！」近在咫尺，不消崔景蕙再開口，就著清冷的月色，崔元生已經看到了崔景蕙的裙裾下襬了。他應承著，先是慢慢的將承佑從枯木挨著土地的一個面盆大小的洞裡慢慢地推了出來。「二姊，接住弟弟。」

崔景蕙終於看到了，看到一棵環抱大小的枯樹下，一個襁褓慢慢地出現在自己的眼前，就連剛剛帶著回音的哭泣聲，亦是響亮了不少。「團團，不哭了！乖，姊姊來了！」這一瞬間，就連崔景蕙自己都沒有察覺到她的聲音已經哽咽得不成樣子。她顫抖著伸出手，將包著承佑的襁褓攬進懷中，臉頰貼向承佑帶著濕意而粉嫩的面頰，各種情緒湧上心頭。

而將崔承佑送出樹洞的崔元生，這會兒也從那小小的洞口中爬了出來，只是站在崔景蕙面前，絞著手，咬著下唇，怯生生地瞅著崔景蕙。明明是又餓又累，可是卻偏偏不敢靠近崔景蕙半分。「……二姊。」

「嗯。你怎麼會在這兒？」崔景蕙抱了好一會兒，這才真實地感觸到自己真的找到了承佑。她低頭望著崔元生那張髒兮兮的臉，雖然沒有好臉色，但是語氣總算是軟了幾分。

「我……我看到阿嬤抱著弟弟出去，就跟了來！」崔元生垂著頭，一臉沮喪。他其實跟到半路的時候，就已經有些後悔了，只是不知道該怎麼回去，所以還是硬著頭皮一路跟到了大別山。好不容易把弟弟給救了，可是阿嬤後來實在是走得太快了，他抱著弟弟，根本就跟不上，這才迷了路。

「那你怎麼會藏到樹洞裡去了？」這倒是個好躲處，便是她有夜視能力，一時也沒能發現他們兩個的藏身之處。

「我、我看到野豬了！我嚇壞了，所以……」說到這個，崔元生不由得露出了一副驚怕的模樣。他抱著承佑在樹林裡亂竄，卻看到了一隻好大的野豬，有好長的獠牙，他實在是太害怕了，所以看到有個樹洞就鑽了進去。幸好當時弟弟一直乖乖的，沒有哭。

野豬！崔景蕙心中湧上一股後怕，要是崔元生沒有跟過來的話，是不是她的承佑就會被野豬給撕碎了?!崔景蕙一臉複雜地望著崔元生髒兮兮的小臉，沈默好一會兒，終究還是伸出手，摸了摸崔元生的總角。「這次，謝謝你救了團團，我們就算是扯平了。」

「真的？二姊不怪我了嗎？」崔元生歪著頭，望著崔景蕙，被泥巴糊了一臉的小臉上滿是開心。

「不怪了。姊姊帶你回家。」崔景蕙這次沒有再遲疑，向崔元生伸出了手。

崔元生將自己同樣泥糊糊的手放在了崔景蕙的手心，然後猛的點了點頭。

「嗯！我們回家！」

第三十五章　都在山裡

另一邊，跟著搜救隊伍出了大別山，回到崔家院子的張氏，看到院子裡黑燈瞎火的模樣，一邊揉著膝蓋，一邊吆喝著。「蘭子、元元，娘回來了！」

一直守在李氏身邊的崔景蘭聽到張氏的聲音，忙奔了出去，還未開口，便撲進了張氏的懷裡，然後痛聲哭泣起來。

「蘭子，這是怎麼了？好端端的怎麼就哭了？」張氏將崔景蘭攬進懷裡，卻是一臉不明所以。「元元呢？難道是已經睡了？」

「娘，元、元元不見了，我上哪兒都、都找不到他！」崔景蘭哭得直打嗝，卻還是將意思表達清楚了。

「什麼？蘭子，妳說什麼？元元不見了？怎麼可能不見了？」張氏聽到崔景蘭的話，心猛的揪了一下，雙手握住崔景蘭的雙臂，一把將崔景蘭從懷裡推了出去。夜色昏沈，她只看到崔景蘭滿是淚痕的小臉上布滿驚惶。

「我不知道，我就出了個門回來，元元就不見了！」

張氏頓覺自己的心尖顫了一下。「妳找了沒？」

「家裡頭裡裡外外我都找遍了，沒找到。」崔景蘭搖了搖頭。「大妮已經去外面找了，可是她到現在還沒有回來。」她沒有辦法，大妮已經出去了，家裡只有李氏在，她不敢離開，只把院子翻了個遍。而且她也抱著些許的僥倖，或許元元只是出去找小夥伴玩一會兒就會回來。只是沒想到，都這麼晚了，崔景蕙沒有回來，元元也沒有回來，大家都沒有回來，這才慌了神了。

「蘭子，妳是不是傻呀？大妮怎麼可能會去找元元？她怕是恨不得殺了元元，妳這個蠢貨！」張氏一臉失望地望著自家女兒。大妮那是什麼人？那可是拿刀橫在元元脖子上的人呀！她怎麼可能會去找元元？只怕這會兒早就在哪個疙瘩窩裡躲懶去了！

張氏一想到自己的兒子這會兒在夜風中瑟瑟發抖、孤獨無依的樣子，便再也待不下去了，鬆開抓著崔景蘭胳膊的手，直接便衝出了院子。

「不會的，大妮不會這樣的……我相信大妮，大妮一定會把元元找回來的……」崔景蘭嘴裡喃喃著，其實心裡也是在打鼓。團團不見了，元元也不見了，就憑大妮一個人，能找到嗎？

「蘭子，這是出啥事了？」這會兒崔老漢也尋人回來了，他站在院子柵欄處，望著張氏一路狂奔而下的身影，再看看院子裡崔景蘭垂頭喪氣的模樣，心裡頓時閃過一道不祥的預感。

「阿爺！阿嬤把團團抱走了，元元也不知道跑哪裡去了！大妮出去找，這個時候還沒有回來，我娘這是去找元元！阿爺，這……這可怎麼辦呀？」崔景蘭抬頭看著崔老漢，抽泣著將事情說了。

崔老漢聽完也是急了，三兩步跨到崔景蘭的面前，旱煙也不抽了。「蘭子，這是什麼時候的事？」

「就是下午，你們去大別山尋進子叔的時候。對了，阿爺，您在大別山看到阿嬤和大妮了沒？」崔景蘭忽然想起，周氏可能進了大別山的事。那會兒阿爺肯定也在大別山，頓時一臉希冀地望著崔老漢。

她這也是急昏頭了，要是崔老漢撞見了周氏和大妮，怎麼可能對這事半點都不知情呢?!

「蘭子，妳在家好生守著妳二嬸，我這就去問問！」進了大別山？他剛剛才從曬穀場那邊回來，自然知道先前進大別山的隊伍，這會兒都已經回了。別說是大妮，便是周氏和團團他都不曾看見回來過！不行，他得回去問問，趁這會兒進山的人都在曬穀場還未散去！崔老漢打定了主意，一把將煙槍上的星火滅了，塞腰帶上，囑咐了崔景蘭一句，扭頭便走。

崔景蘭呆愣愣地看著再度空晃晃的院子，失魂落魄地回到李氏床邊。屋內昏黃的油燈隨風飄搖，映照出床上李氏那張慘白而空洞的臉。

自從傍晚大妮出去之後，李氏便一直這樣，眼睛望著屋頂，一言不發。

「二嬸，他們一個都沒有回來，這要是真的還在大別山，那可怎麼辦呀？」崔景蘭那近乎讓人心碎的問題，並沒有得到任何的答案，她心中百般思緒，卻是越思越惶恐。

夜風已起，吹動著未關的門板，輕輕地搖曳。屋內，一坐一躺，卻有如沈淪於深淵巨口之中，無法自拔。

曬穀場上，這會兒人已經散去大半了，畢竟都折騰了一下午，也累了。崔老漢一路從山上跑下來的時候，還未穿過小道，便聽到了張氏淒厲的聲音，在這夜色中格外打眼。

「我家元元不見了！有誰……有誰看到我家元元了沒？」沒有！沒有！張氏得到的答案，讓她的心越來越涼，指尖也開始顫抖了起來，她無法想像，要是元元不在了，她該怎麼辦？她有些茫然，周遭同情的目光卻讓她覺得有些刺眼，忽然……她看到了趙嬸，看到了趙嬸身邊的村長，她的眼前瞬間一亮，一把撥開擋在自己面前的人，近乎五體投地地撲到了村長的面前。「村長，幫幫我！我家元元不見了，我哪兒都找不到！這可怎麼辦呀？」

帶著哭腔的聲音有些含糊，村長並沒聽清楚她話裡的意思，倒是他身邊的趙氏聽清楚了。

趙氏露出一臉愕然的表情，下意識脫口道：「元元不見了？這是怎麼回事？」

「我不知道，趙嬸，我也不知道！我一回家，元元就不見了！」張氏這會兒哭得是眼淚、鼻涕、口水糊了一臉，她死命地搖了搖頭，她是真的什麼都不知道呀！要是她知道，就是打死她，她也不會去湊那個熱鬧了！

「這……妳先別哭，興許元元跑誰家玩去了！」趙氏假設了起來，只是話一出口，便察覺到了不妥。下午那會兒幾乎是全村都出動了，這沒有大人在家，只怕也玩不成的。

「村長，這次您可得幫幫我！我家那老婆子，還有我的兩個孫子、一個孫女這會兒全不見了！」這次還不等張氏答話，崔老漢便走上前來，望著村長，話語中亦是帶了三分絕望。

這崔家剛添了個男丁的事，村裡的人自然都是知道的，村長也不例外，所以聽到崔老漢這麼一說，他也知道事情有些不妙了。若是元元還好，都這麼大的人了，指不定是貪玩忘了時間了，可這才出生幾天的奶娃子不見了，那就定然是出事了！

周圍原本準備回家的村民聽到崔老漢的話，也不走了，紛紛圍了上來。

「崔老漢，這到底是出啥事了？」

「我家那婆娘不知道發什麼瘋，把小孫子給抱走了，大妮追了去，到現在還沒有半點消息，元元在家玩著，一眨眼工夫就不見了。村長，這……這要真出了點什麼事，我哪還有臉去見列祖列宗啊！」「啪！」崔老漢這越說，自個兒心裡便覺得越發惶恐，說完之後，更是狠狠地抽了自己一巴掌，然後雙手捧著腦袋瓜蹲了下來。自家那婆娘就是個渾的，他怎麼就沒留個心眼呢！

村長看著崔老漢那樣子，沈默了一會兒，然後抬頭望向圍上來的村裡人。「崔老漢的話，大家夥兒應該都聽到了，大家先分頭找著，一有消息馬上到這裡來，聽到了嗎？」

「聽到了！」

都一個村裡的，自然沒有見死不救的，就是有這番涼薄的心思，也不會傻到當面說出來。有些和崔老漢交情不錯的，走之前還伸手拍了拍崔老漢的肩膀，算是寬慰了幾下。

曬穀場上一下子人都散開了，頓時顯得有些冷清了起來。

送完王進屍身回來的石頭一行看到這番模樣，倒是有些奇怪了。「堂伯，這是咋的啦？」

村長沈著臉色，將崔家的事說了，卻見其中的張榔頭猛的一拍腦袋，叫喚了起來。

「瞧我這記性！崔老伯，我在大別山的時候看見了，您家那婆娘抱著個襁褓，元元也在，後來剛叔還問了我這事，說是幫大妮問的。都這會兒了，難道他們還沒有回來？」

大別山？竟然都進了大別山?!崔老漢猛的站了起來，望向說話的張榔頭，一雙眼睛睜得滾圓。「榔頭，你真的看到了？」

「對呀！我肯定沒有眼花！」

張榔頭的點頭，讓崔老漢一時間心神俱焚。作為村裡的老一輩，他更是清楚明白大別山的可怕之處，白天也就算了，這可是大晚上的，野獸出沒的大晚上啊！這麼幾個才豆丁大的孩子，大晚上的窩在大別山裡，那豈不是、豈不是……沒有半點活路了！

一想到這個可能，崔老漢瞬間身體顫慄不已，同時只覺嘴裡一甜，猛的「噗」出一口鮮血，只覺得眼中一陣天旋地轉。我……我是老崔家的罪人呀！崔老漢腦中閃過最後一個念頭，便什麼都不知道了。

「崔老伯！」

「爹！」

崔老漢的異常，讓曬穀場的人驚叫了起來，幸好一邊的石頭見勢不妙，一把扯住了崔老漢往地上摔的身子，這才讓崔老漢不至於這樣硬挺挺地摔在地上。

「快，掐人中！」

石頭將崔老漢慢慢地放倒在地上，一旁的虎子便叫了起來。石頭抬頭白了虎子一眼，手上的動作卻是半點也沒耽擱，掐在了崔老漢的人中位置。

「崔老伯！」

沒一會兒，崔老漢睜開了眼睛，他猛的想起之前的事，便要掙扎著起來，卻被石頭按住。

「崔老伯，您先別動，緩一緩再說。」

「我不能再耽擱了，我要去大別山，我要去找我孫子！」大別山是什麼地兒，誰不知道？那可是會吃人的地方！他沒有要求村長這時候喊人去幫忙，就是因為他清楚明白這個道理，他不能要求別人去送死。可是那裡面待著的可是他的孫輩，是他老崔家的根，他不能不去！

崔老漢一把推開了石頭，掙扎著爬了起來，腳步虛浮地往曬穀場外走。

任誰看了崔老漢這模樣，心裡都不好受，忽然，石頭眼前一亮，瞬間有了主意，他站起來，快走幾步，攔在了崔老漢的面前。「崔老伯，您先別急啊！剛叔，剛叔跟著大妮一起去了！有剛叔在，他們一定沒事的！」

「剛子在？真的？」石頭的話，就像是黑暗中的一束光，讓崔老漢瞬間有了希望。「真的，榔頭告訴我的！剛叔聽到元元也跟了去，就和大妮一塊兒尋人去了。榔頭你說對嗎？」石頭猛的點了點頭，然後扭頭朝榔頭問了一句。

「啊！對，是這樣的！」張榔頭聽到了石頭的問話，明顯愣了一下，在他身側的虎子卻明白了石頭的意思，伸手在榔頭的背後拍了一下，榔頭這才回過神來，猛的點頭。

「剛子在、剛子在……剛子一定會找到他們的，一定會找到他們的……」崔老漢嘴裡喃喃不止，不管是自欺欺人，還是別的什麼，但至少有了希望，不至於淪陷到深淵，爬不起來不是？

「是的，剛叔一定可以找到他們，並安全地把他們帶出來的！」石頭猛的點頭。那肯定的語氣，讓崔老漢心安了不少。只是這根繃緊的弦一下子鬆掉，崔老漢卻是再度軟綿綿的暈睡了過去。

依著村長的吩咐，石頭和虎子將崔老漢背回了家。

張氏再不濟，也不能再去求村長什麼，只能渾渾噩噩地跟著崔老漢一併回了崔家院子，呆愣愣地站在院子裡，一時間茫然得不知所以，就連石頭和虎子跟她告別，她也沒有半點反應。

「石頭，你為什麼騙崔老伯呀？」走在回去的路上，虎子忽然開口。他們在送完王進屍體回來，路過剛叔家的時候，剛好看到剛叔回來了，所以沒有人比他更清楚，在曬穀場裡石頭對崔老漢說的話是假的。正因為榔頭也在，知道這事，所以榔頭才會遲疑起來。

「我沒有騙崔老伯，只是忘了告訴他後面的事而已。」石頭狡猾地笑了一下。不過這話也沒錯，剛叔確實是去找大妮了，只可惜他應該是跟丟了，再加上這天又黑了，所以就回來了。畢竟這晚上的大別山，還沒有幾個人不怕的！不過大妮可就說不定了！

石頭會這麼想，那自然是從春蓮嘴裡知曉的。大晚上的跑去大別山尋肉食，整個大河村只怕也就大妮做得出來。他那會兒剛聽到這個消息時都驚呆了，大妮這膽子也太肥了，難道就不怕被豺狼虎豹給吞了去？只是這個問題，卻是得不到答案了。

「你還真狡猾！」虎子笑了一下，略過了這個顯得有些沈重的問題。他雙手枕著後腦勺，仰頭望著漫天的星光。「倒是可惜大妮了！」這話是認定了大妮無法從大別山裡回來了。

石頭回頭望了一眼遠處隱於黑暗中的巍峨大山，隨口回了一句。「誰知道的事呢？」

第三十六章　周氏撒潑

寅時三刻，清月無聲，冷冷地映照著崔家的院子，院子裡空無一人，悄渺寂靜。

忽然，緊閉的柵欄被人輕輕的從外面打開，一個貓著腰的人躡手躡腳的走了進來，直至走到屋簷下，這才慢慢的直起腰來，就著月色映照，赫然是周氏無疑。

她其實早在亥時過半間便已經回了，只是不敢進院子而已，便一直在崔家院子後面的山上貓著。秋夜寒霜，冷意漸濃，這會兒實在是貓不下去了，想著崔家的人也該都睡下了，這才回了院子。

周氏輕輕地推了推門，原本以為會拴住的門，一推之下，發出「吱——」的一聲，便被推開。周氏的心猛的一緊，下意識裡轉身就要往外跑，只是才跑出兩步，便回過神來了。她回自個兒的家，心虛什麼？她又沒做什麼對不起老崔家的事！

這樣一想，周氏的底氣瞬間就足了，身板也挺直了，轉身便跨了門檻往屋裡走去。屋內黑燈瞎火的，讓周氏沒看清窩在角落處的崔老漢。

「妳回來了？妳還知道回來啊！」

乍然響起的聲音，驚得周氏下意識裡跳了一下，等回過神來，聽清楚是崔老漢，一股惡氣便湧上了心頭。「死老頭子，大半夜的不睡覺，瞎蹲在屋裡幹啥？都要嚇死我了！這是我家，我想什麼時候回來就什麼時候回來，你管不著！」

「妳、妳這還有理了？妳快說團團哪兒去了？妳把團團抱哪兒去了？」崔老漢顫巍巍地從角落站了起來，揉了揉有些發麻的膝蓋，然後「噌噌噌」地走到周氏面前，伸手直接推搡了周氏一把。

「你！你這個挨千刀的，倒是有臉關心那個天煞孤星了！能抱哪兒呢？我就抱了去祭山神了！怎麼著，你還想打我不成？我這都是為了你們老崔家！我可是特意著神婆算了，李氏和她那小兔崽子都是實打實的掃把星，而且那小兔崽子還是天煞孤星的命數，順子就是被他給剋死的！我這可不是害他，是讓山神幫他改改命數，免得把我們都給剋了去，我還想多活幾年呢！」周氏豎著個倒八字眉毛，一臉兇神惡煞地望著崔老漢，手一下一下地戳在崔老漢的心口上，戳得崔老漢一步一步的往後退，越說越覺得就是這個理！

夜色濃厚，周氏完全沒發現，崔老漢的臉上越來越難看，周氏戳在他身上的痛，根本就比不上他心上的痛。

「妳、妳就是個毒婦！那可是二子的遺腹子，妳這是要斷了二子的根呀！周氏，妳的心怎麼這麼狠，我怎麼就娶了妳這麼個娘們？我好後悔啊、好後悔啊！」崔老漢一隻手抓住周氏戳過來的手指，一手捶著自己的胸口，呼吸就像是被扼住了一樣，喘不過氣來。

這一聲聲後悔，亦是戳進了周氏的心窩子。她這樣費心費力，苦心鑽研，為的是誰？還不是為了老崔家的血脈！結果崔老漢還指責她，憑什麼？周氏猛的抽回了手，然後劈天蓋地地就往崔老漢身上捶打了過去。「你這個挨千刀的、砍腦殼的！你以為我想嫁給你呀？你後悔娶我了？要不是我瞎了這雙眼看上你，你以為就憑你這個瞎樣，你娶得上媳婦嗎？你現在跟我說後悔了，是不是還打算休了老娘呀？」

崔老漢為了這一天的事，早已是身心疲憊，周氏這般氣勢洶洶，崔老漢根本就招架不住，只能連連後退。

「你想休了老娘？作夢去吧！我為了崔家那個死老太婆端屎把尿，為了你這個挨千刀的生了兩個兒子，你憑什麼？你有什麼資格休了老娘？我今兒個就把話給你挑明了，二房的這個孫子我不稀罕，順子的媳婦也留不住！只要老娘還活著一天，這崔家就我說了算！」

周氏刻薄、絲毫不留半點情面的話聽入崔老漢的耳裡，讓崔老漢的臉頓時青一片、白一片，他伸手顫抖地指著周氏的臉，不知道為什麼，這一刻，周氏臉上的猙獰，崔老漢看得格外清楚。「妳、妳簡直就是潑婦、毒婦！」

「哼！這都是命，誰讓那個掃把星生了個天煞孤星，這種人活著就是禍害別人，還不如死了算了！」

「妳、妳……噗！」崔老漢本就是個木訥性子，這嘴皮子上的功夫哪裡敵得過周氏？被周氏這一番強辭奪理又字字誅心的話氣得心神顫顫，卻又反駁不上，一口氣沒提上來，驀地噴出一大口血，然後身體一軟，就往地上栽去。這次，沒有奇蹟，崔老漢「啪」地摔在了地上。

而被噴了一臉血汙的周氏，被這猛然的變故嚇得腦中一片空白，等回過神來之後，來不及擦去臉上的血跡，一聲尖銳的驚叫聲頓時打破了崔家小院的平靜。「啊——」

元元沒有找到，張氏如何睡得下去？這寧靜中正屋裡的對話，便顯得格外的刺耳。不過是隔了一個堂屋的距離，張氏自然是聽到了嘈雜的聲音，便想著出來看看。點了盞油燈，走到正屋門口，就著手上的燈光，便見崔老漢躺在地上，周氏一臉血汙地大叫，像極了山野傳說中的鬼怪。

「啊！鬼啊——」原本就有些魂不守舍的張氏，這一刻頓時嚇得魂飛魄散，驚叫一聲，眼珠子往上一翻，手中的煤油燈瞬間往地上掉去，人也軟倒在正門口。

掉在地上的燈芯，砸落在張氏裙襬處，點點火光，慢慢地沿著張氏的裙裾開始蔓延。

「哎喲！我的燈！」周氏本來也是被張氏突然發出的聲音嚇了一跳，但是看到張氏手上的燈往地上掉，便什麼都顧不上了，猛的就往門口撲，想要在半空中接住燈火。只是周氏的速度再快，也趕不上煤油燈掉落的速度。

等周氏衝到門口，燈盤裡的油盡數灑在了地上，可把周氏心疼的。算是解恨，也算是滅火，周氏幾腳踩滅了張氏裙裾上的火苗，也不知道是故意的還是無心的，其中兩腳卻是恰好踩在了張氏的小腿上。

「哎喲！疼！」張氏嚶嚀一聲，從昏迷中醒了過來，她睜開眼睛看到周氏的身影，心底直顫顫，想都沒想，手腳並用著就往後退。

「退什麼？嚇傻了吧，娘都不認識了！」對於張氏明顯懼怕的動作，周氏嗤之以鼻地唾了一下，懷揣著惡意將臉湊到張氏的面前。

「啊！」張氏嚇得又往後蹭了好幾步，完全沒注意自己已經蹭到了排水溝邊上，這往後支撐的手一下子落空，便直接翻了下去。所幸這會兒排水溝裡沒有水，可即便這樣，張氏依然蹭了一手的黏糊。這個踉蹌，也終於讓張氏看清了眼前這個像鬼一樣的人是誰。這一發現，讓她根本就來不及去看自己被刮蹭得火燒一樣的手心，她手腳並用地爬了起來，跨過排水溝，瘋了一樣地衝到周氏的面前。「娘，告訴我，您把我的元元藏哪裡去了？娘，求求您，求求您告訴我！」

張氏的哀求，讓原本一臉得瑟的周氏頓時愣了一下，月光之下，張氏那張臉早已皺巴成了淒苦的模樣。「元元？元元不是妳帶著的嗎，問我幹什麼？我怎麼知道？」

周氏的不明所以、不以為然，卻像是一個重錘狠狠地捶在張氏的心上，她瘋了一樣衝了上去，雙手抓住周氏胸前的衣襟，開始死命地搖晃起來。

「您怎麼會不知道？元元就是跟著您出去的，都有人在大別山裡看到元元跟在您後面了！娘，把元元還給我好不好？只要您把元元還給我，就算是讓我做牛做馬我都願意！我的兒子啊！我可憐的兒子，你現在在哪裡呀？娘好想你，娘想得你心好痛啊……」說到最後，更是撕心裂肺，不能自已。

「元元跟著我？我怎麼沒看到？」周氏沒有想到會是這個答案，倒是愣了一會兒，連反抗都忘記了。她真的沒有注意到元元跟在自己身後……糟了！她回來了這麼久，元元都沒有回來，是不是說……元元這會兒還在大別山裡?!一想到這個可能性，周氏頓時頭皮都開始發麻了。她的孫子，她的心肝寶貝孫子啊！

「啪！」周氏心裡亂成了一團，再看張氏，更是氣不打一處來，伸手便是一個耳光搧在張氏的臉上，重重的，將張氏一下子就給搧懵了。

她愣愣地望著周氏，不明白為什麼周氏會打她？

「妳個蠢貨！妳要是不出去發騷，元元會跟我走嗎？如今元元不見了，妳鬼哭狼嚎給誰看呀？妳知道元元在大別山，妳怎麼還有臉站在這裡？連個孩子都看不住，妳怎麼就不去死啊！」一想到元元有可能不在了，周氏便看張氏哪兒都不順眼，一張嘴就將所有的責任都推到了張氏身上，絲毫沒想過自己有半點錯，一副理所當然、咬牙切齒的模樣，不知道的還以為這真是在為小輩擔憂。

「我的錯，都是我的錯……」張氏嘴裡碎碎念叨著，這一刻她連意識都開始恍惚了起來。都是自己的錯，要是她不去湊這個熱鬧，要是她待在家裡，她的元元是不是就會好好地待在家裡，是不是就不會丟了？

我弄丟了兒子，我把兒子弄丟了……我該死，我該死啊……

張氏已經完全鑽進了牛角尖裡，一想到自己弄丟了兒子，張氏便心如死灰一般，她目光呆滯地望著周氏那張醜惡而恍惚的嘴臉。

忽然，她歇斯底里地大叫了一句。「元元，別怕！娘來陪你了！」說完便朝著不遠處的青石板衝了過去，儼然已經有了尋死的打算。

這場面的突變，讓周氏嚇了一跳，可是看到張氏去尋死的樣子，周氏根本不為所動，也沒有半點去救人的打算。

不過幸好，不等張氏衝到堂屋的時候，一個身影便從堂屋裡衝了出來，一把抱住了張氏的腰，將張氏死死地攬住。

「娘，您不可以這樣啊！娘，我求求您，不要這個樣子，好不好？」

「放開我，讓我去死！元元沒了，我也不想活了，讓我去死吧！」張氏掙扎著、扭動著，想要從崔景蘭的臂彎裡逃出。

也不知道崔景蘭這會兒哪來的力氣，她死命地圈住張氏，不管張氏如何動作，崔景蘭卻是半點也不放手。「娘，元元那麼機靈，指不定他早就躲起來，這才沒有跟著阿嬤回來！等天一亮，我們就去大別山裡找元元好不好？」崔景蘭不知道該如何安撫張氏，腦子裡這會兒也是亂哄哄的，只能儘量說話，讓張氏心存希望。

張氏聽到崔景蘭的話，卻是愣住了，也不掙扎了，她呆呆地站在那裡，腦中莫名出現的，卻是那日崔景蕙對李氏說過的話。

沒有消息就是最好的消息。

是呀！誰也沒有告訴自己，她的元元真的不在了，她怎麼能夠去死？要是她死了，元元回來了，那可怎麼辦呀？這一點靈光，瞬間將張氏從求死的懸崖邊上拉了回來。

「娘……」崔景蘭看到張氏不掙扎了，也是鬆了一大口氣，只是環住張氏腰部的手依然不敢鬆開，她軟軟地喚了張氏一句，將頭抵在張氏的背上，淚流滿面。

「放開吧，娘不會尋死了，娘還要去找元元呢！妳阿爺昏過去了，蘭子妳去請一下江大夫，免得出了好歹。」張氏感覺一股濡濕穿透她背上的衣服，不用想也知道蘭子肯定是被自己剛剛的舉動給嚇哭了。她伸手將崔景蘭扣得已經不是那麼緊的手掰開，然後轉了個身，將抽泣著的崔景蘭抱進了懷裡，伸手拍了拍她的背。

「娘，我……我不去，我要在這裡陪妳！」崔景蘭猛的抬起頭，語帶哭腔地望著張氏，一臉的倔強。她絕對不會在這個時候離開的，要是娘只是為了把她給支開，然後自己……一想到這個可能，崔景蘭便忍不住開始全身顫抖了起來。

張氏看著崔景蘭的模樣，這一刻終於意識到，蘭子是真的長大了，不再是她心裡那個軟軟小小的丫頭了。她將崔景蘭面頰上的一縷頭髮別在了耳後，然後抹去了崔景蘭臉上的淚水。「大妮說得對，沒有消息就是最好的消息，在沒有看到妳弟弟的……前，娘是絕對不會再有輕生念頭的。」

「不騙我？」崔景蘭還是不放心。

張氏搖了搖頭，臉上雖然沒有表情，但是之前的歇斯底里卻是半點都看不到了。

崔景蘭不捨地離開了張氏的懷抱，咬了咬牙，一步三回頭的出了院子。

張氏望著簷下的周氏，雖然夜色不明，可是不知道為什麼，她卻好像看到了周氏一臉嘲諷的表情。她冷笑了一下，覺得自己活了三十多年，沒有哪一刻如現在這般清醒過。

雖然明知道公爹在屋裡躺著，可是她卻沒有半點想要踏進正屋的打算。因為那個地方，有周氏。

第三十七章　回天無力

周氏一臉鄙夷地看著放棄了求死的張氏，打了個哈欠，也沒打算和大兒媳婦再糾纏下去，轉身便準備回正屋，她可是累壞了，得歇著去了。

只是，周氏才剛剛提步，忽然，一雙手抱住了她的腳踝！

「還我兒來、還我兒來……」幽幽的聲音，如泣如訴，在這深夜裡，何其駭然。

周氏在這一剎那間，感覺自己的身體整個都要僵化了，崔家小院裡瞬間陷入了死一般的寧靜。

「把兒子還給我，還給我……」

再度響起的聲音，終於讓站著遠了一點的張氏認了出來，是弟妹！只是，她什麼時候出現在這兒的？張氏沒有告訴周氏，她甚至巴不得讓周氏多驚嚇一會兒才痛快！

周氏瞪大了眼珠子，渾身顫抖不停地望著抓住她的腿、長髮遮住面門的女鬼，踉蹌著往後退，可是腿卻被死死地抱住，周氏後退不成，反而跌倒在地上。

「快滾開！不要纏著我，去纏著她！她有個兒子，長得白白胖胖的，可討喜了！妳要兒子，就去找她！」周氏一邊用沒有被束縛住的腿死命地蹬著扣住她腿的手，一邊用手指著院子中的張氏。

張氏聽了周氏的話，只覺得心都涼了半截，這就是她相公的親娘呀！這就是日日喚著她兒子「心肝」的周氏！到這一刻，張氏總算是明白了，周氏誰都不愛、誰都不在乎，她愛的、心疼著的，永遠都是她自己。

若真的是撞了鬼了，周氏這一招可能還有點用，但扒著她腿的不是鬼，而是費盡千辛萬苦才爬到這兒的李氏，是一個一心只想知道兒子下落的母親。

「娘，告訴我，您把我的團團抱哪兒去了，好不好？我求求您了，告訴我！」那一腳一腳踹在身上，真的好痛，好痛，可是李氏半點都沒有躲開。她死死地抱住周氏的腳踝，如泣如訴的聲音，就如她此刻被剮了肉的心。

「團團？妳不是鬼！」周氏這會兒終於回過神來了，只是這樣的發現讓周氏沒有了恐懼，有的只是怒火橫生，她坐在地上，彎腰一把撈住了李氏的頭髮，然後就死命地扯了起來。

「妳個該死的剋門星！讓妳裝鬼嚇我，讓妳嚇我！我今天不打死妳，我就不姓周！」

周氏下手毫不留情，李氏身子虛得很，哪裡是周氏的對手？沒幾下，周氏的手裡便撓下了大把大把的頭髮。

李氏連連呼痛，這張氏也就站不住了。同樣是媳婦，同樣因為周氏的原因不見了兒子，張氏這次自然是站在弟妹這一邊的。而且，張氏可不是李氏那種軟包子性子，她衝了上去，同樣一把揪住周氏的頭髮就往外扯。

「妳個賤人！快放手，不然我讓我兒子休了妳！」頭上吃痛，周氏哪裡受得了？一隻手反手就去護頭髮，另一隻手的力道自然也就弱了。

李氏借此機會將頭髮從周氏的手裡搶了回來，而周氏的腿也終於從李氏手中解放出來。周氏幾個蹬腿，蹬到李氏身上，竟讓李氏後移了幾寸。等李氏從生鏰中回過神來，就這麼一下子的工夫，便好像沒她什麼事了。

周氏被張氏壓在了身下，一時間撕咬、抓撓，各種潑婦手段盡數使出，嘴裡更是辱罵不斷。

崔景蘭扶著江大夫走到柵欄前時，看到的便是這副場面。她立刻就急了，鬆開了扶著江大夫的手，就著半掩的柵欄門，直接衝了進來。

「娘！阿嬤！妳們這是在幹什麼?!」

只是，這架打得如火如荼的兩人這會兒哪有功夫搭理崔景蘭？崔景蘭想要伸手去拉架卻無從下手，急得她在一旁直跺腳，自然也就注意到了趴在不遠處的李氏。

「二嬸，您怎麼也在這兒?!」崔景蘭驚呼了一句，小跑過去，蹲下身就要去扶李氏，只是一蹲下，便聞見一股濃厚的血腥味直往鼻子裡面衝！血！崔景蘭腦子裡瞬間便閃過這個字，眼睛也下意識往李氏的下身處望去——

血，真的是血，好多的血！

崔景蘭一瞬間感覺自己的力氣被抽空了一樣，一屁股坐在了地上，手也按在地上。

只是手碰到地上的時候，崔景蘭感覺到手心處碰著的不是泥土、灰塵，而是一股黏稠之物。崔景蘭顫巍巍地將手伸到了自己的眼前，就著月光，只見猩紅的顏色將整個手心都染紅了！

「啊——血！」真的是血！崔景蘭頓時忍不住了，一聲驚叫沖天而起，帶著無比的恐懼。

這讓原本站在柵欄處一直未走近的江大夫，也顧不得之前的避嫌之舉，抱著藥箱就衝了過來。

而正在廝打著的婆媳，也停了手腳。

張氏扭頭一看崔景蘭面色慘白、驚嚇過度的模樣，哪裡有心思再與周氏糾纏？忙從周氏的身上爬了起來，頂著個雞窩頭衝到了崔景蘭面前，從身後一把摀住了崔景蘭的眼睛。「蘭子，別怕！娘在這裡，別怕！」

「快，拿燈來！」這會兒江大夫已經衝到了李氏的身側，探住了李氏的脈搏。不好！這次的情況比前日還要糟糕！怎麼會這樣？明明之前的血崩之象已經止住了呀！江大夫顧不得去探究原因了，張嘴就喊了一句。

周氏從地上爬了起來，她這會兒是一肚子的火，哪裡會在意江大夫的話？再說呢，李氏是死是活，跟她有什麼關係？她現在腦子裡唯一的念頭，就是要將張氏這個娼婦好好地教訓一頓！所以她直接無視江大夫，衝到了張氏的面前，揪著她的頭髮就往排水溝那邊死拽了過去。

「讓妳狂！妳個賤人，還敢對我動手，我今天非得打死妳這個賤人！」

「妳瘋了？妳簡直就是瘋了！」張氏猝不及防之下，被周氏拽了個踉蹌，原本已經平息下來的怒火瞬間瘋漲。張氏想也沒想，直接扭身往後一推，一把便將周氏推倒在院子的小水池裡，自己也是踉蹌了幾下，這才穩住了身形。「蘭子，跟我走！」張氏看也不看渾濁淤泥中撲騰的周氏，扯著崔景蘭就往自家屋裡走。這種汙穢的東西，還是不看為好！

一時間，崔家院子除了周氏掙扎撲騰的聲音外，再無其他。

江大夫看著這一家子，卻是氣不打一處來，本想甩袖子就這麼離開，可是又想著大妮那孩子著實可憐了些，遂嘆了口氣，從藥箱子翻出一個不起眼的小瓶子，自裡面倒出兩顆灰不溜丟的藥丸子，掰開李氏的嘴，全塞了進去。

這雖然比不得崔景蕙之前的凝血丸珍貴，但也是他費了大功夫研製的，用在李氏身上自然是有些心疼，可若是不用的話，只怕不用等到天明，李氏就會因為失血過多而亡。

「張氏，妳個死婆娘，我非得讓我兒子休了妳，妳給我等著！」小池子本來就不是很深，只不過裡面淤泥比較厚，而且滿是鴨子的糞便，這一攪混了，自然是臭不可聞了。周氏這麼一跌，渾身更是腥臭腥臭的，所以這會兒，周氏撕了張氏的心都有了，只是身上實在是太臭了，因此周氏一邊罵罵咧咧的，一邊進了屋子去換衣服了。自始至終，周氏都沒有看江大夫以及地上的李氏一眼。

這倒是讓江大夫有些為難了，李氏現在的情況不太妙，他雖然是個半老頭子，可也不好做那些個肌膚相親的事。而且這夜晚雖然不至於太黑，可終究還是太暗了一點，他一個外人，在沒有主家的允許之下，如何好意思進門？

「這、這……我的老天爺啊！」張氏將崔景蘭帶回屋子之後，想起之前江大夫的囑咐，又尋了盞燈出來，這才出了堂屋門，便沒忍住叫了起來。血！血！就著燈光的映照，張氏清楚地看到一條血色痕跡從二房門檻處一直蜿蜒到了李氏的身下，這得多少的血啊！

張氏忍不住有些心悸，小心地避開血痕，走到不知什麼時候昏死過去的李氏身側，將煤油燈放在地上，這才注意到，以李氏為中心，從李氏身下已經擴散出了一大片血色，張氏心中不免升起了一絲不祥的預感。

燈光照射下，江大夫自然也看到了李氏的情況，這讓他的心情更加沈重了起來，原來的七分把握也只剩下了三分。

「這……這……江大夫，弟妹她會不會有事？」

江大夫搖了搖頭，他現在心裡也沒有底了。「若是能止住血，那便沒什麼大礙；若是不能，老夫也無力回天了。」

張氏驚得眉角一跳，她沒有想到，李氏的情況竟然會這麼嚴重。「江大夫，您有什麼吩咐，儘管說，只要我能做到的，都沒有問題！」

有了張氏這句話，江大夫總算鬆了一口氣。「妳先弄些熱水到大妮她娘屋裡，再找條乾淨的褥子鋪在床上，拿一身乾淨衣服，然後幫老夫將大妮她娘送回床上去。」

「好咧！」張氏麻溜地點了點頭，頂著個雞窩頭就進了灶屋裡。走到灶臺前，掀了鍋蓋，便看到一鍋子剛滾了的熱水，張氏心中一喜，也不管這水是誰燒的，端了木盆就裝了一大盆子，正要走時卻看到周氏從隔著的、用來洗澡的弄堂裡走了出來。

「那是我的水，給我放下！」周氏一身臭死了，自然是受不了，準備洗個澡，去去味道，哪裡想到她這才剛剛找了衣服放進弄堂裡，正要出來看水燒熱了沒，卻被張氏給截了熱水，那還未消散的怒氣，頓時噌噌地往上漲，氣勢洶洶地就朝張氏衝了過去。

看這架勢，來者不善啊！張氏「哐」的一聲，將裝著熱水的木盆子放在灶臺上，直接就朝周氏衝了過去，然後抓住周氏的前襟就往後推！

這勢頭，周氏如何擋得住？直被張氏推得連連後退，一個不察便被推回了弄堂之中。周氏剛想回擊，可是張氏卻鬆了手，還不等周氏明白是怎麼一回事的時候，弄堂的門便已經被張氏帶住，然後掛上了，掛上之後，張氏還從灶膛的柴火上折下一根手指粗細的樹枝塞進了掛眼裡。

「哼，裡面待著去吧！」張氏朝不斷搖晃的門唾了一口，轉身端了木盆子便往外走，只留下周氏在弄堂裡咒罵不已，卻毫無半點辦法。

張氏和江大夫兩個，小心翼翼地將李氏搬回了床上，就著熱水，又給李氏擦洗了一下，換了身乾淨衣服。

看到李氏的出血量，張氏心裡實在是沒個底兒。「江大夫，還有什麼是我能幫上忙的嗎？」

「這是藥方子，妳現在就讓人去我的藥廬，讓我的藥童抓藥，越快越好。」江大夫這次來身上並沒有帶上可以阻止血崩的藥材，所以他寫了個方子，交給了張氏。

「這……我能去嗎？」張氏伸手接過藥方子，猶豫了一下，忽然問道。

江大夫望了一眼躺在床上面、如白紙一樣的李氏，朝張氏搖了搖頭。「張嫂子，妳最好還是留在這裡，老夫在這兒終究有所不便。」

「那……那好吧，我讓蘭子去。」張氏聽明白了江大夫的顧慮，也不再強求，拿了藥方子便往門外走，卻是刻意避開了屋內那條從床腳下開始蜿蜒的血痕。

「多有得罪。」江大夫在這邊也沒有閒著，他從藥箱裡掏出一套銀針，將蓋在李氏身上的被褥打開，也沒有解開李氏身上的衣服，就著多年來的行醫經驗，將一根根銀針扎在了李氏的身上。因為有衣服的阻隔，江大夫每一針都下得格外的謹慎，等最後一針落定之後，他已經是滿頭大汗。掏出手帕將額頭上的汗水拭去，回身便見張氏匆匆趕了回來。

「江大夫，我已經讓蘭子去藥廬了。」

江大夫點了點頭，表示知道了。「好，妳在這裡看著大妮她娘，等一刻鐘時間便叫我。」

張氏下意識以為江大夫要走，頓時便慌了。「江大夫，您要去哪兒？」

「我去給崔老哥看看！」江大夫自然沒有忘記崔景蘭半夜叫自己出診的原因。

「對、對！爹還在正屋裡躺著呢！」張氏猛的一拍腦袋，這才想起叫江大夫來的初衷。她實在是被周氏給氣糊塗了，竟然連這事都給忘記了。「江大夫，要不要我去幫忙？」

「不用，妳在這兒守著。」江大夫朝張氏搖了搖頭，提著藥箱出了五進屋，走到正屋裡，先是探頭往裡面看了一下，沒有看到周氏，頓鬆一口氣。

走進屋子，用火石點燃了擱在窗框上的燈，放在地上，便看到崔老漢前襟上沾著星星點點的血跡，這會兒早已經乾枯。

江大夫給崔老漢把了脈，倒是生出了幾絲慶幸，在這一堆爛事中，崔老漢沒有卒中，便已是不幸中的萬幸了。拿出銀針給崔老漢扎了幾針，卻沒有讓他清醒過來，現在對於崔老漢而言，沒有什麼比睡下還要更幸福的事了。

再度回到二房屋裡，江大夫讓張氏給崔老漢搬床被子，並特意囑咐不要去搬動他。

張氏雖然不知道江大夫這般的用意，可是聽到公爹只是氣急攻心暈了過去，也是鬆了一大口氣。家裡現在已經亂成一鍋粥，可不能再出事了。

卯時快要到了，江大夫再一次探了探李氏的脈象，這眉皺得都快要夾死蟲子了。止血的藥灌了兩碗，針也扎了，這流血的速度雖說是緩了，但沒有止住血，就是緩了又有什麼用？李氏的血已經流了太多了。他費盡心力，終究還是留不住，早晚也不過是時間問題罷了。

只是，大妮怎麼還沒有回來？江大夫嘆了一口氣，搖了搖頭，從床邊站了起來。

崔景蘭靠坐在側門門檻上，手裡拿著一把扇子，耷拉在小腿上，頭靠在門框上，聽到凳子發出的聲音，猛然驚醒了過來，下意識搧了下扇子，卻發現小灶裡星火早已熄掉了。

「江大夫，還要煎藥嗎？」

「再煎一服吧！」江大夫擺了擺手，總也要留點希望不是？

「那我這就生火！」得了江大夫應允的崔景蘭再度忙活了起來。

同樣守在屋裡的張氏早已撐不住，趴在桌子上睡下了。

江大夫站在屋內，口鼻間納入的呼吸皆沾染著血腥之味，吸入肺腑之內，只覺胸口沈悶異常。這一刻，他有些待不下去了。

出了房門，江大夫這才發現，原本漆黑的天際像是沾染了一層灰塵般，有了灰色的痕跡。門外血色蜿蜒的痕跡早已乾枯凝結，只是在夜色漸明中，卻是更加的觸目驚心。

他站在院子裡，望著通往院外的小徑。

李氏撐過了第一次、第二次血崩，可是這第三次終究要撐不下去了。

那孩子的一番心血，到頭來還是白費了。

第三十八章　交代後事

深秋霜重，江大夫還沒站多久，灰白的鬍鬚便沾染上了細細的白霜，可是他卻毫無察覺。

也不知道是他眼花了，還是出現幻覺了，他似乎看到有人從山上面慢慢地往下走來，只是灰暗的夜色遮擋住了來人的面目，讓江大夫一時間看不真切。

終於，那人影越來越近，越來越清楚，是兩個？不對，是三個，三個孩子！又近了，更近了，是大妮！她真的趕回來了，趕上李氏的最後一面了！

崔景蕙抱著已經哭累得睡了過去的承佑，牽著腳步越來越慢的崔元生，從大別山一路走了回來，自然也是看到了江大夫。

這個時辰，江伯怎麼會在崔家？難道是……娘！看到江大夫，崔景蕙第一個想到的便是李氏出事了！畢竟現在這個屋裡，沒有誰比李氏還要虛弱。

「元元，你自己走，我先回去！」當機立斷，崔景蕙一把掙脫了牽著崔元生的手，雙手將承佑往懷裡一掂，然後便邁開步子往崔家院子衝了過去。「江伯！是我娘出事了嗎？」

人還未到，急切的聲音已經傳入了江大夫的耳裡。大妮知道了？不，這不應該才是，這一晚自己都守在崔家，大妮不可能知道。一瞬間，江大夫腦子閃過的便是這個。

近了，更近了！就要衝到自己面前了！江大夫下意識裡後退了兩步，想要回答大妮的問題，只是……不需要了。

一奔進院子裡的崔景蕙便看到了，看到那條從自家門檻處一直蜿蜒到正屋位置的血色痕跡。一瞬間，似乎有隻手扼住了崔景蕙的呼吸，她渾身都開始顫抖了起來，抱著承佑的手差點鬆開。不需要誰的回答了，崔景蕙的心，這一刻已經有了答案。她的腳步慢下來了，一步一步的，虛浮著，踉蹌著，跌跌撞撞地往自家門口走去。

屋內，也有。

崔景蕙看著起始於床頭、蔓延至門檻的血痕，還未跨進門檻之內，她渾身的力氣便被抽空了。腳下一軟，崔景蕙瞬間跌坐在門檻之外。一門之隔，卻猶如千里的橫溝，她沒有力氣跨過去了。

她想要張嘴叫上一聲，卻發現自己連張嘴都做不到。她的身體在劇烈地顫抖著，每一寸肌膚皆顫慄不已。她控制不住自己的身體了，她看不見、聽不見、聞不見，甚至連呼吸都忘記了。

江大夫趕了過來，便看到崔景蕙憋紅了一張臉，癱坐在地上，身體大幅度地抖著，暗叫一聲「不好」，忙掏出銀針包，「刷刷刷」地就往崔景蕙的頭上扎去。

在針落下之後，崔景蕙終於感覺能夠控制自己的身體了，而視線也清明了起來，慢慢的也能聽見江大夫不斷說著的話了。

「大妮，呼吸！慢慢呼吸！」

崔景蕙跟著江大夫的聲音，慢慢地重新掌握住了身體的控制權，她一手抱著承佑，另一隻手抓著門框，站了起來，然後抬腳，跨過了無形的橫溝，走進了屋內。

「大妮！大妮妳回來了！」崔景蘭聽到江大夫的聲音，往屋裡一湊，便看到崔景蕙，喜得一把將手中的扇子丟在地上，便往崔景蕙的位置衝了過去。團團找到了，那是不是說元元也找到了？崔景蘭急急地衝到崔景蕙的面前，張嘴就要問元元的消息。

崔景蕙伸手就將崔景蘭撥到了一邊，看都沒看崔景蘭一眼。「出去！妳們都給我出去！」

崔景蘭沒有想到自己在這裡守了一夜，得到的竟然是大妮的冷聲冷語，心中看到大妮的那股喜悅感瞬間降到了谷底，正想要反駁什麼，卻被江大夫拉住。

「元元就在院子裡，他跟著大妮一起回來的。」

「真的?!」

崔景蘭還沒來得及開口，原本趴在桌面上睡覺的張氏已猛的彈了起來，問了一句，也不等人回答，直接便往門外衝了出去，一眼便看到了站在柵欄處的崔元生。

兒子，她的兒子沒有事，她的元元安全回來了！一想到這個，張氏瞬間熱淚盈眶。

「元元！元元！」她大叫著崔元生的小名，然後衝了過去，一把將崔元生抱進懷裡。

「元元，嚇死娘了！你知不知道，娘快要擔心死了！回來了就好，回來了就好……」

「娘，我以為再也見不到您了！嗚嗚嗚……」崔元生同樣緊緊地抱住張氏，放聲大哭了起來。

崔景蘭走出房門看到的便是這一幕，她沒有上前，而是靠在門口邊上，望著這溫馨的一幕，眼淚止不住簌簌地直往下掉。

「江伯，我娘她……還好嗎？」真進了屋，崔景蕙卻是不敢靠近了。她站在門口處，望著床上李氏的睡顏，沈默了良久，忽然開了口。

「老夫醫術不精，實在是無力回天。」江大夫站在崔景蕙的身後，不知道為什麼，看著面前這小小的背影，只覺得蕭瑟無比。作為醫者，他自然是不願意看到這樣的情況，可是他已經盡力了，所有能用的法子，他都已經用在李氏身上了，但血還是沒有止住。若是還有那凝血丸，或許還有一線生機，但是他也知道，崔景蕙所有的凝血丸已全部用在了李氏身上，不可能再出現奇蹟了。

冗長的沈默之後，崔景蕙終於出聲了。

「我明白了。江伯，麻煩您出去一下，我想和我娘單獨待一會兒。」

江大夫眼神複雜地看著崔景蕙的背影，想安慰一下崔景蕙，可是他活了大半輩子，見慣了生離死別，當然明白所有的勸慰在生死離別面前都是徒勞的、蒼白的。

所以，他最終只是搖了搖頭，轉身出了房門，順便將門給帶上。

「那個……江大夫，能不能麻煩您幫元元看一下？」張氏攬著元元走了過來，一臉不好意思地朝江大夫提了一個要求。

「把手伸出來。」

張氏見江大夫答應，一邊說著，一邊抓著崔元生的手，就往江大夫面前送。「快，元元，快伸出手！」

江大夫替崔元生把了脈之後，摸了摸山羊鬍子，向張氏囑咐了一句。「沒什麼大礙，睡之前熬碗薑湯，去去寒氣就可以了。」

「謝謝江大夫！謝謝！」張氏頓時鬆了一大口氣，攬著崔元生一邊後退一邊朝江大夫鞠躬。

「我都說了我好著呢！娘，您怎麼都不信呢！」崔元生抱怨著揉了揉自己的肚子。「娘，您先弄點吃的給我吧，我都快餓死了。」

「好好好，娘這就去幫你做！」

母子倆就這樣邊說著邊進了灶房裡，而崔景蘭只望著卻並沒有跟上去，她垂著頭，時不時瞟一眼江大夫，鞋尖蹭著地面，一副欲說不說的模樣。

若是平常，江大夫見蘭子這般小女子作態，必將打趣幾分，可是現在卻是沒這個心情了。「蘭子，可是有什麼想問的？」

「江伯伯，二嬸她會不會有事呀？」聽到江大夫問起，崔景蘭倒是如釋重負地抬起了頭，她一臉擔心地望著二房緊閉的門戶，一臉不安。

「這……人的命數自有天定，天不留你，這人啊，也沒得法子。唉，老夫已經盡力了。」

江大夫雖然說得不甚清楚，可是崔景蘭卻是聽明白了，頓時有些承受不了地後退了幾步。

江伯伯沒有辦法，那不就是說二嬸沒得救了？這……二叔這才去了沒幾天，二嬸若也撐不下去了，大妮如何受得了？而且堂弟還這麼小，這就沒了娘，可怎麼活啊！

崔景蘭一時間心思百轉，卻是萬般悲切湧上了心頭。

「娘，娘您醒醒……我把團團找回來了，您睜開眼看看啊！」

屋內，崔景蕙一步一挪地走到床邊，將懷中髒兮兮的襁褓往李氏面前湊，語氣哽咽，大顆大顆的淚珠滑落，掉在了床上的被褥之上。

只是，任憑崔景蕙如何呼喚，躺在床上的李氏卻是連眼皮子都沒有動一下，這讓崔景蕙的心一點一點的涼了個徹底。

崔景蕙掀開被褥，將承佑放在李氏的臂彎裡，伸手握住李氏冰冷的手腕，感受著脈搏處越來越微弱的搏動，饒是崔景蕙活了三輩子，這一刻卻真切地體會到了萬箭穿心那種蝕骨般的痛意。

「娘，您醒醒好不好？好不好？我不想要您死，我不要您死，您快醒來好不好？娘！

娘，我是大妮呀！我回來了，我把團團也帶回來了，不會再有人將團團和我們分開了！娘，求求您，您醒來好不好？我好怕啊！娘，沒有您的話，我會活不下去的，娘……」

一字一句，撕心裂肺，痛徹心腑，只可惜，李氏沒有半點回應，倒是承佑被驚醒了過來。或許是感應到了什麼，承佑還沒睜眼，便已經張開嘴「哇啊哇啊哇啊……」的大哭了起來。

「娘，團團哭了！您聽到了沒？團團還這麼小，您怎麼捨得讓他就這樣沒了娘？娘，您張開眼看看團團、看看我好不好？」

或許是母子之間那種特殊的情感，在團團的哭泣聲中，李氏的眼皮子終於顫了一下，接著更是顫悠悠地睜開了雙眼，只是眼睛裡毫無焦距。李氏的嘴張著，蠕動了幾下，卻是聽不到聲音。

可即便是沒聽見，崔景蕙也能明白李氏想要說的是什麼，所以她伸出手，將李氏的臉掰向了躺在她臂彎裡的團團。「娘，您看，我把團團帶回來了！」

再度看到那張熟悉的小臉，李氏竟有種恍如隔世的感覺，這是她的團團！是她歷經千辛萬苦生下來的團團！李氏想要伸手去摸摸承佑的小臉，可是失血過多的她，卻怎麼也抬不起手來。

崔景蕙一把抓住李氏想要上抬的手，然後輕輕地放在承佑哭得像個包子的小臉上。

李氏的手在承佑的臉上輕輕的摩挲著，看著承佑不停的哭泣，李氏知道，團團肯定是餓了，只是這會兒，她連解開衣襟的力氣都沒有了。「大妮，我想給團團餵奶。」輕如蚊蚋般的聲音，崔景蕙卻是聽見了。她吸了吸鼻子，想要向李氏笑一笑，可是不管怎麼扯動嘴角，卻都笑不出，最後只能低著頭伸出手，將李氏前襟的盤釦解開，然後托住承佑的襁褓，將承佑送到了李氏的胸前。

或許是聞到了乳汁的味道，承佑在李氏的胸前拱了拱，終於找對了地方，哭聲頓止，崔景蕙站在床前，甚至可以清楚地聽見承佑吞嚥的聲音，顯然已經是餓壞了。

李氏愛憐地望著狼吞虎嚥的承佑，似看不夠一樣，就連眼睛也捨不得眨一下。

崔景蕙站在床邊，並沒有說話，她的目光癡癡地望著李氏，一如李氏望著承佑的目光，充滿了不捨。

「大妮，娘對不住妳！娘不能看著妳出嫁，也不能看著承佑慢慢長大了。」李氏戀戀不捨地將目光從承佑的臉上挪開，望向了崔景蕙，眼中是揮之不去的歉疚。自己的身體，只有自己最清楚是怎麼回事。冥冥之中，李氏已然知道，自己過不了這一關，躲不過這一劫了。

「娘，您不要這麼說，您一定會好好活著的！承佑需要您，我也需要您！」崔景蕙死命地搖了搖頭，似乎這只是一場噩夢，只要清醒過來，便什麼都不會發生了一樣。

「大妮！」李氏看崔景蕙這模樣，不由得稍稍提高了一點聲音。「妳聽我說，我的時間不多了，有些事，我必須告訴妳。」

崔景蕙自然知道李氏要對自己說什麼，可是她不願意聽，因為聽了，李氏就真的要離開她了！「我不想知道！娘，我什麼都不想知道！您不要說好不好？」崔景蕙死命地捂住了耳朵，就是不願意去聽李氏的話。她瞥見側門外還溫在小灶上的藥罐，就像是看到了救星一樣，猛的衝到側門外，也不顧藥罐滾燙，直接便提了藥罐，將裡面的藥汁傾倒入擱置在一旁的一個碗裡，而後端著碗送到了李氏的床邊，鼓著腮幫子吹了幾下，就要往李氏面前送。

「娘，您吃藥，吃了藥就會好起來的！」

「大妮，妳不要這樣，娘知道自己好不了，就算吃再多的藥也是浪費，這都是命！妳若不讓娘說，娘便是死都不會安生的。」李氏看到崔景蕙這個樣子，心裡也是不好受，聲音更是哽咽了起來。她往上望了望，想要將盈滿眼眶的淚水收回去。

「娘、娘……」崔景蕙早已知道留不住李氏了，可是她不甘心，不甘心就這樣眼睜睜地看著李氏死去！

「乖……大妮，娘床底下有個巴掌大的小箱子，妳去拿出來。」

崔景蕙淚眼朦朧地盯著李氏，在李氏堅持的目光中，崔景蕙還是放下了藥碗，然後爬入床底，將塞在角落中的小木箱拿了出來。

「用妳脖子上的鑰匙，打開它。」

崔景蕙並沒有這麼做，因為那把小小的鑰匙，這會兒就插在小箱子的鎖孔裡。崔景蕙深吸了一口氣，望向李氏。「娘，您不用說，我都知道的。我不是娘的親生女兒，這個小箱子裡是娘撿到我的時候，我身上帶著的東西，我都知道的。我一直假裝不記得，只是因為我想要當娘的女兒，當娘一輩子的女兒。」

李氏一臉震驚地望著崔景蕙。雖然這些年，她和順哥一直將大妮視如己出，可是一開始心裡還是自私的，畢竟當年有大妮的庚帖在，只要報官的話，一定可以找到大妮的爹娘。可那時候，她太想要個孩子了，而大妮的出現，給了她希望，所以她才隱瞞了下來，只當小孩子不會記事，便重新給大妮上了戶籍，養在了身邊。

而大妮也如她期待的那樣，嘴上根本就沒有提過半句有關自己父母的消息，李氏便真的以為大妮什麼都不記得了。可是如今大妮這麼一說，她還有什麼不明白的？大妮知道，從一開始就知道，是她成全了自己當時想要孩子的那份心思。

什麼都不用說了，說得再多，只會讓她們母女之間的那份親情抹上不堪的痕跡。李氏看著崔景蕙哭得淚眼婆娑的模樣，是的，她就是自己的女兒，不是親生，卻勝過親生。

「大妮，齊家的情，若是妳能還上就還了吧；要是還不上的話，妳就帶著團團離開大河村，去找妳真正的未婚夫。」如果真的讓大妮嫁給了齊家那個傻子，她就算是死都不會瞑目的。雖然這樣的想法有些對不住齊家，可是她寧願虧欠了齊家，也不希望大妮落入那個火坑。

「娘，您別說了，都別說了，我知道，我都知道！我會處理好的，娘，您什麼都不要想，好好養好自己的身體，我和團團都離不開您。」還有什麼不明白的？李氏這明顯就是在交代後事了！崔景蕙抹著眼淚，目光眷戀地望著李氏。

李氏也不想離開，可是這一刻她清楚地感覺到自己的生命在慢慢地流失，她的身體正在慢慢地變冷，即便李氏想要自欺欺人，不想承認這個事實，但事實就是事實，她真的要死了。「大妮，讓娘說完好不好？」

「娘！」

「娘知道這樣很自私，可是娘也沒有其他的法子了。我走了以後，團團就交給妳了，我相信妳可以護住弟弟的。」李氏看著承佑，眼中癡纏不已，一想到她要拋下團團而去，她就感覺自己喘不過氣來了。

「娘，您放心，我一定會照顧好弟弟的！」崔景蕙點了點頭，這個即便李氏不說，她也會做到的，那是她的弟弟，是她割捨不下的親情。

「娘相信妳做得到的。」李氏的眼中露出一絲欣慰，她伸出手想要摸摸崔景蕙的小臉，手才伸到一半，便已經被崔景蕙握住。

崔景蕙坐在床邊上，以便讓李氏的手能碰到自己的臉。

李氏一臉愛憐地摸著崔景蕙嫩滑的小臉，沈默了片刻，忽然開口。「大妮，等娘……死後，把順哥的衣冠和我葬在一起吧！」

「娘！」崔景蕙猛的睜大了眼睛看著李氏。娘都知道了，娘知道自己是騙她的！

「傻孩子，妳是我一手帶大的，我怎麼會不知道妳是想讓我好過些？對不起，大妮，我不是一個合格的長輩，反而讓妳為我操碎了心。」

崔景蕙趕緊搖了搖頭，以免讓李氏繼續自責下去。「不要說什麼對不起，我是您的女兒，這都是我該做的，娘。」

李氏笑了笑，只看著崔景蕙無語，她現在實在是太虛弱了，她得歇一會兒。

屋內頓時只剩下崔景蕙的吟泣聲。

忽然……

「哇啊哇啊……」團團忽然從李氏胸前挪開，張著嘴開始大哭了起來。

「團團，怎麼了？」

「怕是沒吃飽吧！」李氏勉強低頭看了看自己被吮吸得只剩一層皮的胸部，伸手想要將團團挪到另一側，只是這會兒，她根本就承受不起團團的重量了。

「娘，您別動，我來幫您。」崔景蕙忙將哭鬧的承佑放到了李氏的另一側，承佑拱了拱，下一刻，「咕嚕咕嚕」的吞嚥聲再度響起。這一刻，崔景蕙倒是有些羡慕崔承佑了！

「大妮，我想和團團單獨待一會兒，可以嗎？」李氏忽然扭頭，對崔景蕙不好意思地笑了一下，笑容羞澀無比。

崔景蕙愣了一下，張了張嘴，想要拒絕李氏的請求，可是看到李氏的目光，崔景蕙終究還是閉上了嘴巴，什麼都沒有說。她心中苦澀無比，可臉上還是牽強地露出了一絲難看無比的微笑。

「嗯，娘，我先出去了。我就在門口，有什麼事叫我一聲我就能聽到。」崔景蕙轉身，側著頭，目光一直望著李氏，不敢有分毫的錯過。只是等退出了房門，李氏躺在床上的身影終究是看不見了。

崔景蕙背靠在牆壁上，仰頭望著越來越白的夜空，即便如此，眼眶裡的淚水依然止不住，大顆大顆地往下掉。

這一刻，崔景蕙心若死灰。

第三十九章　李氏過世

待在不遠處的崔景蘭看到大妮出來，想要走過去安慰崔景蕙，卻被江大夫一把拉住，並朝她搖了搖頭，示意不要去打擾大妮。

屋內，李氏一直注視著崔景蕙消失在門口，這才將視線落回了承佑的臉上，她目光癡望著承佑，似怎麼都看不夠一樣。

忽然，李氏輕輕地低喃了一句。「團團，娘不能陪你了。順哥，我來了……」伸手撫摸著承佑臉頰的手忽然一停，然後便從承佑的臉上摔了下來，掉在褥子上。那一雙充滿了不甘、眷戀的眼終究閉上了，她靜靜地躺在那裡，一如睡著了一般的美好。

她再也看不到這個美麗又齷齪、溫暖又冷心的世界了，甚至連再抱一抱團團都不可能了。

而這一切，還在吮吸著乳汁的承佑卻一無所知，他躺在李氏的懷裡，不知道李氏再也給不了他任何溫暖了。

這一刻，門外的崔景蕙像是有了感應一般，她轉身，推開門，跌跌撞撞地衝進了屋內，站在床邊，看著李氏宛若睡著了一般的容顏，顫抖著伸出手，摸上了李氏的脈搏。

觸手可及中，只有一片冰冷，而脈搏處，什麼都沒有，就連最微弱的跳動都沒有。

「娘——」崔景蕙猛的撕心裂肺地大叫了一聲，而後再也承受不住這打擊，身體一軟，直接暈倒在床前。

原本還在吮吸著乳汁的承佑，不知道是因為崔景蕙的聲音受到了驚嚇，還是因為李氏的逝去讓乳汁變了味道，亦是大哭了起來。「哇啊哇啊……」

一直注意著二房動靜的崔景蘭和江大夫，在門外聽到崔景蕙悲愴無比的叫喊聲時，二人相視一望，心中頓時有了不好的預感，轉身一同往屋裡奔去。

「大妮！」看到崔景蕙暈倒在了地上，崔景蘭頓時一驚，忙衝過去，將崔景蕙扶了起來。

而江大夫則是一把執起了李氏的脈門……死了，難怪大妮會如此。

「江伯伯，可怎麼辦呀？」崔景蘭搖晃了幾下崔景蕙，崔景蕙卻是沒有半點反應，她頓時就有些急了。

江大夫放下李氏的手，嘆了一口氣。

「把大妮先放下來。蘭子，妳二嬸已經去了，去叫妳娘來，給李氏換身衣服吧！」

「二嬸……去了？不可能！」崔景蘭愣了一下，想也不想便反駁了起來。

「快去吧，這會兒李氏的身體還軟著，再耽擱下去，便換不了了。」江大夫沒有再多說，朝崔景蘭揮了揮手，便蹲下來，伸手按在崔景蕙的人中處。

崔景蘭被這個消息震盪得腦袋都懵住了，什麼話都反駁不了，昏昏沈沈地走回了自己屋裡。

這會崔元生已經吃了東西睡下了，張氏正在收拾碗筷，回身看到崔景蘭一副魂不守舍的模樣，隨口便問了一句。「蘭子，怎麼回來了？是妳二嬸那裡沒什麼事了嗎？」

「娘，江伯伯讓您去給二嬸換身衣服，說是再不換就換不了了……」崔景蘭站在屋中間，抬頭看著張氏，聲音哽咽無比。

「換衣服？這不才剛換了沒多久，怎麼又要換了？還有蘭子，妳怎麼就哭上了？娘又沒說不去給妳二嬸換啊！等會兒，等娘收拾了碗筷這就過去。」張氏本來只覺得有些奇怪，走到崔景蘭身邊，看崔景蘭這還哭上了，就覺得更加奇怪了，於是端了碗筷就往門口走，心裡想著要快些才好。

崔景蘭看她娘根本就沒有反應過來的模樣，語氣幽幽的又加了一句。「娘，二嬸沒了……」

「沒了？什麼沒了？」張氏腳步一頓，回頭挑眉看著就這麼一會兒工夫便已經哭得不能自已的崔景蘭。

「娘，二嬸死了，沒了！」這話從自己嘴裡說出，崔景蘭這才深刻的感覺到一股悲傷瀰漫著全身，讓她忍不住想要哭泣。

這次張氏聽明白了，她臉上的表情頓時僵住了，端著碗的手抖動著，似乎再也承受不住碗的力道，只聽得「哐」的一聲，手中的碗筷成直線掉落在門檻上，摔得七零八落，散落在門檻兩邊，張氏卻看都沒有看一眼，嘴裡喃喃地唸了一句。「李氏……死了。」

接著像是醒過神來一樣，猛的就往外跑去，就連鞋子踩到地上的碎片，碎片鑲嵌進了鞋底都沒有察覺。

張氏幫著李氏在屋裡換衣服，而幽幽醒來的崔景蕙懷裡抱著睡著了的承佑癱坐在屋門口處的一條竹椅子上，雖然說是醒了，可是整個人就像是失了魂一樣，目光空洞，臉色慘白，唯有兩行清淚不斷滴落至懷中的襁褓上。

江大夫看著崔景蕙這個樣子，嘆了口氣。他已經不年輕了，折騰了這麼大半宿，早已是身心疲憊不已，可是江大夫畢竟是歷經世故的人，也知道這會兒不是告辭的時候，所以他也拖了把椅子過來，對著二房的門口，坐在了院子裡。

「衣服換好了！」張氏從屋裡走了出來，看著崔景蕙這樣子，眼中閃過一絲憐憫。不過短短一個月的時間，先是沒了爹，如今又沒了娘，二房一家子只剩下大妮和一個奶娃子，而且大妮還許給了一個傻子，這是何等不幸的遭遇！饒是張氏一直看二房不順眼，到了這個時候，卻也不得不嘆上一句，老天對於二房一家實在是太不公平了！

「大妮，事出突然，家裡沒有準備壽衣，所以我便擅自作主，拿了箱子裡該是妳娘給妳備下的一套新衣衫換上了，好讓弟妹去的時候乾乾淨淨、通通透透。」張氏本來只是想給李氏換身體面一點的衣服，可是翻來找去，卻沒有找到一件不帶補丁的衣服，恰好又看到了一件簇新的嫩黃色新衣，雖然心裡有了猜測，但實在是找不到合適的了，只能就這樣換上。

新衣衫？崔景蕙扭頭望了有些不好意思的張氏，這才想起了，每年生辰的時候，李氏便會給自己縫製一套新衣服。也許因為李氏原本的預產期是在十一月，她怕來不及，幸好爹爹又得了工錢，所以便給自己提前做好一套，只是沒想到這最後，竟然還是給自己用作了壽衣。

也好，乾乾淨淨來到了這個世上，如今又乾乾淨淨地離開這裡。

「謝謝伯娘。」崔景蕙朝張氏點了點頭，無力地道了一聲謝。

「傻孩子，咱都是一家人，客氣什麼？再說妳大伯臨走前可是交代了要多多看顧你們一家。是伯娘豬油蒙了心眼，這才一直避著你們，要說謝，也該是伯娘謝謝妳才對，要是沒有妳帶元元回來，伯娘還真不知道該如何向妳大伯交代了。」說到這裡，張氏回頭看了一眼二房虛掩的門，嘆了一口氣。「唉，這人啊，命由天定，哪一天這老天爺不高興了，就會把這命給收了回去！誰都有讓老天爺不高興的時候，只不過是早晚的事。大妮，妳可要想開點，前頭妳還有很長的路要走呢！」張氏說完，又嘆了一口氣，伸出手，想要拍拍崔景蕙的肩膀，可是手伸到一半，卻還是停了下來。她還不知道大妮已經原諒了元元的事，所以想著大妮應該不喜歡和大房這樣的親近，於是搖了搖頭，收回了手，準備回自己屋子裡去了。

「伯娘，我想問您一件事。」崔景蕙忽然開口，只是目光卻沒有落在張氏身上。

張氏聽到崔景蕙的話，腳步停了下來，側身扭頭望向崔景蕙，心中自然也有了幾分瞭然。「大妮，妳問吧。」

「我離開之後，家裡發生了什麼事？」

聽到這個問題，張氏眼神複雜地看了崔景蕙一眼。今晚的事，她都看在眼裡，她希望大妮給周氏一個教訓，畢竟這次娘做得實在是太過了，萬一大妮在大別山沒有尋到人，那老崔家的根就真的斷了！可是，她又不願意讓別人認為是她唆使大妮的，畢竟她一個當兒媳婦的，哪好意思在背後編排自己的婆婆？一時間倒是讓張氏有些左右為難了，心中躊躇猶豫了好一會兒，想到大妮把元元送回來的恩情，張氏的情感天平還是稍稍偏移了幾分。她轉過身去，不願意再去看崔景蕙執拗的目光。「寅時，娘回來了。」

「娘？」崔景蕙腦中遲疑了一會兒，這才弄清楚張氏嘴裡的娘是周氏。不需要過多的解釋，崔景蕙已經明白是怎麼回事了。一定是周氏的動靜太大，吵到了李氏，擔憂團團安全的李氏，自然是死都要找周氏問個清楚，只是這後果實在太大了，大到出乎所有的人預料，大到讓她肝腸寸斷。

「周阿花她在哪裡？」周阿花是周氏未出閣時的名諱。到了這個分上，周氏哪裡還配得上「阿嬤」這個稱呼？不說髒話，已經是崔景蕙最後的底線了。

「周阿花？」張氏一下子沒回過神來崔景蕙說的是誰，愣了一會兒，才想起這是周氏的閨名。雖然大妮敢這樣叫，可她卻不能這樣喚周氏。「娘被我關在了弄堂裡，這會兒沒聲音，怕是睡了。」

崔景蕙聽到了自己想要知道的消息後，便沒有再開口。

張氏等了一會兒，見崔景蕙不再發問，猶豫了一下，沒有回自己屋裡，而是直走往灶屋的方向去。

李氏死了，等天亮了，只怕是有得忙了。

而且江大夫已經待了半宿，只怕也是餓了，該是要準備些吃食，不然就有點說不過去了。

第四十章　痛打周氏

時間一分一秒的流逝，天邊只見一橘紅色的光芒閃現，吹散了天空中的陰霾。

崔景蕙忽然站了起來，走到江大夫面前，將懷中睡著的承佑遞到了江大夫的面前。「江伯，麻煩幫我抱一下團團。」

江大夫有些為難地看著送到面前的肉團子，這抱孩子，他還真沒抱過！正要拒絕，只見崔景蕙將襁褓往他懷裡一推便鬆了手！江大夫忙手忙腳亂地抱住襁褓，見襁褓裡的肉團子沒醒，明顯鬆了口氣。

「大妮，還是妳來抱吧，老夫這把年紀，可沒抱過……孩子。」邊說著邊抬頭，面前已經沒了崔景蕙的身影。四處張望了一下，看見崔景蕙早已往灶房的方向走去了，哪裡有把他說的話聽在耳裡。「大妮，妳這是要幹什麼？不要衝動！」江大夫看見崔景蕙去的方向，就知道有些不妙，想要把崔景蕙追回來，可是這手上抱了個肉團子，他根本就不敢動，只能朝著崔景蕙的背影乾叫喚，急得直皺眉毛，卻沒有其他的辦法。

崔景蕙打定了心思，豈是江大夫能叫得回來的？她直接跨進了灶屋裡。

正在灶臺前忙活著的張氏看到崔景蕙進來，還以為她餓了。「大妮，這餅子還沒煎好，妳再等一下……」一抬頭看到崔景蕙的架勢，張氏話說到最後，瞬間變了聲音。「大妮，妳這是要幹麼呢？」她愣愣地望著崔景蕙冷著張臉，走到弄堂門前，把她昨夜塞在掛孔裡的樹枝抽了出來，然後將門打開。

「啪！」崔景蕙才一開門，弄堂內依在門板上的身影頓時從裡頭跌了出來，狼狽不已。

「誰？是誰？」周氏橫著眉頭，從地上爬了起來，她目光一掃，便看到了張氏，頓時想起自己昨日所受的屈辱，直接無視於擋在她面前的崔景蕙，氣勢洶洶地就往張氏衝了過去。

只是，周氏想找張氏的麻煩不假，但崔景蕙想找周氏的麻煩也是真，所以當周氏從崔景蕙身邊衝過去的時候，崔景蕙想也不想，一把就揪住了周氏的後領，頓讓周氏的衝勁一阻。

「妳個狗娘養的賤人，瞎了妳的狗眼了！放開妳的手！妳個殺千刀的畜生，給我死遠點！我今天非撕爛張氏那層皮不可！」周氏這會兒早已氣糊塗了，看都沒看崔景蕙，張嘴就是髒話連篇地罵了起來。

崔景蕙彷彿根本沒有聽到周氏的辱罵一樣，她兩隻手死死揪著周氏的後衣領，一膝蓋就頂在了周氏的屁股上，用足了十分的力氣。

周氏一個不防，腳下踉蹌幾步，差點跌了個狗吃屎。

而就這麼一會兒的工夫，崔景蕙便轉到周氏的面前，她揪著周氏的後領，就像是拖住一條死狗一樣，將周氏拖出了灶屋，全程臉上沒有一絲表情。

張氏呆呆地看著這一幕，就連鍋子裡面開始冒煙了都沒有察覺。

「妳個瘋子！妳個挨千刀的、狗娘養的！我要殺了妳！快放開我！」周氏將手伸過頭頂，使勁地抓撓崔景蕙拽著她的手臂，指甲劃過肌膚，帶出一道道血色的痕跡，然後迅速的腫脹了起來，觸目驚心。

可是崔景蕙就好像失去了痛覺一般，完全感受不到痛楚，她將周氏拖出了灶屋，拖過了屋簷下的排水溝，一路拖到了院子裡。

任憑周氏使盡了所有的手段，都沒能夠掙脫崔景蕙的手臂，這個認知讓周氏又羞又惱，她恨不能用世界上最惡毒的語言來詛咒崔景蕙。

崔景蕙站定，一臉淡漠地盯著周氏那張老臉好一會兒後，終於鬆了周氏的衣領。

周氏還來不及慶幸，一個放大的腳印便落在她的臉上，甚至還惡意地蹭了幾下！她伸手便想要去抓崔景蕙的腳。天殺的，大妮這個小賤人居然敢踩她？她今日非得剮了這小賤人一層皮！

想法是好的，可現實卻是殘酷的。

周氏是抓住了崔景蕙的腳，可是預想中讓崔景蕙摔個狗吃屎的場面並沒有出現，反而是周氏的頭髮被崔景蕙抓住。

崔景蕙旋了個身，一把坐在了周氏肥碩的肚子上，原本踩在周氏臉上的腳，移到了周氏的脖頸間，絲毫不留給周氏半點反抗的機會。

比起之前和張氏潑婦一般的鬥毆，互有所傷的局面完全用不在崔景蕙身上，即便周氏嘴裡罵聲不斷，可是都沒能止住這場對周氏實施的單方面痛毆。

而且，崔景蕙一下一下，還專挑周氏臉上、頸脖間的痛處打。若說一開始周氏還能掙扎一二，到了最後，除了嘴皮子上的咒罵外，周氏根本就毫無辦法。

張氏站在灶房門口，看到崔景蕙一臉面無表情地揍著周氏，扶住門框的手，隨著周氏的一聲聲呼痛而顫抖著，一臉驚懼地望著崔景蕙，腦袋裡迴盪著的只有一句話——

瘋了、瘋了！大妮瘋了！

而抱著承佑的江大夫看到這場面，驚得嘴都合不攏了。他沒有想到，看起來文文靜靜的崔景蕙，竟然會有這麼潑辣的一面，而且揍人還揍得這麼凶、這麼準，一看就是練過的。一時間的認知衝擊，反而讓江大夫久久沒有回過神來。

周氏的聲音實在是太吵了，就連崔老漢也被驚醒了過來，他掀開了身上的被褥，從正屋地上站了起來，腦子昏昏沈沈地走到門口。眼前的場面，一時間竟讓他以為自己這是在作夢。

「老頭子，快救命啊！我要被這個小娼婦給打死了！哎喲！」周氏看到崔老漢，就像是看到菩薩一樣，看到了希望，只是話還沒說幾句，一個拳頭再度砸在了她的鼻子上，引得她痛呼不已。

崔老漢這會兒看真切了，這不是夢，他家那老婆娘這會兒確是被崔景蕙壓在身上一頓狂揍。雖然周氏昨天的事做得不地道，可是看她這個樣子，崔老漢還是忍不住跨出了門檻。

周氏能看到崔老漢，崔景蕙自然也看到了，她目光瞟到崔老漢出了房門，只抿了抿嘴，便將注意力再度放回周氏的身上。

「爹，弟妹沒了！」張氏也看到了崔老漢的動作，但她更知道，這個時候的大妮只怕誰都勸不住，所以她湊到崔老漢身邊，低聲說了一句。

崔老漢聽見，愣了一下才明白張氏話裡的意思，腳下的步子卻是再也跨不出去了。他一臉複雜地看著哭爹喊娘、痛呼不止的周氏，深吸了一口氣，顫巍巍地將腰上的旱煙抽了出來，甚至忘了點火，就這樣顫巍巍地送進了嘴裡。沒有火，哪裡能抽得到什麼？可是崔老漢還是吸了一口，然後別過臉去，不去看那場面。「報應啊，這都是報應……」

張氏站得近，所以公爹哆哆嗦嗦說的話，這才聽進了耳裡。她嘆了口氣，原本看周氏被揍而有些快意的心思，這會兒也歇下來了。她嘆了口氣，同樣低聲說了句。「誰說不是呢？」

這誰也沒有想去拉架，場面倒是有些尷尬了起來。幾起子人，看著周氏不斷咒罵、不斷挨打求饒的聲音，竟然就這樣站著，誰都沒有去拉一把的打算。

就連十來個人拿著農具已經走上了崔家院子的小徑上，崔家人都沒有發現。

為首趕過來的人正是春蓮，她昨天上午便和姑婆去鄰村接生了，剛剛回來還沒有多長的時間，聽娘說了崔家的事，便再也等不下去了，她要去找大妮！所以這天一轉亮，她便逐一敲門，喚了村裡的一干青壯，一起到了崔家，就是想要問一下，崔家人是不是知道大妮是往大別山的哪裡去了，也省得到時候進了山盲目尋找。

「張姨，大妮回來了嗎？我找人來幫忙了！」春蓮走到柵欄處，便看到了站在灶屋門前的張氏，遂喊了一嗓子，撇下眾人率先衝了上前。只是話還未說完，目光便被院子裡的一幕給吸引住了。「啊？」她看到了什麼？大妮在揍周氏?!天啊，這實在是太大逆不道了！春蓮頓時倒吸了一口涼氣，下一秒，她猛的扭頭望向柵欄處，跟在她後面的人已經進了柵欄裡，便是想阻止也來不及了！壞了，壞了，大妮揍她阿嬷的樣子都被看光了！

瞬間，春蓮對於自己原本的一番好意，悔得腸子都要青了！怎麼辦？怎麼辦？大妮的名聲全都被她毀了！

隨著春蓮而來的十數個青年同樣也看到了院子裡的一幕。原本有些沒睡清醒的村民，更是揉了揉眼睛，還以為自己這會兒正在作夢；而有些個原本對大妮懷有別樣心思的村民，看到大妮如此兇悍野蠻的模樣，心裡那點旖旎的心思頓時無影無蹤；有膽小的，甚至還不自覺地打了寒顫，心中暗暗發誓，以後定要離大妮遠遠的！

「春兒，妳來得正好！快，快把這個肉團子給抱走！」江大夫抱著崔承佑就像是托了個燙手山芋一樣，一看到春蓮，忙匆匆走了上前。

「團團！」春蓮看到承佑，瞬間將腦袋中的愧疚拋去，忙伸手接過，待看到承佑那沾著水氣、泥巴的襁褓，忍不住抱怨了起來。「這襁褓都濕了，怎麼都不換一個呀？萬一涼著團團可怎麼辦啊！」一邊說著，春蓮邊抱著承佑就往五進屋裡去。

張氏忙將春蓮攔住，二房現在屋裡可是躺著個死人，外人進去可要避諱的。張氏頓向春蓮伸出手，道：「春兒，妳現在去不太好，還是讓我來吧！」

「我去就成了，不麻煩張姨了！」春蓮下意識把襁褓往自己懷裡一收，一臉警戒地望向張氏。她可是知道大房家和大妮的關係不太好，這個時候來獻殷勤，莫不是黃鼠狼給雞拜年，不安好心？

「春兒，把肉團子給妳張姨，不會有事的。」正要去拉架的江大夫聽到身後的對話，轉身朝春兒吩咐了一句。春兒不知道現在是怎麼回事，他卻知道張氏是出於好意，畢竟春兒是個外人，還是別沾了這晦氣的好。

「江伯？」春蓮更是不明白了，拉長了聲音，一臉不滿地望向江大夫。

「聽話！」江大夫頓時擺出長輩的威嚴。

春蓮噘著嘴巴，跺了一下腳，一臉不情願地將承佑塞進了張氏的懷裡。

張氏客套地對著春蓮笑了一下，抱著團團去了二房屋裡。

「你們幾個，還傻愣著幹什麼？還不上來幾個人搭把手，把她們拉開！」江大夫走到崔景蕙身側，想伸出手把大妮和周氏拉開，可是卻不知道該如何下手，沈吟了片刻，忙對著站在門口看熱鬧的一夥兒人喊了起來。

「好咧，來了！」江大夫的話，總算是讓目瞪口呆的村民們醒過神來，只是相互對視了一眼，卻是誰也不出這個頭。最後沒得法子，還是虎子拽了石頭出來。

「大妮，夠了！妳還真想把周氏打死了不成？」江大夫望著崔景蕙癲狂的模樣，雖然心裡亦是泛起一絲酸楚，卻還是厲聲呵斥了崔景蕙。

崔景蕙擊向周氏的拳頭頓時一滯，她扭頭望向江大夫，原本清亮的眼睛，這時候已經是血紅一片。

江大夫只覺心弦一顫，他從崔景蕙的眼中看到的只有嗜血般的恨意，腦中乍現的認知便是大妮要殺了周氏，她已經失去理智了！有了這個認知，江大夫的臉色頓時沈了下來，忙向石頭和虎子揮了揮手。「把大妮給老夫拉開！快點！」

江大夫語氣中的急切讓虎子和石頭愣了一下，二人對視了一眼，也知道事情不簡單了，忙上前，一人圈住崔景蕙的一隻胳膊，用蠻力將崔景蕙從周氏的身上抬了下來。

「放開我！我要殺了她，讓我殺了她！」崔景蕙奮力地掙扎著，看著躺在地上已經被她揍得鼻青臉腫的周氏，心中的那股怨氣不但沒有消失，反而讓她失去了理智。

江大夫看著崔景蕙這個樣子，忙掏出銀針，往她身上扎了兩下，原本還不斷掙扎的崔景蕙頓時兩眼一翻，暈了過去。

「江伯，這怎麼辦？」石頭和虎子支撐著崔景蕙的身體，不至於讓崔景蕙掉地上去。

江大夫沈吟了一會兒，越發覺得崔家這一團亂麻，攪和得他腦袋裡面抽抽的痛。

「江伯伯，讓大妮先去我屋裡歇會兒吧！」

好在崔景蘭的出聲，解除了江大夫的燃眉之急，他朝虎子和石頭點了點頭。「聽蘭子的。」

而終於被解救了的周氏，這會兒是一副鼻青臉腫的模樣，她痛啊！被崔景蕙揍過的地方，沒一處不是痛的，尤其是她的臉！周氏顫巍巍地伸出手，然後摸了一下嘴角，頓時痛得倒吸了口冷氣。「哎喲，痛死我了！大妮妳個小娼婦、小賤人，竟然敢打老娘，老娘非要扒了妳的皮不可！」

一想到她竟然被個毛都沒長齊的黃毛丫頭壓在地上狂揍了一頓，便是全身沒一處痛快的。周氏掙扎著從地上爬了起來，然後一拐一拐地追著崔景蕙就要往堂屋裡走去。

「老婆子，妳夠了！還嫌妳鬧得不夠嗎？二子媳婦死了，被妳逼死了！」崔老漢擋在了周氏的面前，看著周氏那張已經看不出原來面目的臉，一向老實慣了的崔老漢眼裡、心裡、嘴裡都是無比的失望。究竟是什麼時候開始，周氏變成了現在這個樣子？如此的不堪入目！

「李氏死了？那個掃把星死了？死了好，這種人活著還不如死了算了！」沒有傷心，沒有失落，周氏聽到李氏的死訊，反而是無比的開心。二房一家就是來剋她的，要是大妮也死了，那就更好了！周氏咧著嘴笑了起來，忽然想起了什麼，表情一頓，臉上露出了一絲恐懼。她一把抓住崔老漢胳膊上的衣服，一雙眼睛望著屋簷下張氏手裡抱著的襁褓，語氣恐慌無比。「靈驗了，那個神婆說的靈驗了！那個小兔崽子就是個天煞孤星！快把他送走的，不然我們都會被剋死的！張氏，把那個小兔崽子給我！給我！」

周氏的癲狂，讓張氏嚇了一跳，緊了緊手中的襁褓，快走幾步，頭也不回地回了自家屋裡，一抬頭便看到屋裡兩個男人，倒是愣了一下。

「張嬸，江伯讓我們送大妮到妳屋裡歇會兒。」虎子有些不好意思地看了一眼張氏，垂著頭，一時間倒是有些手足無措了，畢竟這可算得上是閨房。

「嗯，這裡交給我就好了！」張氏雖然有些不高興，但還算是通情達理，只是話裡話外的意思，都是讓虎子和石頭出去。

他們兩人倒也識趣，忙告辭出了房門。

「老婆子，別再發瘋了！二子死了，現在二子媳婦也被妳逼死了，妳難道真的要把二房一家都逼上絕路才甘心嗎？要是知道會有今天這麼個結果，當年我就算死都不會答應妳把二子從三弟那裡搶回來！」

見崔老漢提到當年的事，周氏更是氣不打一處來，她瘋狂地捶打著崔老漢的胸膛，歇斯底里地朝著崔老漢吼道：「對，我就是想把二房一家給逼上絕路，又怎麼著？反正順子已經死了！我的兒子已經死了，李氏還活著幹什麼？她該死，大妮該死，那小兔崽子也該死！他們統統該死！」

周氏嘴裡完全就沒有一句好話，氣得崔老漢一把抓住了周氏的手，怒吼了起來。「張氏，妳她娘的給我閉嘴，不然我……我休了妳！」

「你要休我？你敢休我？你憑什麼休我？你……你以為你休得掉我嗎？姓崔的，老娘告訴你，就算你今兒個死在這裡，你都別想休了我！」周氏對於崔老漢的威脅，根本就沒有半點懼怕。祁連的律法擺在那裡，她奉養了公婆，生育了下一代，崔老漢根本就沒有休了她的資格！

「妳瘋了，妳這個瘋婆子，我……我要跟妳和離！」

周氏看著崔老漢明顯弱了一分的氣勢，不屑地哼了一聲。「你就死了這條心吧！我周氏死都要葬在崔家的祖墳裡，你他娘給我讓開！」

在打嘴仗方面，崔老漢哪裡是周氏的對手？被周氏咄咄相逼之下，崔老漢根本就沒有半點招架之力，更是被周氏氣得臉白一陣、青一陣、紅一陣。

可饒是如此，他還是十分堅定地攔著周氏。團團是二子的血脈，他絕對不會讓周氏再碰團團一下的！二人頓時便僵持了起來。

兩個半截都要進入黃土的人，就在這院子裡，嘴上沒有半點遮攔，將自家的事半點不漏的都捅了出來，倒是讓看戲的人有些恍然大悟了起來。

長者不慈，幼者不孝，老年失子，幼年孤露，就是唱戲唱得也沒崔家這麼悲情啊！

江大夫這會兒手裡丟了肉團子，整個人都感覺輕鬆多了，好不容易把大妮送去歇下了，這兩個老的又鬧騰起來。江大夫看著周氏那張臉，自己都覺得肉痛，大妮哪來的力氣呀？而且周氏身上真的好臭啊！

昨天周氏燒的洗澡水被張氏給截了，澡都沒洗便被關進了弄堂裡，雖然擦了擦，換了衣服，但哪能去味？江大夫站在兩公尺處都能聞到味，心裡也是佩服崔老漢和大妮了。

不過，他能幹的事都已經幹了，他一個外人可不想管崔家這一團亂事。所以當卜，江大夫去拿了自己的藥箱，也沒跟崔家算藥錢，看也不看院子裡鬧騰的夫妻，直接就往院子外走，看到石頭和虎子還傻愣在堂屋門前，伸出手直接在離他比較近的虎子頭上敲了一記。

「傻愣在這兒做什麼？還不去告了村長！村裡這一下子走了兩人，可有得忙活了。」

「啊？對對對，我這就告訴堂伯去！」虎子痛得縮了縮腦袋，倒是醒過神來了。村子裡的白事一般都由德高望重的長輩張羅著，這崔家走了人，可不得報給村長？畢竟這一起子可是兩樁白事，得好好安排一下。

石頭更是個識趣的，見江伯這明顯就是一副趕人的模樣，便將那些個看熱鬧的同村一併帶走了。於是只這一會兒工夫，崔家院子裡除了春蓮，其他外人倒是走了個乾乾淨淨。

春蓮站在屋簷下懵了好一陣子，這才消化掉周氏嘴裡的話。順子叔死了，現在連李姨也死了？這……這大妮如何受得了！春蓮咬了咬牙，心裡瞬間湧上一股悲傷。這以後的日子，大妮可怎麼過啊！

所以即便是江大夫和她說了，讓她暫時離開崔家，等村長上門主持白事的時候再一併前來，卻是被春蓮拒絕了。

現正是大妮最傷心的時候，她得陪著大妮！春蓮咬了咬牙，目光狠狠地剮了一眼院子裡猶在鬧騰著的周氏。都是這個老女人出的么蛾子，這種人怎麼就不遭天譴呢！心裡咒罵了一句，春蓮轉身便衝進了堂屋，去大房屋裡了。

大妮和大房家也不對盤，但現在大妮和團團迫於形勢，都暫歇在大房裡，她可得好好地幫大妮看著，免得那個張姨再出什麼壞主意。

心裡打定了主意，饒是春蓮不喜大房一家子，這會兒也得裝出一副笑臉，和張氏寒暄了幾句，這才走到床邊。看著一大一小挨著睡下的模樣，春蓮差點又掉淚了。

這老天爺造的什麼孽呀！這順子和李姨多好的人，怎麼就留不住呢！

春蓮這邊感嘆著，卻不知道，崔景蕙儼然已經陷入了夢魘之中，無法自拔。

第四十一章　前塵舊夢

黑暗。觸目可及的唯有一片黑暗。崔景蕙明明知道自己這是在作夢，可是不管她怎麼逃，都逃不出這一片黑暗。

不知道逃了多久，崔景蕙再也跑不動了，這時，天空就好像是被撕裂了一半，一點點星光滲透進這片黑暗。

崔景蕙猛的提起了精神，就往光亮處衝了出去。

「是個姑娘！倒是可惜了。」

耳邊忽然響起了一個婆子嘆息般的聲音，待崔景蕙適應了眼前刺眼的亮光之後，她猛然發現，自己站在一間產房裡，說話的婆子正在給一個剛出生的嬰兒清洗身上的血汙。

正當崔景蕙疑惑這是哪裡的時候，一個還在伺候的穩婆忽然臉色大變。

「快，快去告訴張大人，夫人血崩了！」

緊接著，整個場面就徹底混亂了起來，而崔景蕙卻什麼都注意不到，因為她明白了，這是她出生的那一天。床上躺著的就是她的親娘，崔景蕙一雙眼睛癡癡地望著床上那張蒼白的臉，雖然明明是在夢裡，可是崔景蕙卻依然感覺自己淚如雨下。

「轟隆隆！」打雷聲將崔景蕙從悲傷中猛的喚醒，只看見茵茵翠綠的花園裡，一個粉嫩可愛的一歲幼童蹣跚著衝進坐在不遠處一個估摸著六、七歲、正在背書的男童懷裡。

「哥哥，抱！」

男童似早已習慣了一般，嘴裡的經義不斷，手上卻已經將幼童抱進了懷裡。

那幼童也是乖巧無比，只拿一雙黑葡萄一樣的大眼睛瞅著她面前儒雅文氣的文士。

「不錯，大有長進！席儒，你抱囡囡去玩會兒吧！」文士一臉溫和地點了點頭，然後伸手摸了摸囡囡的手。

「謝謝爹爹！」那個叫席儒的男童一臉高興地朝文士行了一禮，然後便抱著囡囡走開了。

崔景蕙呆愣地望著這一幕。因為生父張默真常年不在汴京，所以靜姨便將自己接到了衛府，可以說，自己兩歲之前都是寄居在衛府，直到張默真續娶了新妻——她生母的堂妹。

「張大人，安甄生前便將囡囡指給了我家的席儒，我也答應了，以後囡囡必將是我衛府的兒媳。對於你要娶妻，我沒有任何的意見，但若是我聽聞到貴府有半點苛待囡囡的傳言，我定會將囡囡接回！」容貌豔麗的女子望著眼前一臉風塵僕僕的張默真，語氣強硬，沒有半點退讓。

「靜芙，妳放心，這是安甄的孩子，我定會護她周全。而且安顏是囡囡的姨母，定會對囡囡如親子一般。」

張默真一臉信誓旦旦的保證，卻讓一旁看著的崔景蕙氣得全身發抖。護我周全？可笑，可笑！一個連自己女兒都認不出的父親，有什麼資格說護她周全？

那個女人，一開始確實是對自己熱絡不已，可是等到靜姨一家被牽連，皇帝將衛大人貶成了一縣丞之後，再加上張默真常年不在汴京，那個女人便迫不及待地向自己下手了！

「囡囡，娘帶妳去看花燈好不好？」不等身量嬌小的囡囡答應，已經成為張夫人的安顏扯著囡囡的小手，不顧婦儀，便往人群裡擠。

忽然，囡囡感覺到牽著她的手正要掙脫。「娘，別丟下我，囡囡怕！」

「要怪就怪妳是那個人的孩子！」安顏的臉瞬間變得猙獰不已，她一把將手從囡囡的小手中抽了出來，然後推了囡囡一把。

囡囡瞬間便被人群夾裹，哪裡還看得到安顏的影子？

「我家小姐丟了！你們有誰看到一個三歲左右、穿著紅色夾襖的小女孩？」小小的、瑟瑟發抖的身子躲在一條小巷子裡，看著不遠處明顯不屬於自家家丁的詢問之人，一直沒敢出聲。

崔景蕙就如同一個旁觀者般看著這畫面，心裡卻是冰涼一片。她躲過了那個女人安排的第一手，卻沒有躲過第二手。

「從今天開始，妳就是我的徒弟。來，把這個喝了。」慈眉善目的中年醫者端起一碗藥液送到了囡囡的面前。

「不要喝、不要喝！」崔景蕙看著這一幕，死命地叫著，可是那小小的孩童卻沒有選擇。

痛，好痛！崔景蕙看著蜷縮在地上，痙攣著、抽動著，最後又歸於平靜的囡囡，感同身受著她曾經受過的痛。

太痛了，實在是太痛了。可是，崔景蕙卻知道這才只是開始。

「來，把這個喝了。」

「來，把這個吃了。」

「來，把手伸進去……」

一碗一碗的藥液，一顆一顆的藥丸，一隻一隻的毒蟲。崔景蕙已經木然了，她木然地看著曾經的自己，一次一次地忍受著錐心般、撕裂般的痛楚，一次次地倒下，卻又咬牙堅持了下去。

畫面再度轉變，稚嫩的嬌兒已成長為十六歲的少女，只是原本該是天真爛漫的年華，那少女卻被摧殘成了一具傀儡。

「我成功了，我真的成功了！」醫者探完眼前少女的脈象之後，卻是再也忍不住癲狂大笑了起來。整整十三年，他花了整整十三年，終於製成了完美的藥人！

崔景蕙望著眼前和她一般模樣，卻沒有半點生氣的少女，恨不能將眼前的醫者撕心挖肺！

還沒容得崔景蕙撲過去，她眼前的景象便已變成了汴京，那個她曾經熟悉，卻又陌生不過的家。

「夫人，這些年來辛苦妳了，如今蕙兒的婚事也定了，我總算能給安甄一個交代了。」已近四十的張默真早已蓄了美鬚，他一臉欣慰地望著身側花顏如玉的女兒，一臉心疼地望著躺在床上病容不減的安顏。「為了操持蕙兒的婚事，竟讓夫人累至於斯，為夫實在慚愧。夫人可曾喚大夫來瞧看過？」

「老爺言重了，蕙兒就跟我的親生女兒一般，如今她有了歸宿，我這個當娘的也是高興得很。這不過是老毛病，已經派人去請封神醫，想來也快要到了。」

安顏一臉賢慧的表情大大地取悅了張默真，吩咐了安顏好生歇著，張默真便同那個叫蕙兒的女兒一併出去了。

蕙兒，蕙兒！

崔景蕙看著那張不過是和自己五分相似的臉，心中百味雜陳，哭笑皆難。那該是她的名諱、她的身分、她的姻緣，卻被轉移到了一個陌生女子身上！若那人是景蕙，那自己又算什麼？

然而，這只是夢，給不了崔景蕙商量的餘地。

畫面又一轉，崔景蕙看著封神醫拿出刀子，在另一個自己的手腕上一劃，然後接下一小盅鮮血，送到了安顏的面前。

「只待再用上七日，妳便可痊癒，從此再不用受胎毒之苦。」

「多謝了。若不是有你，只怕安顏也撐不到今日了！」滿盅的鮮血飲入喉嚨，安顏的目光瞟向了猶如一軀殼般存在的少女，勾了勾唇。

沾染著血色的唇讓安顏的容色頓添了幾分魅惑，封神醫目光熾熱地望著安顏，喉頭蠕動，幾欲撲了過去，看得崔景蕙冷笑不已。只是，下一秒她便將視線挪到了門口，深吸了一口氣。來了，他要來了！她的席哥哥！

門被推開，先進來的一人是張默真，隨後進來的是一男一女，男的俊俏儒雅，女的溫婉嫻靜，宛若金童玉女一般。

崔景蕙什麼都聽不到了，她呆呆地望著那個青年男子，那是她的席儒哥哥呀！唯一能認出她來的席儒哥哥！

而原本有如軀殼一般的少女，空洞的目光突然閃了閃。任誰也沒有想到，這個被遺忘的少女生來便帶有記憶，當聽到衛席儒的聲音後，已經五、六年沒有說過話的人竟然開口了。

「山有木兮木有枝，相思樹底說相思。」

嘶啞宛若瓦礫一般的聲音，前言不搭後語的句子，卻讓正要向準岳母行禮的衛席儒如遭雷擊一般呆立。天下誰人都可以不知道這兩句話的意思，唯有他不能，因為這是他和囡囡之間的約定。

「席哥哥，若是以後見面你不認得囡囡了怎麼辦？」

「要不席哥哥和囡囡定個暗號，若是以後見面不記得對方了，我們就說暗號，這樣我就知道是囡囡了。」

「好，這個主意好！」

「嗯，那就定『山有木兮木有枝，相思樹底說相思』。這兩句前言後語沒有關係，別人一定猜不出的。」

「囡囡一定會記住的！」

幼年時的約定在腦海中迴盪，衛席儒的目光轉向面色慘白、眼神空洞的少女，這……這才是他的囡囡，他的未婚妻！

「囡囡，妳是囡囡！」這一刻的認知，讓衛席儒心痛如刀絞，他不顧君子之儀，奔到了少女面前。

屋裡除了不明真相的張默真瞬間變了顏色，靠坐在床頭的安顏臉上更像塗了砒霜一樣，黑得駭人，她和封神醫交換了一個眼神。

場面瞬息變化，混亂不已。

崔景蕙如旁觀者般站在一邊，卻已是淚眼婆娑。

淚光中，只見少女猛的從袖口抽出一把尖刀，隔著紗帳直接插入了安顏的後背心，而封神醫亦是一把匕首刺向了少女。

「不，不要救我！」崔景蕙站在一旁猛的大叫，她想要阻止衛席儒擋在自己面前的身影，卻忘了這只是夢，所以她的身體如虛幻一般穿過了衛席儒的身體，而匕首亦是插進了衛席儒的身體裡。

才剛相見卻是死別。少女伸手摸著衛席儒的臉，看著被她的匕首血刃的繼母，還有折磨了她十多年的封神醫，最後望向了張默真以及躲在他身後顫抖的女孩。

「我恨你！」少女舉起尖刀，猛的扎入了自己的心口。血蜿蜒，血交融，再無分離。

而沈淪入夢的崔景蕙，卻是再度陷入一片黑暗之中。這次她沒有逃，她癱坐在黑暗中，掩面抽泣，哭聲嗚嗚。

忽然——

「哇啊哇啊哇啊……」

嬰兒的哭泣聲在這黑暗的空間裡突兀地響起，格外的打眼。

團團！是團團在哭！

崔景蕙猛的起身。她不能有事，團團還那麼小，要是連她都出事了的話，團團就沒有活路了！

崔景蕙如死灰般的心一下子就好像活過來了一樣，原本怎麼也逃不出去的黑暗地帶，這一刻似乎變得不那麼難了。崔景蕙提著裙襬，轉身就往團團哭泣的聲音方向衝了過去。

第四十二章　教訓周氏

躺在床上不斷流淚的崔景蕙猛的睜開了眼睛，第一眼看到的就是春蓮湊過來的手絹。

「大妮，妳終於醒了！嚇死我了！」春蓮伸出手絹將崔景蕙頰上的淚痕擦去，臉上亦是一副心有餘悸的模樣。剛剛大妮在睡夢中又哭又喊，她怎麼叫都叫不醒，可把她給嚇壞了！

「春兒，妳怎麼在這兒？團團呢？團團在哪裡？」崔景蕙倒是沒有想到春蓮會在這裡，她一手扶著有些頭痛的腦袋，一手撐著床板，然後坐了起來。她剛剛還聽到團團的哭聲呢，怎麼一醒來卻沒有看到團團？

「團團不就在妳身邊睡著？睡得可香了！」春蓮伸手往崔景蕙的裡側指了指。

崔景蕙順著指引，便看到一張正在吧唧吧唧著小嘴的睡臉，一時間倒是有些癡了。之前若不是聽到團團的哭聲，只怕她就真的回不來了。

就在兩人說話間，大房的門被輕輕的推開，走進來的是張氏。

「春兒，大妮醒了沒？」張氏站在門口沒有動，自然是看不到崔景蕙已經坐在了床上。

「伯娘，有什麼事？」還不等春蓮回答，大妮已經將頭伸出了床邊。

聽到崔景蕙的聲音，張氏頓時一喜，掩了門，一路小碎步地踩了過來。「大妮，村裡長輩這會兒都在堂屋裡坐著，正要說妳娘的白事，妳要不要出去看看？」

「有勞伯娘了。您先去吧，我等會兒就來。」崔景蕙朝張氏點了點頭，算是謝過她的知會。

「那行，妳等會兒來，我得先出去幫襯著了。」張氏也不多話，伸手從袖兜裡掏出一把瓜子塞進了春蓮手裡，然後轉身便又出了房門。

「這……這是怎麼回事？大妮，妳和大房？」春蓮呆呆地接過張氏手裡的瓜子，轉頭望向崔景蕙，一臉的不可思議。大房和大妮的關係，啥時候變得這麼好了？

「在大別山裡，是元元那小子第一時間救下團團並藏了起來，所以之前的事，我打算不計較了。」崔景蕙輕描淡寫地將緣由說了。

春蓮頓時恍然大悟。「原來是這樣呀！大妮，妳要去哪裡？」

崔景蕙掀了被子就下地走去，倒是讓春蓮愣了一下，這才跟了上前。

「噓！」崔景蕙對春蓮示意了一下，然後便靠在門板上聽了起來。

「沒有錢，一個銅板兒都沒有！買什麼棺材？拿副蓆子裹了、埋了得了，哪要費這麼大的勁兒！」

這個聲音，崔景蕙一聽便知道是周氏，只是沒有想到，被自己揍了一頓，居然還這麼有精神，難道她就不痛嗎？

周氏確實是怕痛的，可這白事是要花錢的，花錢那可比割了她的肉還要痛，所以就算身上再痛，也比割她的肉好。

說話的長者其實也是和崔家同宗，聽到周氏這麼說，頓時一口氣卡在喉嚨裡，上也不是，下也不是，索性氣得別過臉去，不看周氏了。

「崔老漢，可是想清楚了讓李氏埋在哪一塊地兒？」村長見其他人這都不說話了，只能開口。

「埋什麼祖墳？她一個掃把星，隨便撿塊地埋了就得了，還想埋在我崔家的墳地裡？那還不得把祖宗都給剋了！」崔老漢還沒有說話，周氏便已經搶先開了口。

村長頓時也嚐到了那股堵味，所以他也懶得理周氏，只把目光望向崔老漢。

「就埋在我的那塊地兒吧，正好順子的衣冠也埋在那裡，二子媳婦的遺願也是這樣。」崔老漢看都沒有看周氏一眼，他看著村長的臉上只有愁苦。

「那成，我知道了。這酒席不辦了，棺材也不買了，就擇個日子埋了。二位是這樣的打算吧？」村長嘆了口氣，既然已經弄懂了崔家的意思，那就好辦了。

不過是一門之隔的崔景蕙聽了，卻是氣得渾身直發抖，轉身就往後門方向走去。

「大妮，妳去哪兒？」春蓮一邊嗑著瓜子，一臉愕然地看著崔景蕙的動作。她聽了周氏的話，心裡也是憤恨不已，可是為什麼大妮選擇走了？不是應該打開門衝上去，然後將周氏再揍一頓嗎？

「幫我看著弟弟，不要出來。」崔景蕙朝春蓮回了一句，直接沈著臉就從後門走了出去。她走到雜物間，環顧四周，直接從一堆農具中抽了一把斧子，也沒有再從後門回去，而是從側門出轉到了前面。

這會兒，村裡的長輩已經都到了院子裡，正要向崔老漢告辭。

崔景蕙也不理那邊，一言不發地提著斧子便朝挨著堂屋門檻的周氏走了過去。

因為是送客的關係，倒是沒有人發現崔景蕙的到來。

所以崔景蕙走到周氏身後，直接掄起手中的斧子，旁若無人地用斧背那一邊，猛的一下敲在了周氏的腿肚子上。

「哎喲！」鑽心的痛楚從小腿處蔓延到全身，周氏痛呼一聲，栽倒在了地上。「我的腿！我的腿斷了！我的腿……唉唷喂，妳個死賤人，敢砸我？哎喲……」

這一下，崔景蕙可以說是用足了力氣，她看到周氏的小腿，便知道即使沒有斷，只怕也會骨裂了。

原本要告辭的村民聽到周氏的呼痛聲立刻回頭，頓時便看到崔景蕙提著一把斧子，周氏倒在地上捣著腿，痛得哇哇直叫。一瞬間，眾人看崔景蕙的目光都變得不一樣了。

崔景蕙根本就沒有看其他的人，她的目光一直虎視眈眈地盯著周氏。

「周阿花，我問妳，我娘的白事辦還不辦？」

「辦什麼辦？這辦白事可不得整個十來桌菜，咱們崔家哪來的銅板兒啊！」周氏抱著個腿哀嚎著，可是嘴上卻是半點都不鬆。

崔景蕙根本就不理會周氏的叫囂，繼續問：「我再問妳，棺材是買還是不買？」

「沒錢！家裡總共也就只有百來個銅板兒！妳不是有錢？李氏是妳娘，妳給妳娘買不就成了！」周氏死咬著就是不鬆口。要錢？還不如就這樣把她殺了得了！

崔景蕙略過周氏的問題，接著問道：「我娘可以進崔家墳地嗎？」

一個接一個的問題拋出，崔景蕙整個過程中就沒有任何的表情，周氏終究還是怕了，而且老頭子都已經允了，她再說什麼拒絕的話不都是虛的嗎？所以周氏終究識時務了一次。

「可以，妳說什麼都可以。」

聽到周氏答應，崔景蕙這才挪開了視線，轉而望向院子裡的長輩。

「我娘的白事要辦，而且要大辦，棺材也麻煩諸位長輩幫忙置辦一下。這是二兩銀子，若是不夠的話，可以隨時找我要。」說著，崔景蕙從隨身的錦囊裡掏出一顆小小的銀子，另一手拖著斧頭就要往前送。

「銀子！給我，快點給我！」這崔景蕙的手還沒送到，一旁周氏的眼睛都快要冒綠光了！她折騰這麼久，弄出這麼多事，起因還不就是因為大妮手裡的銀子？現在眼看著銀子就要落到別人的手裡去了，周氏哪裡還受得了？這會兒也不管自己小腿上的痛楚了，周氏猛的站起來，張開手就往崔景蕙的方向撲了過去！

若是以前的崔景蕙，可能還會顧念一下爹與周氏之間剪不斷的親情關係，可現在，她對周氏除了恨以外，再也沒有其他任何的感覺了。

所以看到周氏撲了過來，崔景蕙想也沒想，直接一腳踹在了周氏的心窩上。

周氏本來腳上就不穩，這一腳直接就踹得周氏踉蹌地後退幾步，然後再度跌坐在地上。

「妳這個小賤人、小娼婦！把銀子給我，給我！」周氏這會兒完全就像是瘋了一樣，什麼都不管了，眼裡、心裡只有崔景蕙手裡的銀子。就算身上痛得厲害，可是她卻依然掙扎著往崔景蕙的方向再度撲了過去。

一旁的張氏看著周氏這個樣子，突然醒悟她對周氏的認知還是出現了偏差。她錯了，周氏其實也不愛自己的，周氏最愛的只有錢！為了錢，甚至連命都可以不要的。

對崔景蕙而言，有一不可有二，所以在周氏再度撲過來時，崔景蕙想也不想地收回了拳頭，然後另一隻握著斧頭把子的手直接就朝周氏的方向砍去！

「大妮，不要！」張氏猛的驚叫出聲，可是這根本就不管用。

「砰！」崔景蕙的斧頭終究還是偏移了一點，只砸在了周氏的手指頭上。

只是這次周氏卻沒有之前那樣幸運了，之前是斧背，這次卻是斧刃，所以被崔景蕙劈中的兩根手指，瞬間掉在了地上，同時鮮紅的血瞬間迸濺而出，落在了塵土之中。

「殺人了！天啊，殺人了！」張氏一臉驚慌地大叫了起來。

而原本站在原地的村民，亦是面露恐慌，不留痕跡地退了幾步。

「我的手、我的手！」周氏猛的握住自己流血的手，此刻看著崔景蕙的目光，就像是見了閻王一樣，連掉在地上的兩根手指都顧不上了。

只是，手哪裡按得住瞬間噴射而出的鮮血？周氏面前的地上，不多時便出現了一灘血跡。

「妳不是想要銀子嗎？好，我現在就給妳。」崔景蕙看著臉上沾著絲絲血珠的周氏，鬆了染血的斧頭，伸手從懷裡再度掏出一顆黑豆大小的銀子，在周氏的面前晃了晃。

周氏頓時眼前一亮，也不呼痛了，蹭著就往崔景蕙處移動。

但崔景蕙哪會讓周氏這麼容易如願？她兩手都揣著銀子，直接從周氏身邊走過，一直走到院子村民所站的位置，方才停了下來，將二兩銀子直接塞進村長的手裡。「我娘的事就有勞村長您費心了。」

「應該的，應該的事！」村長看著眼前沒有一絲表情的崔景蕙，強扯出一個難看至極的微笑，手裡握著的銀子就像是個燙手山芋一樣，卻又不敢在崔景蕙面前露怯，畢竟他可是一村之長。

崔景蕙沒有去想村長的複雜表情，而是扭頭望了周氏一眼，然後側身走到江大夫面前，特意提高了幾個分貝的聲音。「江伯，這銀子您拿著，這是我阿嬤用來看病的錢，您老可得好生給我阿嬤看看，這要是落下什麼病症來，我阿嬤以後指不定得變殘廢了！」

這刻意的聲音自然是傳到了周氏的耳裡，氣得周氏直抖，可是她手上的血越流越多，也不能就這樣耽擱，所以周氏的目光終於從崔景蕙的手上挪開了。她艱難地蹭了起來，一瘸一拐地衝到了灶屋裡，從灶膛挖出一把草木灰就往流血的傷口堵。

院子裡，江大夫看著送到自己面前的銀子，目光微閃，卻是搖了搖頭。崔景蕙算計得堂堂正正，可是對他而言，大妮今天這事卻是做得不太適當。「大妮，逝者已矣，不要做得太過了。」

「所以我這不是已經心生悔意，準備補償周氏一二，給她好好的治一治？」

崔景蕙說得理所當然，卻讓江大夫哭笑不得。這哪裡是補償呀？明明就是摸透了周氏的性子，逼她作選擇。

果然，還不等江大夫做出進一步的動作來，周氏已經一瘸一拐地再度從灶房裡衝了出來。

「我好著呢，才不用看病！把錢給我！」邊說著邊衝了過去，滿是血汙的手一把從崔景蕙手裡搶走了那顆碎銀子，然後就往懷裡塞，完全就是一副要錢不要命的樣子，看得院子裡的人盡皆無語。

崔景蕙一臉嫌棄地看了周氏一眼，然後將目光轉到了崔老漢身上。

「阿爺，這周阿花逼死了我娘，不知道阿爺打算怎麼處理這件事？」

崔老漢聽到崔景蕙的聲音，先是愣了一下，然後有些為難地望了一眼手上紮著布條，卻還在答答滴血的狼狽的周氏，嘴巴蠕動了幾下。「大妮，要不……算了吧？妳阿嬤也已經受到懲罰了。」

「算了?!」崔景蕙的聲音微微抬高了幾分。「阿爺，您確定這件事就這麼算了？」

崔老漢看到崔景蕙的表情，稍稍遲疑了一下。不管周氏做錯了什麼，但是她之前卻有一句話拿準了——不管她怎麼做，崔老漢都沒有理由可以休棄她！這也是她能在崔家作威作福的倚仗。

「我明白了。既然如此……」崔老漢沒有發話，崔景蕙便已經明白了他的意思，當下她點了點頭，然後將目光轉向了村長。「那就麻煩村長在這裡做個見證吧，崔家二房願自逐出戶，從此與崔家不通往來！」

崔景蕙的話，如驚雷一般落在了人群中，更是震得崔老漢後退了好幾步，原本揣在手裡的煙槍也「啪」地掉在了地上。

「大妮，妳……妳這又是何苦呢！」張氏同樣瞠目結舌，下意識地勸說道。她想不到，崔景蕙怎麼會這麼決絕？只是，崔家二房如今只剩下了兩個孩子，這事要是傳出去，指不定人家在背後會將崔家編排成什麼樣子！她的蘭子馬上就要及笄了，要是被外人聽了，誰還會上家裡來提親呀？光是想想，張氏便覺得全身寒毛冷豎。

「阿爺，您應該最清楚周氏是個什麼樣的人，若是我還帶著團團留在這裡，您能保證不會再有第二次？」崔景蕙冷聲質問。

崔老漢只覺得心裡苦得厲害，張開嘴，卻是半點反駁的理由都想不出來。

確實，他和周氏三十多年的夫妻了，周氏是個什麼樣子，沒有誰比他更加清楚。今天周氏能幹出將孫子扔去大別山的事，便保不准明天會幹出更加離譜的事來。

「村長，既然阿爺沒有異議，那事情就這麼定下來吧！至於文書什麼的，我們都不識字，還請煩勞村長書寫兩份，等我娘一上山，我便帶團團離開崔家。」崔老漢始終沒有說話，崔景蕙也失去了耐心，索性就當阿爺默認了下來。話說完之後，她轉身就往堂屋裡走，絲毫不給別人任何拒絕的餘地。

直至崔景蕙的身影消失在院子裡，院子裡依舊靜默了頃刻的時間。

江大夫用手輕輕地捅了幾下村長的後背，村長這才反應過來，囫圇地告辭了一聲，領著一干人，用比來時不知道快了幾倍的速度，飛快地離開了崔家院子。

院子裡瞬間只留下一臉茫然的崔老漢，還有不斷嘆氣、翹望堂屋處的張氏。

「家門不幸、家門不幸呀！」崔老漢伸出一隻手捣住自己的臉，沈悶的聲音從手指間傳了出來。

他不知道究竟是怎麼了？一個好好的家，就要這麼散了。

這一刻，崔老漢只感覺到了無比後悔。要是當年他不聽信那蠢婆娘的話，二子是不是就會活得好好的，二子媳婦也不會死？

可是，這世間本就沒有後悔藥，既然事情已經發生了，就算再不甘心，他也只能聽天由命了……

第四十三章 死後同穴

有了村裡人主持大局，辦事確是快了很多，不過當天下午，棺木便拖到了崔家院子裡。只是派去縣裡尋崔濟安的人，直到第二天天矇矇亮這才回到村裡，卻是連崔濟安的面都沒見上。

崔景蕙卻是不想再等下去了，和村長稍作商量，白事一切照舊。若是大伯能趕回來，自然是極好的；便是不能，這也是沒法子的事。

李氏的屍身被擺在堂屋神龕下的棺材裡，崔順安遺物中要送給李氏的那支雕著幾朵寒梅的髮釵，崔景蕙也一併放入了。棺材前放著一張小桌子，桌子上放著兩個牌位，正是順子夫妻的牌位，牌位前供著幾道供品，供品兩旁白燭垂淚。

崔景蕙身穿孝衣跪在牆壁和棺材之間，但凡有人來拜祭，崔景蕙都是要回禮的。

雖說團團才是爹娘的子嗣，可他終究還是太小了一點，崔景蕙怕現在這嘈雜的場面驚嚇著他，所以一早便讓春蓮把團團抱出了崔家，也省得她還要處處留意周氏。

一提到周氏，崔景蕙這才想起，自從昨天周氏被自己懲戒了一番之後，她便再也沒有出現在自己的眼前了。這樣更好，反正她看到周氏心裡就糟亂亂的。

一時間思緒飛遠，倒是沒有注意到齊大山夫婦一路拉扯著走進了堂屋，夫妻倆極其敷衍地行了祭拜禮，崔景蕙只當沒注意，仍恭恭敬敬地回了一禮。

齊嬸行完禮之後，直拿眼神示意齊大山。

可齊大山一個大男人，最要面子不過，有些話哪裡好這個時候去問？這不就是趁火打劫嘛！所以齊大山只低頭望著自己的鞋子，就是不開口說話。

齊嬸沒得法子，瞪了自家男人一眼，只得自己開了腔。「大妮啊，這人死不能復生，妳可要看開點。」

「多謝齊嬸關心，我知道了。」

崔景蕙不鹹不淡地回話，倒是讓齊嬸笑得更加尷尬了。

「那個……大妮，我就是想問問，咱們之間的約定還作得准嗎？」齊嬸搓著手，一咬牙，就把想問的事一口給說了。

這事都快要憋了她一天了！從昨兒個知道大妮她娘沒保住，她這心裡就惴惴的，後來又聽到大妮不打算留在崔家，她就更是坐不住了。

要是大妮就這麼離開了崔家，然後再來個死不認帳，不認她與自家齊齊的婚事了，那自己不就是竹籃打水一場空，吃了個啞巴虧也沒地方訴？畢竟她家的人參到頭來還是沒能讓李氏活命不是？所以她本來昨兒個就打算上崔家的，但是死活被自家男人攔住，她才沒上門，好不容易這會兒見上了，她怎麼還能忍得住！

崔景蕙似笑非笑地看了齊嬸一眼，她就說齊家這麼早來祭拜透著反常，原來是在這兒等著她呢！「既然我已經答應了這門親事，便不會反悔，齊嬸不必擔心。」

聽到崔景蕙還認帳，齊嬸頓時鬆了一大口氣，臉上的笑容也燦爛了幾分。「大妮啊，我聽說妳打算搬出崔家，不知道妳選好了住處沒？若是沒有選好，大妮妳要不嫌棄的話，可以先住在我們齊家，反正大家遲早也是一家人，早點晚點也沒差是吧？」

崔景蕙聽完齊嬸的話，如同看笑話一樣地看著齊嬸。這話裡話外的意思，不就是欺她年幼，上面沒個能作主的長輩！這如意算盤打的，還真當別人都沒長腦子？崔景蕙也不答話，轉而望向了一旁的齊大山。

齊大山被崔景蕙的目光看得直發毛，下意識裡避開崔景蕙的目光，然後伸手扯了自家婆娘一下。「媳婦，妳這說的什麼話？大妮現在有孝在身，出去串門子都得避諱著，怎麼可能住咱們家？至於住處，大妮肯定已經有了主張，妳這婆娘就別瞎操心了！」

齊嬸見自家男人這麼說，頓時氣不打一處來，這不是在拆她的臺子嗎？正要發作，卻看到自家男人連連使眼色，這才想起，場合不對！

他們兩家的親事到現在都還得藏著掖著，這要是大妮貿貿然就住進他們齊家，村裡的人指不定得說成啥齷齪樣子，那他們齊家在村裡可就半點臉面都沒有了！

也怪她被崔家這事亂了陣腳，倒是忘了這茬了！當下齊嬸瞥了齊大山一眼，然後望向了大妮，不好意思地笑了一下，伸出手在自己的嘴巴上輕輕打了一下。

「關心則亂、關心則亂！嬸兒一聽到大妮妳沒處去，心裡就擔心得很，這嘴上也就亂了分寸了，大妮妳可別把嬸兒的話放在心上。」

「我明白齊嬸的意思，自然不會介意的。」崔景蕙不鹹不淡地回了一句，然後便垂下頭，不去看齊家夫婦了。

齊家夫婦這會兒也是尷尬得很，畢竟這眾目睽睽之下，說這話，差不多堂屋裡所有的人都支著耳朵聽見了。於是，在眾人詫異奇怪的目光中，兩人匆忙送了禮錢，便一刻也待不下去了，夫妻倆拉扯著離開了崔家。

至於來不來吃那頓飯，那就不是崔景蕙會在意的事了。

敲鑼打鼓，鞭炮聲聲，崔家小小的院子裡，只怕就是過年那會兒都沒有這麼熱鬧。人人都說著節哀的話，可是臉上該笑的依舊在笑，該打趣的依舊在打趣，除去崔景蕙，似乎也沒有多餘的人對李氏的逝去表示了過多的悲傷。

崔景蕙在那方小小的天地跪了一天一夜，任誰來勸說都不曾起身過。一個一個扯著一臉嘆息的表情，道一聲「還真是個孝順的孩子」；可背過身去，只怕心裡卻是在暗笑崔景蕙傻氣，不知道變通。這人情世故，崔景蕙如何不懂？可是李氏生前，自己沒能保護好她，這人都去了，崔景蕙只想好好守住李氏的最後一程。

天亮了，天邊的暖陽掙扎了又掙扎，最後還是沒能將那一輪紅色提溜上天際，天色昏沈的，怕是今天也就這樣了。

雖然李氏有兒子，可實在是太小了，最後村裡的掌事一合計，便由大房的崔元生扶了靈，崔景蕙自然也沒有異議。說實在的，團團現在還不足月，而且又是早產的，本來之前就受了驚嚇，崔景蕙也不願意團團出現在這裡。

崔景蕙同意，村長自然是鬆了一大口氣。他可是一早就聽說了大妮和大房不對盤，本想著還要解釋一番，沒想到這不過開口一提，崔景蕙便答應了，倒是免了他一番唇舌，畢竟這幾日為了忙活崔家的白事，他可是嗓子眼都喊啞了。

送葬的隊伍裡，崔濟安終究還是沒能趕回來。不過崔景蕙也不怪，畢竟這人都沒通知到，不能回來也是情有可原。而躺在屋裡嚷嚷叫喚的周氏同樣沒有出現，不過這對於崔景蕙來說更好，免得娘看了周氏，走得心裡不順暢。

唱禮的人嘴裡唱著從祖宗那裡傳下來的葬詞，在鞭炮鑼鼓聲中，崔景蕙卻是聽不真切。崔景蕙一路跪拜著下了山，快要走到山下通往墳山處的那個分叉口時，看到山下幾個人同樣抬著一具棺材往上邊走來。這倒是巧合到了極點，原本這邊熱鬧的場面，慢慢的冷了下來。

山下抬著棺材的幾個人，自然也是看到了對面的排場，這一下子，兩行隊伍就這樣兩兩相望地停了下來。

「這是怎麼回事？怎麼停了？」

崔景蕙這邊還沒有說話呢，對面棺材後面卻走出了兩個穿著衙役服飾的官差。

之前棺材擋住了視線，所以沒看到前面的情況，這一從棺材後面走了出來，不用抬棺的人答話，兩名官差便已經明白是怎麼回事了。

這倒是趕巧了！官差心裡也是奇怪著，往對面的送葬隊伍走了幾步，待看到穿著孝衣的崔景蕙卻是一喜。他們之前隨文書來過崔家報喪，這山窩窩裡出了個好顏色的，自然是多看了兩眼，雖說現在崔景蕙的模樣是憔悴了些，但官差卻還是一眼就認出了她來。

「我記得妳是崔順安的女兒！你們這是在給妳爹辦喪禮吧！」一名微胖的官差走到崔景蕙面前，看了一眼她身後的棺材。雖說離上次報喪已經十來天了，這時候才辦喪禮有些奇怪，但是官差也沒有往其他的方面多想。「那真是趕了巧了，前幾日慶江河下河段所屬的安橋縣打撈上了一具屍體，經辨認查證無誤，便是妳爹崔順安。縣令大人賜下一口薄棺，讓我等將屍體送回，好讓妳爹早點入土為安，這會兒能趕上你們上山，實乃天意。」

這是……爹爹的屍首！官差後面說了什麼，崔景蕙已經盡數聽不清了，她望著前面那一口小小的棺材，一時間淚水不受控制地往外湧。爹爹回來了，爹爹是捨不得娘抱著他的衣冠入土，這才早不回晚不回，偏偏這個時候回來吧？他是回來給娘做伴的！

崔景蕙抹掉了臉上的淚水，癡癡的目光從前面的棺木上挪開，然後眷戀地回望了身後的棺材一眼。「多謝官家能夠在這個時候送我爹回來，小女子感激不盡。」

「這是我們應該做的。只是可惜了，讓你們白白破費了一口棺材。」棺材看崔景蕙的目光落在身後的棺材上，倒是有些不好意思了起來。他在縣裡當差，自然知道一口棺材怕是要一兩銀子左右，這山坳裡哪會有什麼有錢人？棺材雖說以後也能用得上，但這也算得上忌諱了，畢竟誰家死一個人備兩口棺材的？

「這是我娘躺著的棺木。那煩勞諸位往這條道上走。」崔景蕙沒有多說什麼，只是稍稍解釋了一下，然後對著對面抬棺的幾人指引了一下方向，接著上前幾步，走到唱禮的那個長輩面前說了幾句話。

她爹的棺木回來了，那原先準備的墓坑肯定是不夠的，趁現在還有時間，得讓人趕在前頭去，把原本的墓坑挖大了才行。

崔景蕙說得有理，所以那長輩趕忙招呼了幾個年輕人，就近拿了工具先往墳上去了。

崔景蕙安排了崔順安的棺木先行通過，接著才是李氏的，幸好之前準備了崔順安的牌位，這個時候倒是不至於需要重新準備。

而之前說話的官差聞言，卻是不敢再多問什麼了。這好生生的一個人，丈夫死了沒幾天，自個兒就去了，這不擺明著人家夫妻伉儷情深，生死相隨，黃泉共白頭去了？

心裡唏噓了一陣子，眼前送葬的隊伍已經遠去。看來這就是天意，老天定然也是被他們夫妻倆的情分感動了，不然怎麼會安排這個時候讓崔順安的棺木回來？這不擺明著死要同穴嘛！這可是大好事，他得跟了去，而且送佛送到西，他得看著崔順安落了土才成。

打定了主意，官差拉著同伴，一道兒往送葬的隊伍追趕了過去。

等崔景蕙一行到了墳山之後，這擴張的墓坑卻還沒有挖好。再度添了幾把子人手上去，就著原來的墓坑挖寬了一個棺材的距離，然後將新挖的地方夯實了，撒上生石灰，等到了之前算好的吉時，抬棺人慢慢地將兩口棺木並排放下。崔景蕙站在堆高了土的墓坑邊上，看著兩具漆黑的棺並排放著，一時間悲從心起。

「爹、娘，黃泉路上你們再做一對鴛鴦，團團我定會照顧好的。」

崔元生扶著靈，在唱禮人的指導下，懵懵懂懂地對著兩具棺材叩了九個頭；張氏也在一旁抹著眼淚；而崔老漢早在看到崔順安的棺木時就已經昏死過去了，這會兒雖然醒了，正靠在一旁祖宗的墓碑邊上，眼睛死死地盯著墓坑的棺材，嘴巴哆嗦著，卻是半句話都說不出。

「撒土！蓋棺！」

幾個崔家人一人握了一把土灑在棺木上，然後隨著唱禮的人，圍著棺木轉了十來圈。等他們退了下來，早就候在一旁拿著鋤頭的幾個村民便走了上去，將原本挖出來的土一鋤頭、一鋤頭地填進了墓坑裡，蓋在了棺材上。

崔景蕙這會兒已經從崔元生手裡接過了爹娘的牌位。

其他看禮的人都慢慢的散了，便是張氏和崔老漢也是除掉了孝衣，被人攙扶著往回走了，而將崔順安的屍身送回來的抬棺人也已經跟著官差回去覆命了。

唯有崔景蕙既沒有動，也沒有走。她一直站在那裡，看著埋葬著爹娘的墓坑慢慢地堆高，變成了一個墳包。

最後，連填土的人都已經走了，崔景蕙依舊沒有移動半分。

直至淅淅瀝瀝的小雨從天而降，慢慢地滴落在這片天地，崔景蕙這才像是被驚醒了過來一樣。她癡望著這座新堆砌的墳包，跪了下來，極其虔誠地叩了三個頭，然後站了起來。

「爹、娘，我帶你們回家……」崔景蕙一步一步地照著原路往回走，同時嘴裡不斷地念叨著這句話，她得把爹娘的魂領回去。

雨水打濕了她的青絲，打濕了她的衣裳，崔景蕙卻絲毫沒有要加快步子的打算。

第四十四章 遇見三爺

棺材已經上了山，這白事也算是辦完了，村裡前來幫忙的村民也都散了去。

崔景蕙回到崔家院子，和村長及幾位管事長輩結清了花銷，便回自己屋裡，將該收拾的東西都收拾了，然後帶著爹娘的牌位，在張氏及崔景蘭複雜的目光中，沒有一絲留戀地出了崔家院子。

之前春蓮已經和崔景蕙說好了，讓她先暫住在安大娘家裡，等過些日子，安穩了下來，再由崔景蕙決定去留。

崔景蕙一路走到曬穀場那兒，看到不遠處崔三爺家的院子，忽然想起之前村長交代自己的事——安葬她娘李氏的那口棺材，是從崔三爺那兒得的，還沒付錢呢！

崔景蕙正想著要不要過去崔三爺那邊，要是崔三爺在家的話，便把這件事給辦了，順便向三爺道聲謝。只是這還沒琢磨透呢，就看見崔三爺從山下的位置往這邊來了。

「三爺，您這是要上哪兒呀？」既然撞上了，那定然是要先打聲招呼的。

崔三爺背著個手走了過來，上下打量了崔景蕙一番，皺了皺眉頭，這才說道：「我找妳！」

「那正好，晚輩也有事要找三爺您。三爺，那棺木多少錢？您說個數，我這就把錢給您。」崔景蕙說著，也不嫌地上髒，抬手便要將手中的包袱往地上放，這還沒落著地，一隻黑瘦的手就伸了過來，極其自然地將崔景蕙手上的包袱給接了過去。

「我不要錢。聽說妳從崔家搬出來了？」

聽到崔三爺的話，崔景蕙伸手去掏荷包的手頓時停了一下，就看見崔三爺已經提著自己的東西走了，崔景蕙忙追了過去。

「嗯，是有這麼一回事。」

「給。這是我那屋子的鑰匙，妳一個小丫頭帶著奶娃子也不容易，反正我也難得回村裡一趟，我那屋妳就先住著。」

崔景蕙這才追了上去，一串鑰匙便塞進了自己的手裡，倒是讓崔景蕙又愣了一愣，待聽完崔三爺的話，崔景蕙只覺一股暖意緩緩從心頭升起。雖然這話說得跟施捨似的，可這份心意，崔景蕙卻是收到了。

「三爺，我已經和春蓮說好了，先暫住在安大娘家裡，等過了這個冬，再想其他的法子。」崔景蕙將自己的打算說與三爺聽，並將手中的鑰匙遞還到了崔三爺的面前。

「哼，給妳了，妳就收著，我自個兒還有！」崔三爺並沒有接崔景蕙手中的鑰匙，反而快走了幾步往前趕去，把崔景蕙落在了後面。

崔景蕙看著手中的鑰匙，對於這個倔強而彆扭的老頭又多了幾分好感，想來三爺下山是去準備鑰匙了。她一握手掌，將鑰匙往懷裡一塞，然後再度追了上去。

「三爺，這個重，讓我自己也拿一程吧！」

崔三爺一臉鄙夷地掃了一眼崔景蕙的瘦胳膊瘦腿，將手中的包袱往另一側挪了幾寸。

「就妳那三兩力氣？別在這兒丟人現眼了！」

崔三爺話裡句句帶刺，崔景蕙哪裡是三爺的對手？只得一臉恭順地跟在崔三爺身後，嘴裡一句話也不敢多說。

不過之前崔景蕙說了暫住安大娘家，所以崔三爺也沒有再提讓崔景蕙住自己那屋的打算，但是這送出去的鑰匙，自然是沒打算收回來了。

崔三爺一馬當先，直接往安大娘家的院子走去。院子裡靜悄悄的，倒是沒看到人影，這畢竟是女眷的屋子，崔三爺走到柵欄處就停了腳步，扭頭望了一眼身後的崔景蕙。

「三爺，您在這裡等一下，我去看看。」崔景蕙自然知道崔三爺這是什麼意思，推開虛掩的柵欄門，便走進了院子裡。「春兒，妳在嗎？」

崔景蕙這才喊了一句，便聽到「噔噔噔」的跑步聲從屋裡傳來，接著緊閉的房門就被打開，露出了春蓮那張臉。

「大妮，妳可算是來了，我都等妳老半天了！」

「這不有事給耽擱了？團團呢？他還好吧？」崔景蕙隨意解說了一下，便問起了團團。實在是這兩天家裡太亂了，她都快兩天沒看到團團人呢！

「好著呢，現在琴姊正在屋裡給團團餵奶。」春蓮走出房門，將門虛虛地帶上，這才輕聲地回答崔景蕙，一副生怕把屋裡快要睡著的肉團子給吵醒了的模樣。

崔景蕙一聽就明白了，倒是有些歉意地望著春蓮。她只想著李氏的喪事，倒給疏忽了團團這會兒還是個奶娃娃，可沒別的什麼東西能吃，春蓮一個姑娘家，還要給團團找奶吃，這確實有點為難春蓮了。「春兒，讓妳費心了。」

春蓮隨意地揮了揮手，這又不是什麼大不了的事。琴姊和她家是沒出五服的親戚，所以她並沒有花費多大的口舌。「沒什麼，也是團團運氣好，琴姊一個月前生了個丫頭，奶足得很，要不然妳家小團子可得挨餓了。妳的行李都帶來了沒？要不要我去給妳幫忙？」

崔景蕙扭頭看了站在柵欄處沒有進來的崔三爺，這才說道：「不用了，三爺幫我拿來了。」

「三爺？」春蓮順著崔景蕙的目光，往柵欄處望了一眼，忙鬆了崔景蕙的手，堆了笑臉往柵欄走，人還沒到呢，聲音便已經送到了崔三爺的耳裡。「三爺，您可回來了！這次回來還走不？這天可是越來越冷了，三爺您可得早點做好過冬的準備。」

俗話說，伸手不打笑臉人，春蓮這丫頭也著實討喜，因此便是脾氣古怪的崔三爺，在春蓮面前也是不由得緩和了幾分臉色。「等再準備幾天，就不走了！那丫頭我就交給妳了。」

「萬事有我照看著，三爺您就放心好了！對了，三爺，難得來我家一趟，要不要進來坐坐，喝杯茶？」雖說這是她姑婆家，可是從她開始跟姑婆學穩婆這一行當，便搬到這邊來住了，這事自然是能作得了主的。

只是這要求，卻讓崔三爺臉上頓黑了幾分。他板著個臉，瞪了一眼春蓮，然後將手上的包袱一股腦兒全塞進春蓮的手裡，「哼」了一聲，竟然直接轉身就走了。「誰還稀罕妳這丫頭一杯茶，拿著！」

春蓮手忙腳亂地用胳膊圈了包裹，這才不至於讓包裹給掉到了地上。她一臉不明所以地扭頭望了一眼朝這邊走來的大妮，完全不明白，怎麼三爺就生氣了？

「虧妳還是個快要能嫁人的姑娘了，也不用腦子想想！安大娘獨居了一輩子，三爺也鰥了大半輩子，今兒個三爺要是進了這院子，安大娘一輩子的好名聲可就被妳毀掉了！」崔景蕙也是絲毫沒有跟春蓮客氣，走到春蓮身邊，伸出手指就往春蓮的額頭戳了好幾下，戳得春蓮後退了好幾步，方才停了下來。

她一臉恍然大悟地望著大妮，她剛可是完全沒想到崔三爺生氣是這個理！

「大妮，妳說妳都還未及笄，怎麼會知道這個的？」

崔景蕙沒有再回答春蓮的問題，反而是白了她一眼，伸手從春蓮懷裡的大包袱中整出裝著她爹娘衣物的包裹。「既然團團這會兒睡了，我也就不去吵他了，妳幫我把這衣服給收拾了，我去趟墳山把爹娘的衣服燒了過去。」

說到正事，春蓮自然也就沒了打趣的心思。她雙手抱著包袱，躊躇了一下，雖然這天色看起來已經不早了，但是為了大妮，她還是捨命陪君子吧！「大妮，要不，我陪妳去吧？」

「不用了，妳幫我在家守著團團，就是幫了我大忙了。而且不就是墳山嘛，這大別山我都敢去，哪裡會怕這個？」春蓮怕黑又信鬼神之說，這要是跟她去了，指不定晚上睡覺的時候就會作噩夢了。春蓮的心意崔景蕙是領了，可是這人還是不要去的好。

「那好吧！妳早去早回，我給妳留飯。」聽到大妮拒絕，春蓮其實也是鬆了一口氣。雖然跟著姑婆到處接生，指不定要晚上出去，她的膽子也確實大了很多了，但是讓她挨著天黑的時辰去墳地裡，她這心裡還是怕得厲害。

「嗯，我走了！」崔景蕙點了點頭，算是應承下來，然後提著包袱再度出了院子。

崔三爺走得並不快，所以還沒走回自己的住處，聽到後面有腳步聲傳來，扭頭一看便發現崔景蕙又跟了過來，便刻意放慢了腳步，直到崔景蕙追了上來，這才停下步子，虎著個臉，沒好氣地說道：「妳又跟過來幹什麼？」

崔景蕙自然是不會在意崔三爺的語調，她伸手揚了揚手上提著的包袱。「我這是去給我爹娘燒點常用的衣衫。」

崔三爺倒是沒想到崔景蕙只不過是順路而已，面上不免有了一絲尷尬。

不過崔景蕙只當沒有看見崔三爺的不自在，反而向崔三爺提出了邀請。「三爺，您要不要和我一起去？」

「又不是我兒子，我才不去！」崔三爺倔著嘴，一副懶得理崔景蕙的模樣，說完之後，更是轉身就走，步子不知道比之前快了幾步，不多時便走得離崔景蕙遠遠的。

崔景蕙也不介意，提著包袱遠遠地跟在崔三爺後面走。崔景蕙的視線極好，便是遠遠的，也依然注意到這個彆扭的老頭快走了一段路之後，腳下的步子便開始刻意放慢了起來。

崔景蕙也不點破，一直走到通往崔三爺家的那條岔路口，明顯看到崔三爺停了一下，然後直接走向了通往墳山的那條道上。

「磨磨蹭蹭的繡花呢！還不快點走，沒看到這天就要黑了！」像是掩飾心虛一般，崔三爺扭頭往崔景蕙吼了一嗓子，腳下的步子卻是又慢了幾分。

「這就來！」崔景蕙全當沒看到崔三爺的彆扭，應了一聲，一路小跑著追上了崔三爺的身影。

崔三爺也不回頭，聽到崔景蕙跟近的腳步，只把手往後一伸。「拿來！」

「沒事，我還提得動。」崔景蕙懵了一下，這才明白崔三爺話裡的意思，卻是開口拒絕了。

「哼！」這次崔三爺倒是沒有再堅持幫崔景蕙提包袱，回身看了崔景蕙一眼，便將雙手背在身後，直接走到墳山，再也沒搭理過崔景蕙半句。

崔景蕙已經看明白了崔三爺是個什麼性子，自然是不會介意。她提著包袱走到爹娘新堆好的墳包前，新墳前燒著的紙錢這會兒還冒著細煙，崔景蕙拾起掉落在墳場周圍的紙錢，蓋在之前的紙錢堆上，撿了根樹枝撥弄了幾下，然後鼓著腮幫子使勁地吹了吹，不多時，那火便又燃了上來。

崔景蕙將包袱拆開，然後將包袱裡的衣物一件一件地拿了出來，原本點點星火越燃越大，崔景蕙將最後幾件衣服連同包袱一併扔進了火堆裡，然後後退了幾步，以免被火星子沾上。

崔三爺站得遠遠的，雖然不曾走近，卻一直觀望著這邊的動靜。他也不問崔景蕙為什麼衣服燒完了還不走，就只是等在那裡，直到天色越來越沈，而那在空中張揚的火焰越來越小，終至消失時，天空已是星輝璀璨一片了。

崔景蕙低頭看著腳下，望著那隨風一閃一現的火花，蹲下身，捧了幾捧泥巴掩在了火光上，這才轉身望向崔三爺。

「我們回吧！」

第四十五章　心上有人

等回到安大娘家的時候，春蓮提著一盞小燈籠，在柵欄處等了好久了，看到崔景蕙回來，忙迎了上去。

「怎麼去了這麼久？可等急我了。」

「秋夜風大，我怕起了夜火，火未燃盡，我也不放心，便一直等在那裡，所以久了點。」崔景蕙伸手接過春蓮手中的燈籠，稍稍解釋了一下。

「嗯，還是大妮妳想得周全。我們快走吧，姑婆正等著我們吃飯呢！」大妮說得在理，春蓮自然沒有生氣的道理，她拉了大妮，急急忙忙地朝屋裡走。姑婆做了好幾道菜，一直在屋裡等著呢，大妮去了這麼久才回來，只怕菜都要涼了。

「安大娘，怎麼好意思讓您破費了！」崔景蕙進了屋子，自然看到桌面上擺著四個碗，顯然是一直在等自己回來，這倒讓崔景蕙有些不好意思了。

「幸好，菜都還溫著，快坐下吃吧！忙了一天，也該是餓了。」安大娘別的什麼話都沒有說，只塞了一雙筷子進崔景蕙的手裡，然後招呼著她坐下，便起身從甕裡盛了三碗粥出來，一碗一碗地遞給了春蓮。

春蓮接過碗，拿起勺子將熬得濃濃的粥上面那層帶著黏稠的粥油刮了下來，然後放在旁邊一個已經裝了小半碗粥油的碗裡。

當將所有碗裡的粥油都刮乾淨了之後，春蓮這才把粥碗分別遞給了姑婆和大妮。

「春兒，這是弄什麼？」大妮接過碗，卻是一臉不明所以。

「琴姊只能白天來，晚上我也不好意思半夜把人家叫起來給團團餵奶，所以江伯教了我這個法子，說是這粥油吃了頂好，這是給團團夜裡準備的。」春蓮一臉得意地向大妮解釋了一番，順手又給大妮挾了一筷子菜。「快吃吧！團團已經睡了一個時辰，怕是快要起來了，咱可得快點了。」

「春兒，我都不知道該跟妳說什麼了！」崔景蕙哪裡想得到會是這個理由，她三輩子都是姑娘身，自然不知道這些當娘後的彎彎繞繞。先前將團團託付給春蓮，也是想著有安大娘在後面，所以她才那麼放心，現在聽春蓮這麼一說，便知道春蓮定然是費了好大的心思。

「不知道說什麼就別說，咱可是好姊妹，不論這樣的。」春蓮一臉無所謂地用筷子隔空敲了敲崔景蕙的碗，頓時收到了安大娘的一記警告。

「食不言，坐有姿。」

安大娘的六字真言一出，春蓮下意識裡縮了下脖子，朝崔景蕙眨了眨眼睛，飯桌上頓時只剩下一些細碎的用飯聲音，再無人開言。

吃完飯沒過多久，團團便醒來了，春蓮自告奮勇地帶娃兒去了。

安大娘將崔景蕙領到了臥房，然後尋了一床被褥給崔景蕙。「我本來是準備給妳重新安排一個床鋪，但是春蓮鬧著非要和妳睡一床，所以我就沒有再另行準備了，希望大妮妳不要嫌棄。」

「安大娘能收留，我便已是十分感激了，而且春蓮很好，我也是極喜歡和她處一塊兒的。」聽安大娘這麼一說，崔景蕙就知道自己睡哪兒了。將被褥放在床上，轉身面對安大娘，崔景蕙心中只有感激。她如今爹、娘盡失，正當孝期之際，安大娘能不避諱地收留他們姊弟，便已是極大的善意了。

「不必說什麼感謝的話，若要論感謝，我也該感謝妳才是。賴子強她娘那事，我也是後來才聽春兒說的，那孩子一向是個心軟的，若不是有妳幫襯著，指不定會鑽了牛角尖。」安大娘伸手拉住崔景蕙的手，握在自己手裡，拍了拍崔景蕙的手背，嘆了一口氣，這才接著說道：「而且，也是因為妳的影響，春兒這丫頭才願意接下我這門手藝。這接生的活兒，雖說髒累，可卻是有大福祉的。我孑然一身，膝下並無子嗣，若非春兒自己願意，老祖宗傳承下來的這門手藝就要斷在我手裡了。」安大娘嘆了口氣，卻是怎麼也說不下去了，眼中更見淚光閃閃。她鬆了崔景蕙的手，伸手拭去眼中的淚，朝崔景蕙勉強笑了一下。「安心在這裡住下吧！」說完便轉身離開了。

作為長輩，安大娘自然是不願意讓崔景蕙看到她失態的模樣，所以崔景蕙沒有去追，也沒有去勸慰，因為她知道，安大娘能告訴自己這些，只不過是想讓自己在這裡住得安心一些罷了。崔景蕙站在原地，愣了一會兒神，看到春蓮抱著團團走了過來。

「妳在這兒躲懶倒是快活得很，妳家這團子剛剛可是折騰死我了，又哭又鬧，還拉了一褲襠屎在身上，可臭死我了！」春蓮嘴裡抱怨著，臉上更是一副嫌棄得不得了的樣子，將團團直往崔景蕙懷裡塞。

崔景蕙伸手接過團團，兩天不見，團團倒是長開了不少，臉上看著有點兒肉了。這會兒被崔景蕙抱在手裡，一雙黑黝黝的大眼睛直溜溜地四處望，雖然知道團團這會兒還看不太清楚人，但那小模樣，看在崔景蕙眼裡，簡直都快要把崔景蕙的心給融化了。

「團團，想姊姊了沒？」

春蓮湊了過來，翻了翻白眼，直接就給予崔景蕙最沈重的打擊。「沒想！小團子在我這兒可開心了，哪有時間去想妳！」

「好好好，全想妳得了吧？看在妳這麼幫我的分上，到時候我給妳好好選個如意郎君吧！」被春蓮這麼一懟，崔景蕙自然得打趣回去。

只是這次，春蓮根本就不認帳，而且這一張嘴就將話扯到大妮身上去了。「大妮妳羞不羞呀？這還沒及笄呢，就想著成親的事了！」

「我這不都訂親了，還有什麼可想可不想的？倒是妳，我可是聽說妳一直在相看著，怎麼到現在還沒傳出個信兒來？」崔景蕙才不上春蓮的當呢，只是順口說到這個，崔景蕙心裡倒是湧上了幾分奇怪。春蓮都及笄快大半年了，按理說，早就該定下來了，怎麼不但沒有定下事來，反而跟在安大娘後面學手藝了？崔景蕙這一琢磨，倒是琢磨出些許不尋常來了，她騰出一隻手拉住春蓮，將她拉到床邊，挨著坐下。「春兒，跟我說說，是有啥事了嗎？」

聽崔景蕙這麼一問，春蓮倒是有些心虛了起來。她躲開崔景蕙的視線，然後往後一躺，躺在了床上，順手扯過一旁的被子蓋在頭上，悶著不出聲。

崔景蕙看春蓮這樣，還有什麼不明白的？自從李氏懷孕摔了以後，崔景蕙所有的目光都落在李氏身上，倒是沒有過多的注意春蓮了。「春兒，妳是不是……有心上人了？」崔景蕙沈默了一會兒，忽然開口試探了句。

哪裡想到，就這一個不確定的問題，卻讓春蓮猛的掀開蓋在頭上的被子，然後坐了起來，對著崔景蕙就突兀地喊了一句。

「沒有！」喊完之後，又覺得自己的反應太過了，於是撇過臉去，不去看崔景蕙的臉。雖然屋內昏沈，但是崔景蕙卻還是清楚地看到了，春蓮臉上的紅潮把耳廓都給染紅了。

崔景蕙心下沈了沈，心中頓時有了猜測。「可是家裡不答應？」

「唉……」一而再、再而三地被崔景蕙猜中心事，春蓮心中那點春心蕩漾瞬間蕩然無存。她轉過頭，一臉黯然地望了崔景蕙一眼，然後將頭靠在崔景蕙的肩膀上。「我要是告訴我娘，我娘怕是會把我給打死的。」

「那……可怎麼辦？妳這樣拖著也不是辦法啊！」崔景蕙倒是想明白了春蓮為什麼會選擇這一門手藝了，畢竟能接受未婚就去接生的小夥子，可不是那麼容易一下子就碰到的。

「能拖一日算一日吧！等拖到我死了心，或許我就該嫁了。」春蓮眼中不由得露出了一絲迷茫。若是那個人也和自己一樣的心思，便是豁出去了，賭上一次又何妨？只是，她根本就不敢問那個人這個問題，所以就拖著吧！拖到那個人訂了親，也許她就能放下了。然而現在就這樣讓她放棄，她實在是心有不甘呀！

崔景蕙聽著春蓮略帶惆帳的話語，側頭看了一眼春蓮，卻是沒有說話了。家家有本難唸的經，既然春蓮還沒想好要告訴自己，那就先這樣吧！

夜漫漫，還是早些歇了吧！

翌日，待用過早食之後，春蓮便領著崔景蕙一道上了藥廬，團團暫時交由琴姊照看著。江大夫的藥廬其實離安大娘家並沒有很遠，也就百來公尺的距離，只是崔景蕙一開始從心裡對大夫有點抵觸，再後來雖有好轉，但卻因為各種緣由，倒也一直不曾來過藥廬。

而今，總算是空閒下來了，該結的藥錢，確實也該和江大夫算算了。站在藥廬外，便見一股生澀的中藥味傳入鼻子中，院內數十個高、低架子上擺放著的都是一籮一籮的藥材，而江大夫正坐在院子裡的一張椅子上，椅子旁邊地上有一個背對著自己的男子在辨藥。

「江伯！石頭哥！」

春蓮本就是個熱乎性子，崔景蕙正待要敲門，春蓮便已直接推門而入了，那熟稔的口氣，只怕是常來藥廬嘮叨了。

「喔，是春蓮和大妮啊！」江大夫一抬頭便看見春蓮拽著大妮走近了院子，遂招呼了一聲。「今兒沒跟安娘子出去？」

「嗯，姑婆說讓我今天在家陪著大妮，這不大妮正好找您有事，所以我便來了。」春蓮笑咪咪地點了點頭。今兒個一早，下河村裡便有人請姑婆去接生，本來自己是該去的，但是卻被姑婆拒絕了。

「這段時間承蒙江伯照看，只是事過突然，一直未曾結清江伯的藥錢，如今爹娘白事已了，倒是不好意思再行拖欠了。」崔景蕙有些不好意思地將來意說明。之前家裡實在太亂，也沒能想得起這事，如今閒了下來，自然是不能裝作不知。

「也就幾個銅板兒的事，不打緊。」江大夫不介意這點小錢，但大妮這趟來，倒是沒有讓他看錯人，畢竟這藥錢本該是崔家人出的。

崔景蕙從懷裡掏出了事先就備好的一塊一兩左右的碎銀子，遞到江大夫的面前。「雖然只是幾個銅板兒，但對於我來說，卻是天大的恩情。這是我的一點心意，還望江伯能夠收下。」

崔景蕙沒有問診金的事，本想若是有多餘的，便當是江大夫之前的謝禮，卻哪裡知道，只江大夫給李氏餵下的那幾顆止血的丸子，便是三、四兩銀子都買不來的。江大夫也沒有提這個，他看了看崔景蕙手中的碎銀子，撚了撚山羊鬍子，伸手接過塞入袖中。「那老夫就卻之不恭了。」

崔景蕙看江大夫收下，倒是鬆了一口氣。實在是上一世，那封神醫帶給自己的恐懼太大，饒是崔景蕙來之前已經做好心理建設，可即便如此，她從踏進這藥廬的那一刻起，渾身便沒一處得勁的，見江大夫收了銀子，崔景蕙自是不願意再久待。

「團團一個人在家，我有點不放心，就不叨擾江伯了。」崔景蕙告了辭，順手往身側一拉，卻撈了個空，側頭一看，這才發現原本待在自己身邊的春蓮不知何時已經窩到了不遠處的地上，正和蹲在地上辨藥的石頭說笑不停。

只怪剛剛崔景蕙精神繃得太緊，倒是不曾注意到春蓮的聲音，這會兒注意到了，自然也就將春蓮的話聽進耳裡。

「這個藥材是用來治什麼病的？」

「這個是獨腳蓮，主要是用來清熱解毒，散結止痛。」

「你好厲害呀！」

不用看春蓮的臉，崔景蕙便能想像到春蓮此刻滿臉崇拜的模樣，讓崔景蕙倒是有些哭笑不得了。這昨兒個還不肯說呢，今兒個怎這麼快就露餡了？這個傻丫頭！「春兒！我們要回去了。」

春蓮愕然地扭頭，一臉詫異地望向崔景蕙。「啊，這就回去？不多坐會兒？」

若說之前沒有看到那男人的面容，崔景蕙心裡是有幾分為春蓮高興的，可那人一回頭，崔景蕙便知道，春蓮這事怕是涼了半截了。「不了，回吧！」

「好吧！那……石頭哥，我先回去了！」春蓮一臉為難地咬了咬唇，雖然不願意，可還是隨了崔景蕙的話，出了藥廬。「江伯，我改天再來！」

崔景蕙朝江大夫點了點頭，拉著春蓮便直接往安大娘家的院子裡走去，腳步飛快。那模樣，完全就是一副不願意理會春蓮的模樣。

春蓮被拉扯著，小跑著才能跟上崔景蕙的腳步。

「大妮，妳生氣了？」臨到安大娘家時，春蓮一把拉住了崔景蕙的手，有些惴惴不安地望向崔景蕙。

崔景蕙回頭望著春蓮，一雙眼睛直直地望著春蓮的臉，卻是不說話，倒是讓春蓮心中更加忐忑不安。

良久，崔景蕙忽然嘆了口氣。「春兒，死了這條心吧，妳娘是絕對不會把妳嫁給石頭的。」

崔景蕙的話一出口，春蓮的臉色瞬間一片慘白。「我、我知道，可是……嗚嗚嗚！」

春蓮強作鎮定地說了兩句，可是望著崔景蕙那雙眼睛，卻是怎麼也說不下去了。她一手摀住眼睛，然後將額頭輕輕地擱在崔景蕙的肩膀上，輕嚶的哭泣聲從嘴裡洩出。

崔景蕙看到春蓮這個樣子，也是嘆了口氣。太難了，若是其他的人，她或許還能想想法子，可是石頭那裡，卻是無論如何都過不了春蓮她娘那一關的。

雖說這是上一代的恩怨，可是婚姻之事，本就是父母之命，春蓮她娘恨石頭娘入骨，春蓮的這個心思，如何能如願得了？

「哭吧，好好地哭一場，就什麼都過去了。」崔景蕙伸手拍了拍春蓮的後背，她如今能做的也就只有這個了。

聽了崔景蕙的話，春蓮卻是哭得更厲害了。

崔景蕙什麼都沒有說，只等春蓮哭完了之後，拿出手絹將春蓮臉上的淚水抹去。

看著春蓮哭得眼鼻通紅的樣子，終究還是有些不忍。

「這件事，我不會說出去的。」

「嗯，我知道。」

「妳、妳以後還是少和石頭見面吧！不見不念，別讓自己陷得太深了。」崔景蕙看到再度沮喪的春蓮，躊躇了一下，終究還是嘆了口氣。「妳也別急，我會幫妳想想法子的。」

「真的？」春蓮猛的望向崔景蕙，絲毫不察自己的聲調都變了。

「嗯，總要試試不是？」崔景蕙點了點頭，算是應承了下來，只是她得好好想想了。

「我就知道大妮妳一定會幫我的！」春蓮喜極而泣，這次不等大妮的手絹伸到，春蓮便自己一把拽著袖子抹掉了眼淚，然後撲進崔景蕙的懷裡蹭了蹭。

第四十六章　女子柔弱

住在安大娘家的日子，意外的閒了下來，琴姊每日都來給團團餵奶，崔景蕙領著琴姊的這份情。雖說是在守孝之中，卻還是讓春蓮幫襯著在村裡收了幾隻雞，每隔兩、三日便燉上一隻，只待琴姊一來，便端給琴姊。

崔景蕙一開始是想直接給銅板的，可是在春蓮的勸說下，這才知道，便是給了，只怕也用不到琴姊身上，而這肉食若是讓琴姊帶回去，那也是沒她的分的。

琴姊先是推辭了幾次，但崔景蕙哪裡是琴姊能夠說動的人？而且她在孝中的事，村裡沒有人不知道，琴姊自然沒有勸著讓崔景蕙自個兒吃的理，幾次之後，也就只能順著崔景蕙來了。

只是，自己日日在崔景蕙這裡好吃好喝著，倒是讓琴姊每每心生愧疚，最後還是崔景蕙提出，讓琴姊將自己的兩個丫頭一併帶過來。琴姊自是感激萬分，留在安大娘家的時間也是越來越長，每每待上，便是大半日的工夫。

春蓮自然是跟在安大娘後面，時不時出門去接生，崔景蕙便守著團團，窩在家裡，倒也不曾出去過。阿爺也是來過了，只看了看團團，留下幾個銅板便走了，蘭姊和元元倒是常來。

一下子遠離了崔家那些個糟心的事，崔景蕙這日子過得清閒順暢，雖日日吃素，但臉上終多了幾兩肉了。

而琴姊在崔景蕙這兒吃得好，奶水是更足了，不過一個月的工夫，團團便從之前的那個瘦猴模樣變得白白胖胖，可討喜了！

進了十一月的天，是越來越冷了，呼出的氣都帶著寒勁兒。

這日，春蓮跟著安大娘去外村了，崔景蕙坐在炕頭上縫著一件襖子，兩個奶娃子在燒了地龍的炕上吐著泡泡。

琴姊家的大丫手裡拿著隻雞腿趴在炕邊上，吃了大半個月的肉食，大丫那原本尖得戳手的下巴，這會兒已是圓嘟嘟，蠟黃的小臉也多了幾分顏色，一雙黑葡萄似的眼睛滴溜溜地望著炕上的兩個奶娃娃。看了好一會兒後，她扭頭望向崔景蕙手裡的棉襖，眼睛裡滿是疑惑。

「姨姨，弟弟是妹妹嗎？」

崔景蕙手上的動作一頓，望著大丫，刻意放柔了聲音問道：「大丫，怎麼會這樣問呢？」

「因為娘說，只有妹妹會穿花衣服。」大丫扭頭看了一眼自家娘親，這才怯生生地回了崔景蕙。

崔景蕙伸出手摸了摸大丫略黃的頭髮，然後拿起手中那件花棉襖往大丫身上比了比。

「這是姨姨給大丫做的，大丫喜歡嗎？」

「真的嗎？是給我嗎？大丫喜歡！」原本還有些羨慕的大丫，聽到崔景蕙的話，猛的抬頭，不敢相信地望著崔景蕙，卻是更加不敢去碰面前的棉襖了。

「這、這……這可使不得！」一旁的琴姊聽了崔景蕙的話，忙放下手中的湯碗，語氣懇切。「大妮，這段時間讓妳破費了不少，我怎麼好意思呢？這衣服咱不能要！」

琴姊的話，讓原本高興雀躍的大丫瞬間耷拉了腦袋，她目光戀戀不捨地瞅了一眼崔景蕙手中的衣服，然後蹭到琴姊身邊，語氣中帶著滿滿的失落。「姨姨，娘說得對，我都吃了您家好多肉肉了，這件衣服您還是給弟弟吧！」

崔景蕙看這娘倆一副不安的模樣，不禁嘆了口氣。俗話說得好，女子柔弱，為母則強。這當娘的沒有立起來，又怎麼能護住自家的孩子？她前幾天可是聽春蓮說了，就因為生了兩個丫頭，琴姊的婆婆已經在催琴姊懷第三胎了。可是這老二才兩個多月大，琴姊的身子還沒有養好，癸水都沒有來，怎麼可能懷得上？

她沒有去看琴姊那副受之有愧的模樣，反而是將大丫拉到了自己這邊，柔聲說道：「弟弟是男孩子，是不能穿花衣裳的。大丫，妳看姨姨這衣服都快要做好了，要不妳等會兒就試試，要是能穿，姨姨就送給妳穿；要是不能的話，這衣服也算是作廢了。大丫，妳就當幫幫姨姨成不成？」

崔景蕙這話自然是用來哄孩子的，琴姊當即便要開口，卻看到崔景蕙對自己搖了搖頭，琴姊一臉為難地咬了咬唇，只望向大丫，希望大丫能夠拒絕。

只是小孩子哪裡懂大人的這些個套路？她從崔景蕙懷裡怯怯地望了琴姊一眼，見琴姊沒有說話，再看看那花衣裳，她實在想要得緊，糾結了好一會兒，終於說了一個比蚊子聲大不了多少的字。「……嗯。」

「那大丫先把雞腿給吃了，免得到時候換衣衫把新衣裳弄花了，姨姨還有最後幾針就縫好了。」崔景蕙伸手將大丫推出了自己懷裡，手裡拿著棉襖繼續縫了起來。

「大妮，這……這真是讓妳破費了！」琴姊一臉局促地看著崔景蕙，心裡亦是無比的心酸。大丫身上的襖子還是她去年做的，小孩子長得快，這會兒穿在身上，已是露出了一大截手臂，此時在屋裡還好些，這一出屋子，冷風一吹，那手便凍得青紫青紫的。

她跟婆婆都提了好幾次了，可是每次都被婆婆不陰不陽地堵了回去；她去跟阿牛哥說，得到的卻是一陣拳打腳踢。她不敢反抗，因為她知道，這都是她沒能給阿牛哥生個兒子的錯。有時候她甚至想剖開自己的肚子，看看裡面到底有沒有個兒子種？

「娘，您看，好看嗎？」

大丫的聲音猛的將琴姊從胡想中驚了起來，就她走神的這會兒工夫，大丫已經換上了新衣裳，此刻正站在她的面前，一臉高興的模樣。

「咱大丫可真漂亮啊！」琴姊看到自家女兒這個模樣，便忍不住一陣心酸。一件新衣服就把孩子給高興成這個樣子，她這當娘的，可是做得有多不稱職啊！

得了娘親誇獎的大丫，眼睛笑得彎成了一彎清月，只是她還記著之前娘和姨姨的話，所以扭頭又望向了崔景蕙。「姨姨，大丫好看嗎？」

「好看，大丫穿得可好看了！姨姨覺得這衣服穿在大丫身上可漂亮了，所以姨姨決定，這衣服就讓大丫穿回去好了！」崔景蕙點了點頭，伸手撫平了大丫身上衣服的褶皺處。

琴姊看大丫這般喜歡，而且崔景蕙執意要送，倒是不好意思再拒絕。「這、這……大妮，妳這讓我說什麼好呢？」

「孩子喜歡，就收著吧！這天眼看著越來越冷了，不穿暖和點可怎麼行？」崔景蕙不在意，將剩下的針線收進了針線笸裡，摸了摸大丫的頭。

大丫亦是乖順地靠在崔景蕙身旁，低著頭把弄著衣角。

屋外寒風呼嘯，屋內卻是一片和樂融融，倒是愜意得很。

只是當天夜裡，卻出事了。

亥時剛至，崔景蕙還未歇下，便聽到一陣哭喊聲從院外傳來，撕心裂肺。崔景蕙凝神聽了一下，聽出了是琴姊的聲音，當下便裹了棉衣，出了屋子，一眼便看見院子裡的琴姊。

夜色中，琴姊只穿了件中衣，散著一頭長髮，腳下的鞋子也只穿了一隻，帶著哭腔的聲音崔景蕙這才聽清楚，是在叫大丫。難道是大丫不見了？崔景蕙心中一凜，下午回去的時候還好好的，怎麼會不見呢？崔景蕙當下也不敢多想，急急忙忙出了院子，走到琴姊身邊，伸手扶住了琴姊的手，頓時一股冰冷的寒意順著琴姊的手流進了崔景蕙的身體裡，讓崔景蕙不自覺的打了個寒顫。「琴姊，這是怎麼了？」

崔景蕙叫了兩次，琴姊這才聽進了崔景蕙的聲音，她這會兒眼睛都已經哭腫了。「大妮，大丫不見了！妳有沒有看到我家大丫呀？」

不過是一個四歲的丫頭，這麼晚了能跑哪裡去？還來不及揮去腦中不好的想法，崔景蕙已經問了出聲。「什麼時候不見的？知不知在哪裡不見的？」

「我不知道，吃晚飯的時候還在，後來我上個茅房，便沒看到大丫了。我以為她只是出來玩了，也沒有在意，可是都到了睡覺的時辰了，大丫還沒有回來。我問了婆婆及二嫂，她們都說沒有看到大丫！我的大丫，能跑哪裡去呀？我的天啊，這要是出了什麼岔子，我……我可怎麼活啊！」琴姊說到最後，整個人都快要崩潰了，若不是崔景蕙扶著她，只怕這會兒已經軟到地上去了。

「琴姊，妳先別急，我這就陪妳去村長那兒，讓村長動員村裡人一起找，人多力量大。指不定那小丫頭在誰家玩累了，睡著了呢！妳可別慌！」

大河村說大不大，說小卻也不小，琴姊一個人找，得找到啥時候？倒不如去請村長幫忙。這大丫要真是有個什麼三長兩短，指不定早點找到還能救呢！

崔景蕙當下便有了主意，她單手扶著琴姊，另一隻手將身上的棉襖解了下來，披到了琴姊的身上。夜風一吹，崔景蕙頓時感到全身一股徹骨的寒意，只是看琴姊焦急的模樣，崔景蕙也不好意思再折返回去重新拿件襖子，只縮著脖子，扶著琴姊快速往曬穀場方向走。

幸好趕到村長家的時候，村長家還沒睡下。崔景蕙簡單地和村長說了琴姊家的事，村長自然明白了事情的嚴重性，只讓媳婦安撫著琴姊，便出門招呼了族親去四處通知了。

不多時，崔景蕙便聽見鑼鈸的聲音響起，原本已經安靜下來的村裡人，又徹底的熱鬧了起來。

「趙嬸、琴姊，我先回去一趟，團團一個人在家睡著，我不放心。」崔景蕙躊躇了一下，還是將心裡的想法說了出來。雖說大丫她也喜歡，可是春蓮和安大娘都出門了，屋裡現在只剩團團一個，她實在是不能安心。

「妳快去吧！這天寒地凍的，加件衣裳，別凍著了。」趙氏自然看得出崔景蕙的衣裳披在了琴姊身上，而且她可從相公那兒聽聞了崔景蕙的厲害勁兒，自然是不敢不讓崔景蕙回去。

「嗯，那琴姊暫時就有勞趙嬸您照顧了。」崔景蕙也不磨蹭，說完便出了屋子，頓時冷風一吹，起了一手的雞皮疙瘩，崔景蕙抱著手臂就往山下跑。

「哇啊哇啊……」崔景蕙小跑著回了院子，還未進屋，便聽到團團撕心裂肺的哭泣聲，頓時一急，忙進了屋子，先尋了件襖子穿上，這才抱了團團。得到懷抱的溫暖，團團亦是慢慢止住了哭泣聲。崔景蕙看著團團吧唧吧唧嘴巴的模樣，又給團團餵了些水。

團團接了幾口水，便又睡著了。

崔景蕙抱著團團在屋裡走了幾圈，卻是不能放心，想了想，將團團裹得厚厚的，再度出了房門。

「大妮，妳怎麼又來了?!」趙氏這會兒正陪著琴姊坐著，哪裡想得到崔景蕙會去而復返，還把團團給抱來了。

「可有什麼消息傳來？」雖然知道這麼短的時間不太可能，可是崔景蕙還是忍不住問了一句。

趙氏看了一眼猶在抽泣的琴姊，對著崔景蕙搖了搖頭，再看看崔景蕙手裡的襁褓，猶豫了一下，還是開了口。「大妮，妳要不要把妳弟弟放床上睡會兒？」

「不用了，我抱著就好。」崔景蕙搖了搖頭，倒是拒絕了趙嬸的好意。她和弟弟還在孝中，還是不要沾染別人的睡榻，以免讓人覺得晦氣。

等待的時間一分一秒都顯得十分難熬，在差不多過去半個時辰之後，依然沒有半點消息傳來，琴姊卻是再也坐不住了。

「趙嬸，我要出去找大丫，再這麼等下去，我會瘋了的！」琴姊猛的站了起來。

趙氏根本就來不及阻止，琴姊便已經衝了出去，只是她才衝到門口，崔景蕙和趙氏只聽到一聲悶響，然後便看見琴姊「砰」的一聲倒回了屋子裡，而屋門口站著一個正要收回腳的七尺糙漢子。

這人，崔景蕙卻是遠遠見過的，他就是琴姊的丈夫，崔阿牛。

顯然，剛剛琴姊就是被崔阿牛的腳踹回來了。

第四十七章　怒其不爭

「妳個婆娘發什麼瘋？作啥子妖？不過是一個小丫頭片子，她自己長腿了還不曉得回來？妳自己看看，因為一個丫頭片子，妳把村裡弄成啥樣子了！妳說妳哪來的臉？」崔阿牛打了還不算，一腳跨進門，對著地上煞白了臉的琴姊，就是遮天蓋地的指責。

「阿牛哥，不是這樣的，大丫不見了，我……」琴姊一手捣著被踹得生疼的胸口，一口氣沒緩過來的臉上，連唇都是煞白的。她驚恐地望著崔阿牛，嘴巴蠕動著，想要解釋，腦子裡卻被嚇成了一團漿糊，就連事都說不清楚了。

雖說別人家的事莫管，可是看到崔阿牛那副蠻橫的模樣，再瞅瞅琴姊懦弱無比的可憐樣，崔景蕙暗暗地嘆了一口氣，將手中熟睡的團團送到趙氏面前。「趙嬸，幫我抱一下。」

「喔，好！」趙氏其實也被崔阿牛的動作看呆了，聽到崔景蕙的話，下意識裡應了一聲好，便伸手接過了睡著的團團。看著團團肉嘟嘟的睡顏，趙氏正待要讚一句，抬頭卻看到崔景蕙已經走到了崔阿牛的前面，護住了惶恐不安的琴姊。

趙氏看著站在崔阿牛面前，猶如老鷹和小雞之別的體型，不禁張了張嘴，識相地抱著團團後退了幾步。看這架勢，她還是躲遠點比較好。

「是我要來村長家的，也是我要村長動員村裡的人找人的。怎麼，你有意見？」

崔景蕙一雙眼睛直直地望著崔阿牛，淡漠中又夾雜了幾分怒氣的語氣裡，是對崔阿牛的輕蔑。

「這是我們家的家事，妳算個老幾？痛快點給老子讓開，老子才不想和個毛都沒長齊的豆芽計較！」崔阿牛強著脖子，一雙虎目死死地盯著崔景蕙，那目光簡直像要把崔景蕙的衣服都給扒了。

「是嗎？我倒是很想和你談談。」崔阿牛的目光讓崔景蕙討厭，而話裡的貶低更是讓崔景蕙不喜，原本還想顧念著琴姊的幾分情面，不與崔阿牛過多的計較，可是看現在這樣子，只怕是不能了。

崔景蕙往前又走了幾步，直接走到離崔阿牛不過幾寸之隔的地方，實在是靠得太近了，崔阿牛只感覺「噌」的一下，一股熱潮就湧上脖子，腳下更是不自覺的往堂屋後退了好幾步。

俗話說得好，輸人不輸面，所以崔阿牛即便心裡怯了幾分，卻還是硬著頭皮繼續叫囂著。「妳、妳要是再過來，我可就對妳不客氣了！」

「不客氣？難道你還想打我不成？」崔景蕙冷笑一聲，跨出了正屋，一臉鄙夷不屑地望著崔阿牛。

「妳她娘的給我讓開，老子不想打女人！」

崔景蕙看著崔阿牛脹紅的臉，臉上只有諷刺。他蠢，可並不代表自己也瞎啊！不打女人？那琴姊是怎麼躺下去的？

「哼，不打女人？很遺憾，我卻是個會打男人的。」

崔景蕙之前就注意到堂屋角落處擱著一把木榔頭，距離她現在的位置，也不過只有一公尺有餘的距離。崔景蕙微微側身，便將榔頭拿在了手裡，想也不想，一榔頭便從崔阿牛的褲襠下面撩了上去，重重地砸在了某個脆弱的部位。

「啊！」一切都發生得太快了，崔阿牛哪裡會想到崔景蕙說動手就動手？等反應過來，根本就已經躲避不及。崔景蕙的榔頭落到之處，崔阿牛頓時只感覺到一股撕心裂肺的痛楚蔓延全身，他只來得及發出一聲殺豬般的慘叫，便已經跪倒在了崔景蕙的面前，然後身軀彎曲成蝦米狀，橫躺在崔景蕙的面前。

「現在，我們可以談談了吧？」崔景蕙拿著榔頭在崔阿牛面前的地上蹬了蹬，對於崔阿牛痛得直哆嗦的樣子，絲毫沒有半點動容。

只是她不在乎，有人卻受不了。

琴姊看到崔阿牛躺在地上，哎喲喲的直叫喚，卻是怎麼也待不下去了，跌跌撞撞地從地上爬了起來，然後衝了出來，一把推開崔景蕙，跪在了崔阿牛的面前。

「阿牛哥，你怎麼了？痛得厲害嗎？」

急切的話語，倒是讓被撥開的崔景蕙有了一絲錯覺，彷彿之前崔阿牛那一腳並不是踹在琴姊的身上。

崔阿牛這會兒痛得直哆嗦，他甚至都懷疑自己的子孫根被崔景蕙這一榔頭給捶扁了，心裡是又怕又火，只是看崔景蕙那兇悍的樣子，不敢再招惹崔景蕙罷了，而琴姊這一奔上來，正好就撞到了崔阿牛的槍口上。崔景蕙不敢動，自己媳婦可是已經打順手了，所以崔阿牛想也不想便伸出蒲團般的大手，一巴掌搧在了琴姊的臉上。

「都是妳這個死婆娘招惹來的煞星，老子都快被捶成太監了！」

這一巴掌，雖然只有三分力道，可是琴姊的臉上瞬間閃現出幾道手指印，通紅通紅的。

但琴姊根本就不在意自己挨了打，不斷地向崔阿牛道歉，同時拿著崔阿牛的手，一直一直地往自己臉上搧，要是不知道的人，還真以為琴姊做了什麼罪大惡極、不可饒恕的事。

「阿牛哥，對不起、對不起，都是我的錯！你要是不解恨，就打我吧！」

琴姊的求饒，卻是讓崔阿牛的膽子更肥了起來，嘴裡罵罵咧咧的，原本曲著的腳也是直接就往琴姊的身上踹了過去，只當崔景蕙是個瞎的。

崔景蕙雖說被這一幕看得慪氣，可是又哪能乾看著琴姊挨打？直接掄起榔頭，便又是一榔頭砸了過去，好巧不巧，砸在了崔阿牛踹出的小腿上。

「嘶！」雖說這小腿沒命根子敏感，可這一榔頭砸得可是結實得很，崔阿牛頓時倒吸了一口涼氣，腳一下子就縮了回去，原本被琴姊抓住直往琴姊臉上搧的手也收了回去。「瘋婆娘！妳快讓那個瘋婆娘走開！」崔阿牛死命地叫喚著，卻是縮著腦袋，看都不敢看崔景蕙一眼，就怕把崔景蕙逼急了，又對他動手。

琴姊倒是聽話得很，直接「噌噌噌」幾步就跪到了崔景蕙的面前，手裡抓著崔景蕙的襖裙，痛哭流涕，撕心肺裂，甚至可說是肝腸寸斷。「大妮，別打了，我求妳！別再打阿牛哥了，妳要打的話，就打我好了！」

崔景蕙被琴姊的哭喊聲震得心神都要恍惚了起來，她這樣做是為了什麼？還不就是為了琴姊！只是她卻沒想到，琴姊竟然是這麼個拎不清的！崔景蕙垂頭看了琴姊一眼，沒有說話，而是彎下腰，伸出手，將琴姊拽著她裙襬的手指，一隻一隻的掰開，然後提著榔頭，轉身回了屋子。「趙嬸，把團團給我吧！」

趙氏將團團遞還給崔景蕙，她是從頭到尾將事情看得最清楚的人，自然也明白這確是有些荒謬。可是俗話說得好，這夫妻之間打斷骨頭都還連著肉呢，其中的彎彎繞繞又哪是大妮一個未婚的丫頭能明白的？她張了張嘴，最終卻只是嘆了口氣，搖了搖頭。

只是崔景蕙卻看不見了，因為她接過團團後，轉身便走出了房門，看都沒看躺坐在地上的兩個人，走到大門口的時候，直接將榔頭扔回了堂屋裡，然後頭也不回地走進了夜色之中。

而因為這邊的動靜圍過來擠在門外的幾個村民，看到崔景蕙的背影，再看看堂屋裡躺在地上的崔阿牛，不由得暗暗嚼舌。大妮這丫頭片子太兇悍了，真白瞎了那張好臉，以後誰敢娶啊！

崔景蕙回了安大娘家，將團團放回床上，自己坐在床沿邊上，卻是有些愣愣地出神了。

原本以為，琴姊只是個立不起來的，沒想到卻是個拎不清的軟包子。只是可惜了，這麼一鬧，只怕琴姊以後再也不會上門來了。

崔景蕙嘆了一口氣，望著團團熟睡的臉。這才一個多月的娃，要是沒了奶，能吃什麼呢？這麼一想，崔景蕙倒是有些糾結了。

只是再糾結只怕也是沒有其他的辦法，崔景蕙索性不想了。

不過鬧了這一通事，崔景蕙便沒有再出門了，反而挨著團團睡下了。

只是這心裡掛著事，這一覺，終究睡得不是太安穩。

砰砰砰！「大妮，快開門！」

崔景蕙睡得迷迷糊糊中，聽到一陣急切的敲門聲從門外響起，驚得崔景蕙猛的一下從床上坐了起來，扭頭看了一眼睡得正香的團團，隨手拿了件衣服便去開門。

這一拉開門，眼前是一片白茫，只是崔景蕙這會兒已經來不及去感嘆今年冬天的第一場雪了，因為門檻外，春蓮揹著安大娘站在外面，一臉的急切。

崔景蕙心裡「咯噔」了一下，頓時生出一絲不妙，手上的衣服還來不及穿，便已經跨出了門外，將衣服披在安大娘身上。

「春兒，怎麼了？」

「先別問了，快扶姑婆進去，我去叫江伯！」春蓮這會兒哪裡還顧得上回答崔景蕙的問題，只把背上的安大娘往崔景蕙那邊一送，等崔景蕙一攙住安大娘，春蓮撒腿就往門外跑。

「安大娘？安大娘？」崔景蕙攙住安大娘，只感覺安大娘全身的重量都往自己身上壓，忙喚了幾句，卻沒有聽到安大娘的回答，心中頓時有了成算。

將安大娘攙抱著送回了臥房裡，崔景蕙把安大娘弄到床上躺下後，頓時倒吸了一口涼氣。之前安大娘的臉一直垂著，所以崔景蕙這才沒有看到安大娘傷在哪裡，這會兒仰躺著，自然是看到幾道鮮紅的血跡從額頭處一直蜿蜒而下，安大娘衣衫的前襟處亦是染紅了一大片！

該是傷了頭了！崔景蕙這會兒也不敢再去移動安大娘，只燃了燈，放在床邊，然後急急忙忙趕去了灶房，她得先燒一鍋子熱水才行。

幸好地龍一直燒著，崔景蕙抽了幾根燃著的柴火扔進了灶膛裡，把水燒上，這才匆匆回了安大娘處，只等著春蓮領大夫過來。

幸好也就百來公尺的路遠，不一會兒，春蓮便領著江大夫過來了。

江大夫一湊到床頭，看到江大娘的傷勢，不由得臉上一凝。

「可備好熱水？」

「正燒著呢！」

江大夫就著床頭的燈光，伸出手，將安大娘頭上的髮釵取了，散了髮髻，然後順著血跡撥開頭髮，便看到江大娘頭皮處有一道近兩寸的傷口，此刻還在汩汩地流著鮮血。

「拿剪子來。」

崔景蕙忙應了聲，尋了把剪子遞了上去，然後端了燈火湊到床邊，以免江大夫看不清楚。

「去看看熱水好沒？」江大夫將傷口旁邊的青絲盡數剪去，又說了一句。

崔景蕙下意識裡望向春蓮，卻看見春蓮站在屋中不遠處，垂著頭，身體輕抖。崔景蕙將手中的燈火放下，走到春蓮的面前，伸手握住了春蓮的手，這才發現春蓮抖得厲害，可見是嚇到了。

「春兒，別怕！有江伯在，安大娘定會沒事的。」崔景蕙沒有讓春蓮去掌燈，畢竟這會兒春蓮一直在抖，只怕連燈都拿不住吧！

崔景蕙安撫了春蓮一句後，匆匆忙忙提了裙襬，去了灶房。好在她想著用得急，只先燒了半鍋的水，這會兒水已經滾上頭了，崔景蕙忙裝了一盆，又將鍋子裡的水滿上，火燒得旺旺的，這才端去了臥房裡。

清理傷口，撒上止血的藥粉，然後再包紮好傷口，待做完這一切，江大夫這才鬆了一口氣。

「我回去抓幾服藥來，妳們先在這兒候著。」

「煩勞江伯了！」崔景蕙自然不會說什麼客套的話，送了江大夫出門，這才轉身走向春蓮。

「春兒，別怕，別怕！會沒事的，都會沒事的！」崔景蕙將春蓮攬在床邊的凳子上坐下，將其環在懷裡，小聲地寬慰了起來。

「都是我的錯，要不是為了我，姑婆也不會受傷的。」崔景蕙身上的溫暖，終於讓失魂落魄的春蓮回過神來，她一手拽著自己胸前的衣服，一臉愧疚地望著躺在床上的安大娘。

「到底是怎麼回事？安大娘怎麼會受傷，能跟我說說嗎？」崔景蕙看到春蓮這般自責的模樣，嘆了口氣，圈住春蓮身子的手又緊了幾分。

「我們昨天去下河村接生，那婦人生了個死胎，卻將責任推到了姑婆身上。明明那孩子就是被臍帶勒死的，我不忿回了幾句，卻沒想到他們竟然敢動手。都是因為我，要不是我太衝動，姑婆也不會被打了，嗚嗚嗚……」說到傷心處，春蓮更是摀住臉，大哭了起來。

「莫哭了，安大娘還在睡，可別驚擾到她。」崔景蕙聽明白了事情的原因，臉上也是抹上了一層陰霾。安大娘算是十里八鄉出了名的穩婆了，由她經手的產婦，這麼多年來，還真沒幾個出事過。而且這種事哪裡能怪得上安大娘？想來也是那家人推卸責任罷了。

春蓮雖然悲慟，但崔景蕙的話卻還是能聽得進去的，當下哭泣的聲音便轉小了。

「灶屋裡還燒著水，累了半宿了，去洗把臉，收拾一下自己便歇著去吧，這裡有我守著。」崔景蕙看著春蓮衣襟上的血跡，然後摸了摸她的襖子，因為沾了雪的原因，這會兒摸起來，襖子外面感覺有股濕意。

「我不走，我要在這裡陪著姑婆。」春蓮搖了搖頭，紅著一雙眼睛拒絕了崔景蕙的要求。

上。

崔景蕙見此，也不再強迫春蓮，只回了自己那屋，拿了春蓮的那床被子，披在了春蓮身上。

崔景蕙將沾了血色的水端出門，如柳絮一般的白雪飄落在了身上，崔景蕙頓時打了個寒顫，低頭看看自己身上的單衣，倒是不由得露出了一絲苦笑。將木盆裡的水傾倒在雪地上，崔景蕙匆匆忙忙去了灶屋，卻不想看到江大夫正坐在一條小板凳上煎著藥了。

「江伯，怎麼不喚一聲？該是我們來煎藥才對！」崔景蕙走了過去，便要接下煎藥的活計，卻被江大夫拒絕了。

「左右無事。春蓮可還好？」

「怕是有些自責。安大娘的傷勢如何？可還好？」崔景蕙走到灶膛前，紅豔豔的火光搖曳著，倒是讓崔景蕙身上增添了幾分暖意，她看了看鍋裡燒著的熱水，將木盆清洗了一下，又舀了兩勺熱水進去。

「好生養著，並無大礙。」

聽江大夫如此說，崔景蕙心裡那塊石頭終是落了地了。「江伯，若是有事，喚我一聲便可。」

「嗯！」江大夫隨口應承了下來。

崔景蕙也不久待，端了木盆，拿了帕子，讓春蓮擦了臉，又給她拿了乾淨的衣裳。等到江大夫煎好了藥，餵了安大娘喝下，這才穩了心。

江大夫吩咐了好生守著，只要不發燒，便沒有什麼大礙了，然後便揹著藥箱離開了。畢竟這屋裡都是女眷，雖然說江大夫年歲長了很多，但有些忌諱還是要避一下的。

見春蓮一直坐在床邊上不願離開，崔景蕙也不催促她，在一旁守了好一會兒，直到團團的哭泣聲傳來，這才離了那屋。

第四十八章 鬧上門來

幸好，安大娘這一夜並沒有發燒，待醒來時，雖已近晌午，可是人卻精神了許多。江大夫來看過，只開了幾帖藥，囑咐好生休養幾日，便無甚大礙了。

飄飄揚揚的大雪，將整個石頭嶺都染成了白色，天地間似乎連成了一線。崔景蕙站在門口，望著下個不停的大雪，扭頭看了一眼正在睡覺的團團，不禁嘆了口氣。看來自己猜得沒錯，琴姊該是不會來了，只是不知道大丫找到了沒？

不過出了昨天那樣的事，她自然不好意思再出去問，遂轉身回了屋子，將門掩上，順著側門一路去了灶屋裡。

之前她在村裡買了一些精米，炒熟了，磨成粉末，用來給團團晚上充饑，不承想這白日裡也要用上了。雖然心疼團團，可是除了這個，崔景蕙還真不知道該給團團做什麼吃的。

灶膛裡的火紅豔豔地映照在崔景蕙的臉上，暖暖的氣息拂面吹來，倒是讓崔景蕙身上又暖了幾分。

「安婆子，妳她娘的快給我滾出來！今天要是不給我一個說法，看我不弄死妳！」

院子裡忽然響起了一絲嘈雜的聲音，讓崔景蕙猛的醒過神來，順手抄起一根柞火棍就衝出了灶屋。不知什麼時候衝進來七、八個大漢，這會兒正在院子裡叫囂著。

「這是怎麼回事？」崔景蕙正愕然間，卻聽到春蓮夾雜著憤怒的聲音響起。

「張漢，你還要不要臉啊！明明你閨女在你婆娘肚子裡就被憋死了，你憑什麼怪我姑婆？」春蓮一出門就認出了為首的那個漢子就是昨天打了姑婆的張漢，頓時氣得眼睛都要紅了。

「妳說的什麼屁話！我婆娘之前看大夫，肚子裡的孩子好生生的，要不是妳們兩個接生婆，我閨女怎麼可能會死？我今天就要讓妳們給我閨女賠命！」張漢猙獰著一張臉，說著掄起拳頭就往春蓮的位置衝了過去。

崔景蕙就站在一邊，哪裡會讓張漢打到春蓮身上？在張漢衝過來的時候，崔景蕙掄起手中的棒子，一棍子下去，直接就砸在了張漢的手臂上，還不等張漢收回手，崔景蕙又是一棍子砸在了張漢的小腿肚上，絲毫不留半點情面，砸得張漢「哎喲」地直叫喚，後退了好幾步，一副心有餘悸地望著崔景蕙，卻是不敢再上前了。

崔景蕙這才移步到春蓮的面前，一把將春蓮護在身後，不敢有半點的掉以輕心。

「哪裡來的瘋婆娘？給我往死裡打！」張漢手也痛、腿也痛，一雙眼睛瞪著崔景蕙就要冒出火來一樣，他朝身邊的族親招呼了一聲，自己卻是半點都沒有上前的打算了。

「這……不好吧？她是個女的。」張漢身後的人躊躇了一下，至少還顧慮著崔景蕙是女人，不敢動手。

「是個女的又怎麼樣？打！要是出事了，我擔著！」張漢橫了一聲，擔保下責任。可是身後的幾人，卻還是有多數躊躇著不敢向前。

不過，也有人卻是看到崔景蕙那一副好皮相，心裡忍不住起了歪念，故而上前，想要摸一把美人香。

只是，崔景蕙哪裡是那麼好相與的？一看有人冒頭，棍子便直接劈頭蓋臉地砸了下去，絲毫不留半點情面，直砸得上前的人唉叫不已。

張漢幾個人一看情形不對，直接三、五個漢子便湧了上去，想要集眾人之力將崔景蕙拿下，卻哪裡注意到，因為這邊的吵鬧，周遭的村民聽著聲音，漸漸湧了出來。

「快來人啊！要打死人了！」春蓮一看到有人影往這邊走來，忙大喊了起來。女孩的聲音本就清亮許多，原本只是想來瞧個熱鬧的村民，這會兒自然是加快了腳步。

「春兒，出啥事了？」春蓮一叫，不過是對面間的春蓮家便聽到了聲音。安大亮出了屋子就看到幾個眼生的漢子正在姑姑家院子，看勢頭，更是一副要對女兒下手的樣子，這下安大亮哪裡還坐得住？忙往這邊衝了過來。

原本往崔景蕙湧過來的幾個人，見招來了人，心裡也是有些打鼓，這會兒也不向崔景蕙逼過來了；有幾個靈泛一點的，更是順手抄了安大娘院子裡的物件。

「這是怎麼回事？」安大亮進了院子，將兩個小姑娘護住，看到柵欄處也被趕來的村民們擋住了，這才穩了心思，沈著個臉，向張漢問道。

「安婆子弄死了我閨女，安大亮，你們得給我一個說法！」張漢自然是認得安大亮的，畢竟誰家都有辦喜事的時候，安大亮這一手席面，在各村也是出了名的。

雖然知道安大亮不是個善茬，可張漢也不是個孬種，他才不管那賠錢貨是怎麼死的，反正是安婆子接生的，既然那賠錢貨沒了，責任自然就是在安婆子身上！他來之前可就打定了主意，要在安家好好地敲上一筆，過個好年。

這還攤上死人了，安大亮自然知道這事不是那麼好解決了。他瞪了一眼張漢，然後轉身望向了春蓮。「春兒，這是怎麼回事？」

有爹在前面擋著，春蓮自然是穩了心，她躲在安大亮的身後，朝張漢唾了一口，這才委屈地說道：「他放屁！那丫頭生下來就是個死的，根本就不關姑婆的事。爹，就是他，昨天還把姑婆的腦袋給砸破了！」

「哼，肯定是安婆子沒接生好，不然我閨女怎麼可能會死？我張漢今天就把話撂在這裡，你們安家要不給個說法，我就不走了！」張漢本就是個渾的，哪裡還管這事有理沒理？反正他閨女就是死了，要是安家不拿銀子出來，他就鬧得安家不得安寧！

這下安大亮還有什麼不明白的？這是想把他們安家當軟柿子捏了！安大亮當下就要撕破臉來，卻聽到身後的崔景蕙忽然輕聲地開了口。

「這事，得去叫村長來，最好把下河村的村長也叫來。」

「哼，那就在這裡等著！」安大亮想了想，是這個理，當下瞪了張漢一眼，轉身對兩個小姑娘說道：「妳們兩個進屋裡去，這事就交給我了。」

「爹，您小心點。」春蓮不放心地囑咐了一句後，拉著崔景蕙進了屋子。

安大亮自是喊人去尋了村長。

「這是出了什麼事？」下河村村長已經上了年紀，饒是趕著驢車過來的，這冰天雪地裡，也是有點吃不消。看著自己村子裡幾個被大河村村民看得嚴嚴實實的村民，更是氣不打一處來。

「老賈啊！你說說這是什麼事？要不是大亮跟我說，我還不知道安大娘去你們村接生，竟然被這個混帳東西打破了頭，這會兒還在屋裡躺著呢！安家都還沒上你們村找麻煩，這倒好，你們村這幾個混帳東西倒是打上門了，我看你這下河村的臉都快要被丟光了！」這邊大河村的村長早就已經在安大娘家等了好一會兒，一聽下河村村長賈福問起，便直接開口，占去了先機。

張漢幾個被看在院子裡，這雪飄飄搖搖的，早已是凍得骨頭發冷，心裡更是有些懼怕了，這會兒看到了賈福自然比看到了親爹還要親。

「村長，您可得幫我作主啊！我好不容易得了閨女，沒想到這才生下來，就被安婆子給弄死了！我家婆娘聽了這消息，這會兒還在屋裡尋死覓活呢！村長，您可得讓安家給我們張家一個交代啊！」哭喪的聲音，哆哆嗦嗦地從張漢嘴裡喊出，他卻是越說越順，越說越覺得就是這麼一回事。

「這、這……老崔啊，雖說咱們也算是有點交情，但是人家好生生一個閨女，就這麼被你們村給弄沒了，這事確實有點不地道了，怎麼著也得給個交代不是？」一個村的，賈福自然知道張漢是個什麼樣子的人，那就是個渾人！但是這事關他們下河村的臉面，作為一村之長，豈有退讓之理？

「笑話！安大娘的名聲這十里八鄉誰不知道？經她手的就沒有一個出事的！你這話說出去，就不怕沒臉嗎？」村長黑著個臉，直接斥責了起來。畢竟安大娘算得上是他們大河村的一塊活招牌，這可是長村裡臉面的事，他怎麼可能允許別人在這臉面上抹黑？

「這不就是出事了嗎？」賈福絲毫沒有半點客氣。

「屁話！那孩子沒出母胎就是個死的！怎麼著，還想賴到我大河村裡來？」村長早就知道了事情的緣由，怎麼可能任由賈福將白的說成了黑的？

「誰看到了？產房裡可就只有穩婆一個，黑的白的，還不是任由她自己說？老崔，你講話可是要講證據的！」這裡面的彎彎繞繞，賈福還是知道的，所以他來個死不認帳，老崔又能把他怎麼樣？

「賈村長，您要證據，那我就告訴您，張漢那婆娘肚子上都是青的！」崔景蕙剛從安大娘那邊出來，不承想，這賈福竟然也是個是非不分的，這便沒什麼好隱瞞的了，橫豎丟的也是下河村的臉。

張漢對上崔景蕙的目光，不由得一哆嗦，心裡心虛無比，可是卻還是梗著脖子，強硬地回道：「妳說什麼屁話？我家婆娘肚皮青不青關妳屁事！」

「那難道不是你踹的嗎？」崔景蕙簡直就懶得看張漢那副嘴臉，冷笑著反問了一句，然後扭頭望向賈福。「賈村長，這事您可要想好了，若您定是打算將這事栽在安大娘身上，這以後下河村的門檻，安大娘是絕對不會再跨過一步的！」

這明顯就是威脅的話，讓賈福不由得愣了一愣，語氣也不似之前那般強硬了。「這……是安大娘的意思？」

「我只是個晚輩，賈村長覺得我能作得了安大娘的主嗎？言盡於此，還望賈村長多考慮一下。」崔景蕙一臉諷刺地看了賈福一眼。該說的話都已經說了，她可沒有那麼多閒工夫和不相干的人一直折騰。

崔景蕙根本就不給賈福任何說話的餘地，直接轉身就回了屋子。

賈福則是猶豫了起來，崔景蕙說的話，意思再明白不過了。這哪個村裡都得生孩子，生孩子自然是需要穩婆的。且不說安大娘的名氣，單只說這穩婆的人數，若是安大娘不進下河村的話，那誰家要是生個孩子，不都得去鎮上請穩婆？這事可划不來！

賈福心裡計較了一番，不多時便有了成算。他青著個臉，轉向了張漢。「簡直就是胡鬧！你們幾個，還不給我滾回村裡去！」

「村長，我……可是我閨女……」張漢還想掙扎一下。

賈福陰沈著一張老臉，一臉不愉地開了腔。「你給我閉嘴！當我是瞎的還是傻的？你要是敢發誓，你那婆娘生之前你沒有動過手，我就是豁出這張老臉也給你討個公道！可你敢嗎？」

張漢嘴巴蠕動了幾下，發誓的話卻是怎麼也說不出口。他是當事人，如何不清楚昨兒個他那婆娘究竟是怎麼動了胎氣的？還不就是因為他賭輸錢，心情不好，踹了那婆娘一腳，哪知道就這麼一下，竟然把肚子裡的孩子給踹死了。

張漢心裡本來就有鬼，這下嘴裡哪還有之前的索利勁了？

賈福看張漢這模樣，還有什麼不明白的？頓時狠狠地瞪了張漢一眼。要不是這個渾的，他怎麼可能在老崔面前丟了臉面！想到這兒，賈福看張漢是更加的不順眼了。

可即便再不願意，賈福還是只能拉下臉面向老崔示弱。「這件事，是我沒有約束好村裡的人，還望老崔你看在咱們的情面上，就此揭過不提，如何？」

不動干戈便能解決這事，村長自然是滿意不過的，但是總也得給安大娘討點甜頭才行。「那是自然，只是你們村這個把安大娘的頭都給砸破了，這事，老賈，你可得給我個說法才行。」

「應該的、應該的！」聽老崔這麼說，賈福也是鬆了一口氣，連連點了點頭，然後轉身橫了張漢一眼，伸出手。「你們幾個，把身上的錢都掏出來，就當是張漢跟你們借的。」

即便心裡不願意，但村長都發話了，跟著張漢來的幾人只能心裡道一聲晦氣，不情不願地掏了銅板。幾個人湊到一起，賈福再添了一點，總算是湊了一百個銅板，賈福全遞給了一直守在一旁的安大亮。

「這麼點，怕是連安大娘的紅封都不夠吧？」村長瞟了一眼安大亮手裡的銅板，隨意說了一句。

賈福的動作僵了一僵。「這點自然是不夠的，下午我讓張漢再送二百個銅板兒過來，算是給安大娘賠禮道歉的。」賈福笑了，這老臉羞的啊，根本就沒處兒擱，這哪裡還待得下去？「還傻愣在這裡做啥？還不嫌丟臉嗎？給我滾回村裡去！」賈福一巴掌就「啪」在了張漢的腦袋上，然後背著手，頭也不回地直接就往院子外面走去了。

張漢揉了揉被拍疼了的後腦勺，朝著安大亮齜了齜牙，揚了揚拳頭，這才一臉不甘心地被下河村的幾個村民拉扯著，扯出了安大娘家的院子。

「大亮啊，你姑姑這幾天就有勞你照看了，要沒別的事，我就先走了。」村長作為一個男人，自然是不會進安大娘的臥室裡。

「那是自然，今天有勞村長費心了。」安大亮一臉感激地對著村長彎了彎腰，將村長送了出去。

「不必送了，回去好好守著吧！」村長擺了擺手，止住了安大亮的腳步，獨自往家裡去了。

這會兒院子裡沒有了旁的人，安大亮自是沒有半點客氣地揪著春蓮的耳朵到了堂屋。

「我說妳這個死丫頭，出了這麼大的事，怎麼就不知道往家裡知會一聲？要不是爹聽到響動，妳們兩個小丫頭片子還不被人剮了！」安大亮一臉恨鐵不成鋼地瞪了春蓮一眼，心裡也是氣得狠了，用手指戳了幾下春蓮的腦袋，沒兩下便戳出了幾道紅印子。

「爹，我就是一下子急慌神，給忘記了嘛！爹，您不要生氣了好不好？」春蓮自然知道這是自己的疏忽，也不敢回嘴，只扯著安大亮的衣袖，一臉委屈地撒著嬌。

「哼！姑姑現在怎麼樣了？江大夫怎麼說？」看到春蓮這個樣子，安大亮的氣倒是消了幾分，問起了姑姑的情況。

「姑婆看著精神還可以，江伯說只要好生休養些日子就沒什麼事了。」春蓮趕忙說道，不想讓爹也跟著擔心。

安大亮自然是鬆了一大口氣，伸出大手在春蓮的頭上胡亂地揉了一通，囑咐了兩句，然後起身去安大娘的臥房。「那就好！這些日子妳好生照看著，吃食就別做了，我會讓妳娘給妳們送過來。我去看看姑姑，妳去跟大妮道聲謝，今兒個要不是大妮在，指不定妳還會吃什麼虧呢！」

春蓮摸了摸自己被揉亂的髮髻，朝著安大亮的方向吐了吐舌頭，這才轉身往另一邊的臥房走去。

她爹說得對，要不是有大妮在，指不定今兒個會亂成什麼樣子呢！

春蓮進到臥房裡，便看到崔景蕙一手抱著團團坐在桌邊上，另一手拿著一支勺子正慢慢的給團團餵著吃食。

「咦？今天琴姊沒來？」春蓮湊到桌子前，看到了擱在桌子上的米糊糊，這才想起，到現在琴姊還不曾來過家裡。

「她應該不會再來了。」崔景蕙放下勺子，將沾在團團嘴巴周圍的米糊糊擦乾淨，手上的動作並沒有因為春蓮的話而有所停頓。

春蓮愣了一下，不由得臉色一變，團團這還吃著奶呢，琴姊要是不來，可怎麼辦呀？「這是怎麼了？好端端的為什麼不來了？」

崔景蕙又餵了一口米糊糊進團團的嘴裡。「我昨天把崔阿牛揍了一頓，琴姊不來自然是應該的。」

「啊?!」春蓮一臉目瞪口呆地望著崔景蕙。她還不知道昨日晚上在村長家發生的一幕，所以乍一聽崔景蕙提起，自然是滿臉的不相信。

崔景蕙抬頭看了春蓮一眼，也不等春蓮開口再問，簡單地將事情說了一遍，說完之後，也是忍不住嘆了一句。「也不知道大丫那丫頭這會兒找到了沒？」崔景蕙說完之後，又頓了一下，像是自我安慰一般地說道：「早上也沒聽到村裡有啥動靜，該是找到了吧？」

「我去問問！」雖然崔景蕙這麼說，春蓮還是有些不放心地咬了咬下嘴唇，然後轉身就出了院子。

崔景蕙見春蓮這樣子，也不去喚她回來，畢竟自己也是有點擔心大丫。

第四十九章　春蓮落水

春蓮出了院子，直接一路就衝進了琴姊家的院子裡。一進院子，便看見琴姊蹲在院子的水缸旁邊，正對著一盆子髒衣服發著呆，一手露在外面，被凍得通紅通紅的。

「琴姊，這麼冷的天，怎麼還待在外面呀？大丫呢？找回來了沒？」春蓮忙奔了過去，伸手就將琴姊捲起的袖子往下放，然後抄起琴姊的手往懷裡塞。

「春兒？妳快點走！妳現在不能來這裡，快走！」琴姊看到春蓮，頓時嚇了一跳，忙將手從春蓮懷裡抽了出來，轉而拉著春蓮的手就往院子外推搡了起來，語氣無比的急切。

「琴姊，這是怎麼了？」春蓮一臉不明所以地望著琴姊明顯哭腫成魚泡的眼睛，完全弄不明白這是怎麼回事？好端端的，自己咋就不能來了呢？

還不等琴姊回答，崔阿牛暴躁的聲音就從屋裡傳了出來，接著二丫的哭聲也響了起來。

「崔大妮，妳她娘的給我等著！敢打老子，老子遲早有一天弄死妳！臭娘們，還不給老子滾進來，老子要撒尿！」

「哇啊哇啊哇啊……」

「妳個賠錢貨，哭喪呀？妳老子我還沒死呢！再哭，老子扔了妳！」

屋裡的謾罵聲，還夾雜著瓷器摔在地上的聲音，惹得琴姊渾身一哆嗦，卻是半秒也不敢耽擱了。她推了一把春蓮，然後轉身就往屋裡衝去。「春兒，我不能跟妳說了！妳快走，這裡不歡迎妳的！」

這是……遷怒？春蓮看琴姊那樣子，便知道是問不出什麼東西來了，雖然不甘心，卻還是轉身就往外走去。

「阿嬤，打了大伯的那個同夥來了！」

稚嫩而刺耳的聲音在不遠處響起，春蓮下意識裡扭頭一看，便看見崔根生站在門口，正指著自己，朝屋內大喊。

沒幾個呼吸間，便看見一個穿著臃腫的老婦拿著掃把衝了出來。

「在哪裡？那個小娼婦在哪裡？敢打我兒子，看我怎麼收拾她！」

這氣勢洶洶的架勢，春蓮哪裡還敢停留半分？忙提著裙襬衝了出去，跑出老遠都還能聽到罵罵咧咧的聲音從遠處傳來。

看來這裡是尋不到消息了。春蓮又去了別的地方尋了尋，卻是半點大丫的消息都沒，畢竟昨夜剛下了場大雪，這會兒外面還真沒幾個人。

春蓮又擔心安大娘，不敢走遠，只能作罷。

翌日，冰冷的陽光稀稀弱弱地灑落在這片大地上，素白的霜雪如叮咚泉水一般消融流淌，最終匯流而下，流進河塘之中。

被關了一日的孩童，這會兒哪裡還能在屋裡坐得住？就連大人們，也是開始出門活動了。冷寂了一天的大河村，再度開始熱鬧了起來。

「唉！」

崔景蕙這會兒正在屋裡洗著尿片，春蓮蹲在一旁，一副焦躁的模樣，口中更是嘆氣連連。

「這是怎麼了？還沒有大丫的消息嗎？」崔景蕙自然知道春蓮嘆的是什麼，她自己心裡也是十分的擔心，畢竟她也挺喜歡大丫那孩子。扭頭看了一眼春蓮眉頭間抹不去的愁容，她也沒心情再洗尿片了。

「挨著琴姊住的幾戶人家我都問過了，說是沒看到大丫從琴姊家裡出來。妳說這麼個小人兒，會跑到哪裡去了？真是擔心死我了！」

「人家自家人都不急，妳在這兒著急上火的有什麼用？實在擔心不過，就再出去問問吧，一村這麼多人，總該有人看到過大丫才對。安大娘那裡我幫妳守著，只有一點，吃飯前必須回來，我可不會在妳娘面前幫妳遮掩。」崔景蕙瞥了春蓮一眼，嘴裡放著狠話，可是面上卻也是露著幾分擔心。

「我就知道大妮妳最好了！妳放心吧，我一定會在我娘來之前趕回來的！」春蓮頓時喜得一把抱住了崔景蕙。

崔景蕙卻是兩下就從春蓮的懷裡掙脫出來了，絲毫不客氣地伸手在春蓮的額頭戳了兩下。「記住妳說的話！還有，可別讓妳娘看到妳和石頭扯上一塊兒去了，免得到時候不安寧，懂了嗎？」

聽崔景蕙這麼一說，春蓮瞬間紅了臉，可還是點了點頭，只是這話有沒有聽進心裡，那就只有她自己知道了。「嗯嗯，我都記住了，我先走了。」

崔景蕙看春蓮這樣，知道春蓮根本沒有將自己的話聽進耳裡，她也不在意，收拾了東西，抱著團團一併去了安大娘屋裡。

「你們幾個，誰看到大丫了沒？」春蓮出了門後，毫無頭緒地瞎逛，也不管是大人、小孩，逮住人就是一通亂問。這會兒看到幾個小孩正聚在一起堆著雪人，春蓮直接上前揪了一個離自己最近的問了起來。

「大丫？春兒姊，她不是找到了嗎？難道她又不見了？」還真湊巧，崔元生這會兒也在這裡，聽了春蓮的問題，倒是直接嚷嚷開了。

「才不是，那是大人們騙你的，他們最會說假話了！」另一個裹得嚴嚴實實的孩子一臉得意地說道。看到夥伴們崇拜的目光落在了他身上，心中頓生出一股得意，待視線落到了崔元生的身上，卻看見崔元生一臉不相信的望著自己。

「秋果，你怎麼知道的呀？」

「我怎麼會不知道？我前天傍晚趕鴨子回來的時候，看到崔根生一把將大丫推進他們家後面的那個池塘裡去了！」秋果一心急，就把之前看到的事直接捅了出來。這不管不顧的說完之後，即便秋果只有八歲，也是知道自己說漏嘴了，頓時臉一白，忙伸手擺了擺。「我……我……不是的，我什麼都沒有看見！」可這話說到最後，連他自己也不信了，索性便「哇哇哇」的大哭了起來。「都怪你們，都是你們的錯！哇哇哇……」這下他肯定會被根生往死裡揍了。

可這會兒，誰還有功夫去理秋果哭不哭。春蓮一聽到這個消息，手腳都哆嗦了起來，她伸手推了崔元生一把。「元元，快去叫人來！」

「好，我這就去叫人！瓦片兒，你也來！」崔元生到底是經了事的，心裡雖然怕得很，可還是應下了春蓮的要求，伸手一把拉住被春蓮揪著後領的瓦片兒，討好地對著春蓮笑了一下，然後轉身就跑。

春蓮哪裡還有功夫理會元元的小動作，她根本就什麼都顧不上了，拔腿就往崔阿牛家後面的池塘跑，心裡已經有了最壞的打算。

「應該就是這兒了……」春蓮看著結著厚厚冰層的池塘，這會兒倒是有些犯難了。她蹲下身拾起一塊石頭，砸在了水面上，卻不想根本就砸不破冰層。春蓮咬了咬牙，小心翼翼地伸出腳，然後踩上冰層。

會在哪兒呢？春蓮無比焦急地看著冰下面，心裡卻又極度的不希望能看到大丫，可是有些事，往往是越怕看見，就越會看見。

「啊——」就在春蓮蹭到池塘中央不遠處的時候，忽然看到腳下的冰層下面有一抹紅色。春蓮慢慢地蹲下身來，伸手抹去冰面上的雜物，一張被水泡腫了、死不瞑目的小臉瞬間對上了春蓮的目光！雖然被水泡得已經看不清眉目了，但是春蓮還是一眼就認出了這是大丫，頓驚得大叫了一聲，身體更是往後退了幾步，跌坐在冰面上。

「喀嚓！」

一聲細微的破冰聲傳入春蓮耳朵，春蓮下意識裡往手撐著的位置一看，便看到一道道冰裂的痕跡自手心處一路蔓延開來。

「不！」春蓮驚恐地大叫了起來，身體更是不受控制的一路倒退，而因為春蓮大幅度的動作，身下冰面冰裂的痕跡越來越大了。

「噗通！」終於，春蓮身下的一塊冰整個都碎裂開來，連帶著春蓮一併掉入了冰冷的水中，春蓮的手腳胡亂撲騰，只是這冰面的力道如何支撐得起春蓮？被春蓮扒住的一小片冰面亦是紛紛碎裂，而她身上穿著的棉襖吸了水之後，變得越來越沈，拉扯著她的身體，直往水裡墜。

這是要死在這裡了嗎？

刺骨的寒冰中，春蓮心中不由得升起了一股絕望。

「春兒！別怕，我這就來救妳！」

忽然，一聲高亮、帶著幾絲顫抖的聲音傳入春蓮的耳裡，掙扎中，只看見崔景蕙急匆匆地跑了過來。

是大妮，她有救了！

「救……我……大妮！我這……咕嚕……這……」冰冷的水嗆入了喉嚨中，連帶著春蓮整個身體都是冷的。

「別慌！千萬別慌！」崔景蕙接了元元的傳話，就是怕春蓮冒冒失失行動，這才匆匆忙忙趕了過來，哪裡想到，這一來，眼前看到的一切都快要把她的魂嚇掉了。

好在崔景蕙是禁得起事的，深吸了一口氣，這才將慌亂的心神壓住。四處顧盼中，一根被隨意丟棄在池塘邊上的竹竿映入了眼簾之中，崔景蕙想也不想，伸手褪去身上的棉襖，一股冷氣頓時浸透中衣，傳入四肢百骸之中，凍得她忍不住打了個哆嗦。

但崔景蕙連搓手都顧不及了，一手拿著竹竿，蹲下身，深吸了一口氣，慢慢地匍匐在冰面上，緩緩往池塘中間春蓮的位置處移動過去。

「大妮，妳不能過來！妳也會掉下來的！」春蓮看到崔景蕙蹭移了過來，頓時忘了崔景蕙的囑咐，又開始死命的撲騰了起來。

「閉嘴！我這就來救妳！」崔景蕙冷斥一聲，咬著唇慢慢地蹭。中間的冰層破裂了，越往中間崔景蕙便越危險，所以她不能分神。

「我的老天爺！快來人啊！姊姊掉冰窟窿裡去了！」跟在崔景蕙身後趕來的春蓮弟弟安春元，此時嚇得渾身直哆嗦，張嘴就大喊了起來。

「春兒，嘗試著抓住我手裡的竹竿！」近了，近了，更近了，崔景蕙嘗試著將手中的竹竿伸得更遠，以便春蓮能夠抓住。

春蓮往崔景蕙那邊撲騰著，終於伸手抓住了竹竿。

崔景蕙頓時一喜。「抓穩了，千萬別鬆手！我帶妳出去！」崔景蕙特意又囑咐了一句，雙手死死地拽著竹竿，然後用胳膊肘和下肢的力量慢慢往後面蹭。

「啡嚓！」又是一聲冰層的碎裂聲，崔景蕙不用看便已經知道了，她身下的冰層猶如蜘蛛網一般的裂開。

春蓮捉緊竹竿，被崔景蕙拖著慢慢往岸邊靠近，她身邊的冰層在碰觸到她的身體後慢慢碎開，看著崔景蕙身體所在的位置，冰層就像是開了花一樣，她驚喊：「大妮，放開我！妳自己先回去，冰面會裂開的！」

「想活命就給我閉嘴！」崔景蕙這會兒根本沒空搭理春蓮，她死死地拽著竹竿，寒冷、恐懼、聲音，她什麼都感覺不到了，她的眼裡、心裡，就只剩下了手中這根小小的竹竿，就連她身後不知何時已經圍上了一堆人，她都不曾知曉。

站在岸邊的人，皆是一臉焦急地望著眼前這一幕，雖然著急上火，可是卻都不敢出聲，生怕驚擾了崔景蕙，到時候兩個人一併落入水中。

近了，更近了。不知道過了多久，崔景蕙終於將春蓮給拉到了岸邊。這會兒不消她說，旁的人已經伸手接過了她手上的竹竿，原本被隨意丟在一邊樹叉上的棉襖，也被春蓮娘再度披回了崔景蕙的身上，可饒是如此，崔景蕙依舊感受不到半點暖意。中衣已經濕透了，貼著肌膚，崔景蕙只覺得刺骨的寒冷，她坐在地上，身體不受控制的直哆嗦。

「妳個蠢的！好端端怎麼跑這兒來了？要不是有大妮在，妳知不知道妳這條小命都要沒了！」隨後被拉上的春蓮，早已被安大亮用棉襖裹住了，春蓮她娘看到安春蓮這個樣子，又是心痛，又是憤恨，指責了春蓮幾句，春蓮都還沒說什麼，自己的眼眶便紅了。

「娘，我錯了，我下次再也不敢了……」春蓮這會兒渾身都打著顫，嘴唇更是凍得烏紫一片，一副可憐兮兮地被安大亮扶抱住，目光落在池塘碎冰屑中的一點紅時，眼中不由得驚現出一絲恐慌。

「爹，崔家大丫還在水裡！」

春蓮娘沒好氣地瞪了春蓮一眼，別家人關她什麼事？這天寒地凍的，著了涼，要是礙了子嗣根，這以後可怎麼辦啊！「妳都這樣了，還管別人做什麼？當家的，還傻愣著在這兒幹麼？兩個丫頭渾身都濕透了，得早點回去換身衣裳才行！」

既然婆娘都這麼說了，安大亮自然也不敢再停留，一把將春蓮抱起，踩著雪，一路小跑著就往家裡方向跑去。

「大妮，嬸兒扶妳。」春蓮娘走向了崔景蕙，一把攙扶住崔景蕙的胳膊，把她扶了起來。「春元，你扶著那邊！」

早已嚇得臉色慘白的春元，默默地走到崔景蕙的另一邊，扶住了崔景蕙的另一隻胳膊。

崔景蕙這會兒冷得厲害，也不逞強，只拿身子挨靠著春蓮娘，三人慢慢往安大亮追去。

還在圍觀的村民也不是瞎子，之前大丫的屍體被凍在了冰下面，如今冰面早已碎掉了，大丫那身紅色的衣裳自然落入了眾人的眼中。

「還有人！還有人在水裡！」

「那不是崔家丫頭嗎？怎麼會在這裡呢？」

「怕是下雪之前就掉塘裡的，這都腫了。」

「還說什麼廢話，快去拿東西來！管她是死是活，先弄上來再說！」這天太冷了，就算是要救人，也沒有人願意跳進池塘裡，想將大丫的屍體弄上來，只能尋其他的法子。

崔景蕙自然也聽到了後面的聲音，聯想到之前元元的話，也就想明白了春蓮為什麼會掉水裡去了。想來是春兒發現了大丫的屍體，這才驚了神。

崔景蕙忍不住往後望了望，只可惜，距離終究太遠了，崔景蕙只看到奔跑著的村民，還有在日光下泛著瑩瑩白光的水流，再無其他。

崔景蕙嘆了一口氣，只覺得心裡悶得厲害。她不能怪誰，可心裡卻還是忍不住有些怨，若是琴姊早點發現大丫不在，若是崔根生沒有推大丫，若是秋果早點說出大丫掉水裡，若是……只可惜，命運就是如此的殘酷，人生也沒有如果。一切都回不去了，也挽不回了，而她不過是個外人而已，她作不了大丫的主。

饒是江大夫過來看過，灌了一碗藥，春蓮下午的時候還是發熱了。崔景蕙還好一點，但畢竟還是挨了水，身體也是有些承受不住，頭暈腦脹的，下午的時候，便帶著團團一道兒早早歇下了。

屋裡一下子多了兩個病人，還有一個早已躺床上了，春蓮娘怎麼可能放心？只能自己過來照看著了。

第五十章　又被賴上

入夜，唯有幾點星光映襯著大地，就在安家人安睡的時候，卻不想，禍事又上門了。

「砰砰砰！」一陣劇烈的敲門聲在安家院子裡響起，門口處的柵欄早已被人踩爛，推倒在地上。院子裡以崔阿牛為首的七、八個漢子，手裡揣著鋤頭、棒子、榔頭一類的器物，氣勢洶洶地圍聚在崔景蕙所歇的屋子門口。

「崔大妮，妳她娘的給我滾出來！」

絲毫沒有半點客氣的聲音，昭示著崔阿牛此刻的怒氣。

「大妮，這……這是怎麼了？」春蓮被外面的聲音猛的驚坐在了床上，一臉不安地望向對面同樣睜開眼睛的崔景蕙。

「哇啊哇啊哇啊……」同時，承佑也被驚嚇得放聲大哭了起來。

崔景蕙沒有理會外面的嘈雜，而是坐起身來，拿起擱在一邊的小衣服，給承佑穿起了衣裳。

春蓮見崔景蕙這個樣子，心裡雖然害怕，卻還是強自鎮定地拖著剛剛退熱的身子，拿起自己的衣裳穿了起來。

「崔大妮，妳家那小兔崽子剋死了我閨女，今兒個我要拿妳家那小兔崽子給我閨女償命！妳她娘的最好給我快點出來，不然我連妳一塊兒收拾了！」

聽了這話，崔景蕙手上的動作一頓，臉上的神情亦是冷了幾分。她目光瞟了一眼被撞得不斷搖晃的門板，將棉襖給團團穿上，然後從床上下來，抱著團團塞進了春蓮的手裡。

「妳帶著團團從後門去妳爹那兒，這裡交給我。」

「大妮！我……這……要不，妳跟我一起從後門找我爹去吧？他們人多，妳會吃虧的！」春蓮這會兒嚇得臉都白了，她抱著團團，伸手拉住崔景蘭的衣襬，一臉的擔憂。

「該來的總是會來，就算這次躲過去了，那下次呢？春兒，我把團團交給妳了，妳可得給我護住了。」崔景蕙伸出手，將自己的衣襬從春蓮的手裡扯了出來，伸手摸了摸承佑哭成一團的小臉，穿好棉襖，然後拿起一旁的針線笸，將裡面的針都拿了出來，收入懷中。

崔景蕙只看了一眼不斷晃動的正門，轉身從側門直接穿到了堂屋，走到了安大娘的屋內。這會兒，臥房裡的幾個人都被吵醒了來。

「大妮，這……這可怎麼辦呀？他們這是要幹啥呀？」春蓮娘搓著手，一臉擔憂地在屋裡團團打轉，看到崔景蕙，忙迎了上去，一臉擔心地問道。

「吳嬸，我已經讓春蓮過去對面了，外面的事妳不要管，等我出去之後，千萬別開門，以免那些個不長眼的闖了進來，驚到了安大娘。」

「大妮，妳可別出去！他們就是衝著妳來的，妳一出去，不就正如了他們的願嗎？」吳嬸聽到春蓮躲開了倒是鬆了口氣，可聽崔景蕙說要自己出頭，忙開口勸了起來。

可是崔景蕙意已決，哪裡是吳嬸一兩句話能夠說得通的？

「吳嬸，放心好了，他們想要團團一條命，還得先問過我允不允呢！」龍有逆鱗，人亦是如此。對於崔景蕙而言，崔承佑便是她的逆鱗。既然有人敢當著她的面，要對團團喊打喊殺，她又怎麼可能坐視不管？就算是豁出這條命來，又如何？

崔景蕙交代完春蓮娘之後，轉身就回了堂屋裡，從牆角處選了一把劈柴的斧頭後，便直接開了堂屋的正門。

「吳嬸，把門關上！」崔景蕙向站在臥房側門處的春蓮娘喚了一聲，看春蓮娘走了過來，這才踏出了堂屋。

吳嬸一臉慌張地將打開的門重新拴上，心中猶如春雷滾滾，魂思難定，手腳疲軟。

這會兒天才微亮，崔景蕙站在堂屋門外，望著右邊那一夥氣勢洶洶的村民，面上沒有半絲懼怕，心裡更是有一團熊熊烈火，燒得她渾身滾熱。

「你們這是在找我嗎？」

「算妳識相！妳家那個天煞孤星呢？給我也帶出來！」崔阿牛聽到崔景蕙的聲音，敲打著門戶的手頓時一停。他扭頭望著站在不遠處的崔景蕙，一臉囂張地招呼著身後的人往這邊走來。

她娘的，敢打老子？今兒個，他就讓這小娘兒們知道，什麼叫道上混，什麼人是她一個小娘兒們沾不得手的！

「你說什麼?再說一句試試!」崔景蕙一聽到「天煞孤星」這幾個字，哪裡還有半點理智可言?這個世道，怕的是什麼?還不就是這些個莫須有卻偏偏能殺死人的東西!

如果承佑真被坐實了「天煞孤星」的稱呼，那他這輩子哪裡還有活頭?不消說人人都會避得遠遠的，光是這罪名，只怕就會被人活活打死!

她護在心肝上的人，怎麼可以背負這樣的名聲活一輩子!

「妳家那小兔崽子不是天煞孤星是什麼?在家裡就剋死了自己的爹娘，剋得自己的阿嬤下不了床;這出了門，又剋了安大娘和春蓮，還逼死了我姪女。這不都是妳家那小兔崽子剋的?!」崔阿福躲在崔阿牛身後叫囂著，瘦竹竿一般的身型，嗓門倒是大得很。

崔景蕙總算是明白，為什麼崔阿牛有膽子闖到這兒來了。原來連名目都給想好了，這是要將所有的事都推在承佑一個什麼都不懂的奶娃娃身上，他們就是來要團團的命的!

什麼都不用說了!她倒要看看，究竟是誰要了誰的命!

崔景蕙提著斧頭，直接便衝了過去。

崔景蕙的動作，頓嚇得崔阿牛一顫，他哪裡想得到崔景蕙是這麼個不怕死的!下意識裡，心裡便怯了幾分，可是箭在弦上，已經不得不發了。他扭頭唾了一口唾沫，直接抄起鋤頭，叫囂著就往崔景蕙衝了過去。「瘋婆娘，這可是妳自找的!」

七、八個大男人，對一個半大的小姑娘動手，這說出去，只怕會笑掉人大牙吧?可事實就是如此，七、八個大男人一窩蜂地朝崔景蕙湧了上去!

崔景蕙半點畏懼都沒有，她掄起手上的斧子，往上一撩，斧刃便直接劃過崔阿牛的手臂，帶出了一串血珠。一招得手，崔景蕙想也不想，便往後一退，頭一低一移，險險地避開揮過來的一鋤頭，然後一腳踢出，踹在了另一個人的肚子上，手中的斧頭砸下，將一人揮過來的棒子劈成了兩斷。

「給我弄死這個娘兒們！」崔阿牛摀住了流血的手，後退了幾步，望著被圍在人堆裡卻絲毫不退的崔景蕙，眼中閃過一絲懼怕，嘴裡叫囂著，身體卻是再也不敢上前了。

「你們這是在幹什麼？還不快住手！」安大亮被慌張的女兒叫了起來，出門一看，就見幾個大男人在姑姑家院子裡耍橫，這還了得？忙大喊了起來！

可是鬥毆的幾個人這會兒早已失去了理智，哪裡會聽安大亮的話？手上的鋤頭、棒子直接就往崔景蕙身上招呼著，哪會顧及崔景蕙還只是個半大的孩子。

「春元！大事不好了，快點去叫人！」他婆娘這會兒還在姑姑家，安大亮如何安得？往後一把將還在繫棉襖帶子的安春元扯了出來，推了一把，然後自己順手就拿起平常掌勺用的長勺，直接就往崔景蕙那邊衝了過去。

「爹，您……唉，您小心一點！」安春元原本想要將安大亮拉回來，可是他哪裡有安大亮那麼快？這話還沒說出來，安大亮就已經衝出老遠了！安春元只能叮囑了一句，然後拔腿就往旁邊跑，就爹爹一個，肯定會吃虧的！

「弄死她！崔三，對，就是這樣，打死這娘兒們！」崔阿牛看到崔三一棒子落在了崔景蕙的背上，直打得崔景蕙往前踉蹌了好幾步，臉上頓時興奮得都要扭曲了。

崔景蕙硬生生地承受住了這一棒子，回身一拳頭就砸在崔三的太陽穴上，崔三身體晃悠了兩下，便直接撲倒在地上。

「大妮，小心後面！」

聽到安大亮的聲音，崔景蕙只來得及頭一偏，一釘耙便擦著崔景蕙的脖頸，扎進了她的後肩膀，血瞬間浸透過棉襖流了出來。

痛，錐心的痛。

崔景蕙一回頭便看見崔阿福一臉恐懼地握著把頭看著自己，她一把握住釘耙，用力一扯，直接將崔阿福扯了過來，同時手往懷裡一摸，一根繡花針扎進了他的手背上，然後又是一腳踢出，踹在了崔阿福的肚子上。

崔阿福頓被踹得後退幾步，跌坐在地上，捣著手叫喚開了。「哎喲！我的手、我的手！」

「大妮，妳沒事吧？」釘耙早已被丟在了地上，安大亮亦是衝到了崔景蕙的身側，為她分擔了部分的壓力。

崔景蕙原本想著是一個村的，到底不要鬧得太難看了，可是別人都下死手了，自己自然也就沒有留情的道理了。雖然肩膀和背都很痛，可是這和崔景蕙曾經承受過的苦難一比，實在是太微不足道了。

崔景蕙的動作並沒有因為受傷而變得遲緩，反而更加精準了，一斧頭、一斧頭地劈下，看到那些個對自己下手的人身上也開始沾染血的痕跡，崔景蕙的臉上多了一絲興奮，腦子裡完全失去了理智。

殺掉！殺掉！將他們統統殺掉！

腦中盤旋著這個念頭，崔景蕙手中的斧頭舞得虎虎生風，就在崔景蕙一斧頭對著一個跌坐在地上的人的腦袋劈了下去的時候，一直注意這邊的安大亮心中猛的一驚，想也不想，直接就從側面向崔景蕙撞了過去。

「砰！」這大力一撞之下，崔景蕙連帶著手中的斧頭便向一側摔至地上，斧頭在半空中脫手，然後直直地落在了地上，離躺在地上的那個人不過一步之遙。

「啊——」那人僵硬地側過頭，看到那把砸進地裡的斧頭，面帶驚恐地大叫了一聲，看向崔景蕙的目光猶如看見了惡魔一樣。他手腳並爬地往院子外面跑，哪裡還想得起自己來這裡是為了什麼？這一刻，他只想離崔景蕙遠遠的，遠遠的！

而院子裡被激得失去了理智的幾個人，被這麼一打岔，也是回復了幾分理智。看著前面坐在地上被血糊了肩膀的崔景蕙，還有她那跟狼一樣惡狠狠的眼神，幾人忍不住吞了吞口水，拿著農具的手這會兒亦是有些顫抖了起來。幾人對視了一下，竟不約而同地退後了幾步。

「快，這小娘兒們不行了，快上！」崔阿牛才不管這些，他猙獰著一張臉，看著跌坐在地上的崔景蕙，興奮地叫囂著，只是叫了幾句，卻根本就沒有人應他的話。「一群廢物！狗屎！」崔阿牛罵了一句，然後一把搶過離自己最近的一個人的鋤頭，揚起鋤頭就打算往崔景蕙的頭上挖去！

只是……揚起之後，卻感覺到手中的鋤頭似乎有千斤重，怎麼也落不下去。回頭一看，便看到精瘦模樣的崔三爺雙手拽著鋤頭把，正惡狠狠地瞪著自己。

崔阿牛又使勁抽了幾下，可是拽在崔三爺手裡的鋤頭卻是紋絲不動，崔阿牛不由得狠狠地瞪了崔三爺一眼。「崔老怪，你他娘的快放手，不然老子連你一併收拾了！」

「哼，還能耐了！」崔三爺冷哼了一聲，直接伸腳，一腳踹在了崔阿牛的小腿肚上，用勁又狠又索利。

只聽得崔阿牛悶哼一聲，然後膝蓋一軟，直接就跪在了地上。

崔三爺一把從崔阿牛的手裡抽出鋤頭，然後繞到崔阿牛的面前，又是一腳，直接踹得崔阿牛仰天翻倒在地上，然後一腳踩在了崔阿牛的胸口，看著幾個還拿著鋤頭站在不遠處的村民，冷哼道：「怎麼，你們也想上？」

「三爺，這……這……我們哪敢跟您動手啊！」被三爺的目光掃到的一個村民，頓時渾身一哆嗦，手中的槲頭「哐噹」地掉在了地上，臉上堆出一個比哭還要難看的笑，連連向崔三爺彎腰。

「三爺，您怎麼來了？」安大亮看到崔三爺這一副霸氣的模樣，眼角不由得抽了抽。崔三爺年輕的時候就是村裡的一霸，沒想到竟然到現在還這麼厲害。

「怎麼，我不能來？」崔三爺耷拉著眼皮，瞅了安大亮一眼，雖然語氣緩和了幾分，可是話裡依舊帶著刺兒。

「沒、沒……有……」

「爹，您沒事吧？」

安大亮正要說幾句好話，便聽到安春元的聲音，抬頭一看，看見自家兒子氣喘吁吁地往這邊跑來，身後跟著的是虎子和柱子，還有被石頭攙扶過來的村長。

「我沒事，你爹強壯著呢，能有啥事？」安大亮其實挨了幾棍子，但是在兒子面前怎麼可能示弱？他捶了捶自己的胸膛，示意自己並沒有大礙。

「那就好、那就好！」安春元打量了一下爹，看那樣子也不像是受傷的模樣，頓時鬆了一口氣。待視線落到崔景蕙身上的時候，不由得失聲喊道：「大妮姊，妳流血了！這、這可怎麼辦呀？」

「沒什麼大事，傷口沒多深。」崔景蕙這才注意到自己被血染得濡濕的肩膀，她側了側身，擋住了安春元的視線，以免嚇著了他。

村長站在被砸爛的柵欄處，看著這滿地的狼藉、掉落的鋤具，還有幾人身上沾著的鮮血，氣得胸口明顯的起伏了好幾下。

第五十一章 鬧上宗祠

「胡鬧！簡直就是胡鬧！你們自己看看，這鬧的什麼事？都一個村子裡的，有什麼事不能好好解決？打打殺殺的，像個什麼樣子！」

「村長，都是那個臭婊子！你看我的手，你看崔三，都是崔大妮那個臭婊子打的！」

崔阿牛被崔三爺踩在腳下，根本就起不來身；其他幾個站著的，這會兒就像是蔫了吧唧的菜一樣，低著頭站在一側，大氣都不敢出，哪裡還敢說話？只有那崔阿福，雖然手裡痛得厲害，可這嘴上的功夫卻更是厲害。

村長自然也看到了一根繡花針直接從崔阿福手背插了進去，直透手心，光看著就疼。不過作為一村之長，他自然不會因為崔阿福的一面之詞就妄下斷言。

「都給我好好說說！這到底是為了什麼事？」村長皺著眉頭，站在院子裡，沈著個臉，倒是有些威嚴。

崔三爺看到村長來了，不屑地撇了撇嘴，然後鬆了腿，可還是在崔阿牛的腰側踢了一腳，這才轉身走到崔景蕙的面前。「丫頭，沒事吧？」

「三爺，我沒事。」崔景蕙目光死死地盯著崔阿牛，動都沒動一下。

「村長，您可要為我作主了！昨兒個您可是看到了，我那閨女死得多慘啊！這都是因為崔大妮家那個天煞孤星弄的！要不是我那死婆娘給那天煞孤星餵了奶，我閨女會死嗎？村長，您可得給我一個交代啊！」

「笑話，大丫明明就是崔根生給推到塘裡去的！崔阿牛，你這話說得你還有臉嗎？」春蓮抱著團團，白著一張臉站在門口，雖然言語無力，可是語氣中的氣憤，誰人都聽得出來。

安大娘家原本緊閉的門戶，這一刻也被打開了。

「春丫頭，妳都被那孤星剋成這樣了，妳還幫著他說話？這次死的是我家大丫，指不定下次就輪到妳了！」崔阿牛梗著脖子，嘴裡說著惡毒的話。

當下，安家幾人臉上都變了顏色。

「你放屁！」安大亮哪裡受得了別人說自己女兒死啊死的？當下掄起手中長勺就往崔阿牛衝了過去。

「大亮，別衝動！」村長看安大亮那樣子，頓時臉又黑了幾分，望著崔阿牛的目光更加不善。

「阿牛，這話你從哪兒聽來的。」

「還用聽嗎？那小兔崽子一生出來就死爹死娘的，就連那個周婆子都被折騰得下不了床了，這到了安家才幾天，安婆子出事了，春丫頭也出事了，就連我那姪女也遭了殃！這要說不是那小兔崽子剋的，鬼才信呢！」崔阿福扶著自己的另一隻手，恨恨地瞪了崔景蕙一眼。都是這個女人的錯，要不是她閒得沒事給大丫做了身衣裳，他那寶貝兒子也不至於眼紅得將大丫那丫頭推塘裡去了！今兒個這事，不管是不是那小兔崽子害的，他定要一口咬定就是那小兔崽子的緣由，絕不能讓大哥把怒氣發洩到根生身上。

春蓮被崔阿福的話氣得渾身直哆嗦，她要不是渾身沒啥力氣，只怕早就衝了出去。「你放屁！這明明就不關團團的事！崔阿福，你就不覺得臉上臊得慌嗎？空口白話，黑白不分，你還要不要臉了？」

「都給我閉嘴！」村長臉色陰沈地看著這嘈鬧不休的場面，一聲怒斥，頓讓場內靜了聲音。他環視一周，看見春元領著江大夫，匆匆而來。

「讓江伯給你們清理一下，待會兒全到宗祠來。」村長拋下一句話，而後頭也不回地直接走了。

「江大夫，快給我看看，我的手感覺都要斷掉了！」崔阿福是第一個看到江大大的，直接迎了上去，用沒有受傷的那隻手一把拉住了江大夫，想要讓江大夫先給自己看。

崔景蕙看到這一幕，面上並沒有任何表情，直接朝春蓮走了過去。

「大妮，妳流血了！傷得重不重？」春蓮看到崔景蕙肩膀上的血跡，頓時露出一臉的心疼表情。

崔景蕙的目光盯著春蓮手中安睡的團團，搖了搖頭，對自己身上的傷根本就沒有半點在意。「沒什麼事，也就是皮外傷而已。妳和團團沒事，我就放心了。」

「我們沒事。江伯，您別管崔阿福了，大妮流了好多血，您快過來給她看看！」

崔景蕙不著急，春蓮卻是急上了眉毛。她看著崔景蕙那一臉無所謂的模樣，一咬牙，抱著團團直接就要去拉正在給崔阿福處理傷口的江大夫。

「春兒，別鬧，我真沒多大事。」崔景蕙忙一把拉回了春蓮，再三保證，待春蓮不再掙扎，這才轉而望向旁邊的安大亮。「安叔，家裡可有酒水？」

安大亮愣了一下，點了點頭，倒是摸不清這會兒崔景蕙是個什麼意思了。「有。大妮妳要？」

「嗯，麻煩安叔了。」崔景蕙點了點頭，便站在門口不動了。

「春元，去，去家裡拿酒來！」安大亮仍站在原地，一雙眼睛死死地盯著之前鬥毆的幾個人。這會兒江大夫正在給人看傷，他也不敢走，遂喚了一聲自家小子。

好在春元也是聽話的，聽了安大亮的囑咐，便直接跑著回了屋裡，不多時就拿了一罈酒出來。

「多謝了。」崔景蕙伸手接過春元送過來的酒，朝春元點了點頭，直接回了自家屋子。

春蓮本來就擔心不已，見到她這般，便抱著團團跟著進了屋。

「大妮，妳在幹什麼？」春蓮一進屋子，便看見崔景蕙已經脫掉了衣服，這會兒只穿著一件肚兜坐在桌子邊上，放在桌子上的酒罈已經打開，崔景蕙手裡拿著一條手絹，正往面前一個盛滿了酒水的碗裡蘸了蘸，再往肩頭上被釘耙釘出的四個血洞上擦拭。

「春兒，幫我去江伯那裡要點止血的藥。」崔景蕙看著被鮮血染紅的手絹，傷口因為酒精的刺激，這會兒更是像火燒過一樣的痛。

「好，我這就去。」春蓮看崔景蕙肩頭那血糊糊的樣子，心疼得要命，忙將懷中的團團放回了床上，轉身出去。不多時，便握著一個藥瓶進來，而她身邊，吳嬸也一臉擔心地跟了過來。

「大妮，都是我害的，要不是我要蹚這趟渾水，崔阿牛那個混蛋也不敢把這事栽在你們身上，妳也不會受傷了。」春蓮將手中的藥瓶塞進崔景蕙的手裡，一臉歉疚的表情。

「說的什麼話呢！人家已經打定了主意要顛倒黑白，就算沒有妳，這事也是一樣的。不過下次再遇到事，可別像昨兒個那麼莽撞了。」崔景蕙邊說著邊將藥瓶打開，然後遞向了春蓮。

「幫我把藥粉灑在傷口上就可以了。」

春蓮正要去接，旁邊的吳嬸已一把將藥瓶搶了過去，一邊往崔景蕙的傷口處撒，一邊在嘴裡抱怨道：「大妮說得對！春兒，我說妳這個莽撞的性子也不知道改一改，妳就不會等個人陪妳一道兒去，非得自己一個人嗎？這下好了，大冬天裡的掉塘裡去，這說出去，我都嫌丟臉呢！要不是大妮及時趕到，妳哪還有命坐在這裡說三道四的！」

這話春蓮不知道已經聽娘說過多少遍，聽得耳朵都要起繭子了，這會兒被娘當著大妮的面又訓了一遍，當即又羞又惱的，可是嘴裡卻又說不出什麼反駁的話。畢竟這次還真是自己莽撞了，因此也只能硬著頭皮，再次認錯。「娘，您就別說了成不？我知道錯了！」

「妳以為我想說妳？妳要不是我閨女，我才懶得理妳呢！」吳嬸嘴上沒停過，手上也是麻利地將藥粉一撒，然後尋了塊乾淨的棉布將崔景蕙的傷口包紮好。

「春兒，妳在這兒守著大妮，我過去妳姑婆那兒了。」吳嬸臨走之前瞥了春蓮一眼，這才出了房門。

「大妮，我來幫妳穿衣服！」春蓮待吳嬸將門掩上後，看見崔景蕙肌膚上的雞皮疙瘩，忙起身尋了一件襖子，要幫崔景蕙穿上。

崔景蕙這次也沒拒絕，任由春蓮幫著自己將衣服穿上。

「春兒，我要去宗祠那邊了，團團就麻煩妳守著了。」待衣服穿好之後，崔景蕙起身站在床邊，看著團團熟睡安然的臉龐，朝春蓮囑咐了句。

「大妮，別的我幫不上妳什麼忙，這點事妳就放心好了，只要有我春蓮在，誰都別想碰團團一下！」春蓮知道團團對崔景蕙的重要性，所以對於崔景蕙的囑託，春蓮毫不猶豫地應承了下來。

崔景蕙見春蓮應下，也是鬆了口氣，伸出手背挨了挨團團的臉蛋，這才轉身出了房門。出去之後，卻發現這會兒院子裡已經沒有幾個人了，除了安大亮以外，也就只剩崔三爺耷拉著腦袋坐在屋簷下。

崔三爺抬頭瞟了崔景蕙一眼，然後站起身來，拍了拍屁股，背著手直接往外走。等走出了好一段路，回頭看見崔景蕙沒有跟上，頓沒好氣地喊了一嗓子。「丫頭，還磨磨蹭蹭的像什麼話？還不快跟上！」

「我這就來。」崔景蕙早就習慣了崔三爺這找茬樣的語氣，直接小跑著朝崔三爺追了過去。

等崔景蕙趕到宗祠的時候，宗祠裡外已經圍了一大圈村民了，彼此竊竊私語。這會兒看到崔景蕙，該是已經聽聞了崔景蕙的厲害勁兒，竟不約而同的止住了聲音。

「怎麼沒把那小兔崽子帶來？」崔阿福這會兒手上的傷已經被包紮妥當，而且崔家一家老老少少盡皆站到了這裡，所以崔阿福底氣十足，站在宗祠門口，瞟了一眼崔景蕙，就直接叫囂了起來。

「小兔崽子說誰呢！」崔三爺本就不是個好性兒的，他才不管這裡是宗祠，直接一腳就踹了過去，崔阿福立即被踹了個四腳朝天。

「崔老怪，你找死呀？敢打我兒子，老娘我跟你拚了！」兒子挨了打，這老娘哪裡受得了？原本窩在宗祠裡的一個老婦，瞬間撥開人群，從裡面向崔三爺衝了出來。

「李老太婆，滾一邊去，別在這裡丟人現眼！」崔三爺哪裡想和一個女流之輩折騰？臉一沈，就往旁邊一站，想要避開李氏的糾纏。

可李老太都活了一大把年紀了，哪裡還在乎臉不臉的？崔三爺這一躲，反而讓她以為是崔三爺怕了，直接轉身又朝崔三爺撲了過去！

崔三爺不打女人，可崔景蕙卻沒有任何的顧忌。反正都已經得罪了崔阿牛家，她可不在乎再多得罪一個，所以就在李老太衝向崔三爺的時候，崔景蕙直接伸出手，一把扣住了李老太後頸衣領，直接往後面一扯，便將李老太給扯了過來，隨即往後面一丟。

「要鬧出去鬧！我可沒這閒工夫搭理妳！」崔景蕙隨意呵斥了一句李老太，然後將視線落到了村長身上。「既然人都到齊了，村長還是快些說事吧，我可不想讓一些個齷齪東西汙了眼睛。」

第五十二章　別再出門

「咳咳！」其實這會兒村長也是積了一肚子火氣了，他才通知了各家在宗祠議事，就看見崔老太領著兩個媳婦，抬著大丫的屍首，一路哭喪著哭了過來。

宗祠是什麼地兒？那可是一村人祭祀大禮用的地方！哪裡容得這種汙穢東西沾染？而且再聽聽，這口口聲聲說的什麼？一個不過月餘的奶娃子，有這麼大能耐，就把個丫頭給逼死了？他不是不信這個，可這不明擺著的事嗎？是自己家的熊娃子推了人，哪有把責任推別人身上的道理？而且他這村長還沒開口說話呢，這就開始責問，把他這偌大一個村長置於何地？

當下，村長咳嗽了兩聲，也是半點沒好顏色的開了腔。「諸位都是村裡德高望重的長輩，這件事應該都已經有所聽聞了，不知道諸位可有什麼看法？」

「什麼看法？這還要看什麼看？我可憐的姪女就是崔大妮家的小兔崽子剋死的，我們崔家就要那個小兔崽子給我家大丫償命！」說話的人是崔阿福的媳婦劉氏，長得有幾分姿色，可是一副刻薄樣，卻讓這幾分顏色打了折扣。

「閉嘴！這裡有妳說話的分兒嗎？」長輩議事，豈有一個婦人插嘴的道理？當下，一個長者手中的柺杖便敲了過來，直接敲在了劉氏伸出的胳膊上。

「哎喲！慶伯，您……哼！」劉氏頓疼得收回了胳膊，有些委屈地看了慶伯一眼，正要抱怨幾句，垂著腦袋窩在她身後的琴姊卻伸手扯了扯她的衣襬。劉氏回頭瞪了琴姊一眼，但還是識趣的閉上了嘴巴。

「秋果，乖孩子，來，把你之前看到的再重新說一遍。」村長看劉氏閉上了嘴巴，這才轉而一臉和顏悅色地朝不遠處的秋果招了招手。

「二叔，我怕！」秋果沒有上前，反而一下子鑽到了張榔頭的背後，一臉怯怯的模樣。

「秋果，二叔在，村長也在，你就把那天看到的說出來就好了。」張榔頭嘴裡說著安慰的話，手上的動作卻是半點都不溫和，直接伸手抓住秋果的後領，將秋果提到了自己的前面。

「我……我那天傍晚趕鴨子回來，看到根生對大丫大吼著什麼，接著推了大丫兩下，然後便看見大丫被根生推到塘裡去了！我不是故意不去叫人的，我實在是太害怕了……不關我的事，不要打我，哇哇哇哇……」秋果一隻手死死地拽著張榔頭的袖襬，一邊抽泣著，一邊說著那天他看到的事，說到最後，他整個人崩潰地大哭了起來。

「不要怕，沒有人怪你。不是你的錯，你已經做得很好了。」崔景蕙伸出手摸了摸秋果的總角。還只是個孩子，看到這樣的事難免會驚慌失措，如今能站出來說話，便已經足夠了。

聽完秋果的話，劉氏臉上直接就變了顏色，一雙眼睛死死地瞪著秋果，嘴裡大聲反駁著。「不是這樣的！大丫是根生的妹妹，根生怎麼可能做這樣的事？你說謊，對，肯定是你在說謊！那個小婊子給了你什麼好處，你要這麼幫著她！」

秋果雖然怕得厲害，可是小孩子哪裡受得了被人誣陷？當下就大聲反駁了起來。「我沒有說謊！因為那天崔根生頭上戴著的帽子，是我爹給我做的，我絕對不會看錯的！」

劉氏哪裡肯有半點示弱？竟然就這樣跟個孩子嗆了起來。「你說是我家根生，那我還說是你推了大丫的呢！」

「閉嘴！」慶伯又是一枴杖甩在了劉氏的胳膊上，終於讓劉氏識相的閉上嘴巴。

「崔根生，你自己來說，有沒有這回事？」村長這會兒已經懶得再搭理劉氏了，轉而望向一旁坐在地上，手裡正拋著石子的崔根生。

「我只是推了她一下，誰知道那個蠢蛋就爬不上來了！」崔根生一臉鄙夷地抬起頭來，絲毫沒有扼殺了一個生命的罪惡感。

劉氏哪裡會想到自己生的兒子是這麼個蠢貨，竟然就這麼把事給說了！當下也顧不得怕慶伯的枴杖了，她直接撲到了崔根生的面前，臉上掛著一個極其勉強的笑容，朝村長解釋道：「根生只是開玩笑的，不是這樣的！他根本就沒有看到大丫，村長你可千萬不要聽他胡說！他一個小孩子說話沒輕沒重，都是亂說的！」

「你為什麼要這麼做？」崔景蕙看著在劉氏身後、一臉無所謂的崔根生，忽然開口問道。她想不出有什麼理由，會讓崔根生生出惡念，將大丫推入池塘裡。

崔根生歪著頭看了崔景蕙一眼，忽然眼前一亮，一把將擋在自己面前的劉氏推到了地上，一骨碌的爬了起來，像頭小豹子一樣衝到了崔景蕙的面前，直接向崔景蕙命令道：「我讓她把新衣服脫下來給梅姊兒穿，誰讓她不肯來著，然後就掉塘裡去了！我聽說那蠢蛋的衣服是妳做的？我也要，妳也去給我做一件來！對了，聽說妳還給那蠢蛋吃雞腿，我也要吃！」

「你就沒想過去找人救大丫嗎？」

「我憑什麼要救她？那個蠢蛋，早點死了才好，活著也是浪費糧食，還不如死了乾淨！」崔根生極其不屑地撇了撇嘴，然後伸出手想要去拉崔景蕙的手。「我餓了，妳現在就回去做雞腿給我，我要吃！」

崔景蕙看著崔根生伸過來的手，直接一把打掉，然後退後兩步，望向村長。「我問完了。」

村長朝崔景蕙點了點頭，轉而望向身側一直坐著的幾個長輩。「你們怎麼看？」

「還用看什麼？自己窩裡橫，還要把屎抹在別人身上，不嫌臭得慌嗎？」崔三爺頓時冷哼一聲，一臉鄙夷地看著崔阿牛一家，這一家還湊一堆了！

「崔老三，話可不能這麼說！我看咱們村子最近透著一股邪勁兒，這早不出事，晚不出事的，偏偏從大妮她娘懷了那個……團團是吧？你們看看，這都出了多少事，死了多少人了？賴子強他娘、王進、順子、順子媳婦，現在又是大丫。我可是聽說了，安大娘現在還躺在床上起不了身，春蓮現在也病著。我看那神婆子說得不錯，團團那小子就是個天煞孤星的命！」

一個臉上的皮都耷拉到了下巴的老者慢條斯理地抬頭看了崔三爺一眼，猶如斷了氣的聲音落在村民之中，頓引起了一陣竊竊私語。

這可是誅心的話！崔三爺直接就衝了過去，一把將坐在椅子上的老者提了起來。「你放屁！崔疙瘩，你這老貨，想打架是不是？團團一個奶娃子，究竟是哪裡得罪你了？你這話說出去擔得起責任嗎？」

崔疙瘩掀開眼皮低頭看了崔三爺，絲毫不在乎他這會兒被崔三爺給抓在手裡提著。「可死了人，這也是事實。」

「放你娘的狗屁！咱們村裡哪年沒死過人？」崔三爺一口唾沫星子直接噴到了崔疙瘩的臉上。這個老貨，簡直就是欠揍得很！

「可你說哪年有死這麼多人？」崔疙瘩伸手抹掉臉上的唾沫星子，報仇似地對著崔三爺也噴了一臉的唾沫星子。

崔三爺氣得掄起拳頭就要往崔疙瘩臉上揍，只是，一隻纖細的手從斜裡伸出，將崔三爺的拳頭握住。三爺想也不想，直接鬆開了抓住崔疙瘩的手，一拳頭就往斜裡砸去。

「三爺，別衝動！」崔景蕙頭一偏，躲過崔三爺砸過來的拳頭，並急忙出聲。

崔三爺一愣，他根本就沒有想到，居然會是崔景蕙在阻止自己。

崔三爺咬牙切齒地望著跌坐回去了的崔疙瘩，腦子裡只有一個念頭，就是把這老貨打得稀巴爛！「鬆開！今天我非把這個老貨揍一頓，讓這老貨知道自己到底姓什麼！」

「三爺，冷靜一下，這是宗祠。」崔景蕙雖然知道崔三爺是為了維護自己，可卻還是不得不站出來，這崔疙瘩雖然她也討厭得很，可他畢竟算得上是大河村裡輩分最大的老人了，他說的話，村裡總要賣幾分面子，這個時候和崔疙瘩鬧翻，實在是沒什麼好處。「二太爺，您也覺得我弟弟是個天煞孤星？」

「神婆說的話，總是有幾分道理的！」崔疙瘩依舊是那副老神在在的模樣，他也不看崔景蕙，扯著風箱一樣的破喉嚨，說的話卻是膩沒理了。

「不過是大字不識幾個的跳大仙的，不久前還弄了個不男不女的怪物出來，我倒是不知道竟有這等好本事。」崔景蕙自然是矢口否認。

她這麼一提，自然也就有人想起之前鬧了好一陣子的生子藥了，這一個出了岔子的神婆，還是神婆嗎？

「嘿嘿嘿，有些東西，可是由不得妳不信的！」崔疙瘩笑了幾聲，回頭看了一眼宗祠，又瞟了一眼崔景蕙，一副高深莫測的模樣。

崔景蕙原本的幾絲好顏色盡數褪去。她什麼時候得罪這個老貨了，怎麼話裡話外都想整死他們姊弟的樣子？既然給好臉面不要，那就別怪她不客氣了！

崔景蕙想透了這一點，臉上的表情也變得越加冷肅。「那二太爺，晚輩冒昧問一句，這件事您有什麼看法？」

便是崔景蕙不問，他這心裡也早就已經有了成算，既然崔景蕙開口了，崔疙瘩自然是順水推舟地將自己的想法都說了出來。「好說！這人的命啊，就是有這麼玄乎。我看村子裡發生的許多事，只怕和妳那弟弟脫不了關係。至於已經造成的傷害，村子裡也不追究你們姊弟兩個的責任了，但是從今天起，你們兩個最好還是別待在村子裡了，畢竟今年死的人已經夠多了。」

「你他娘的放狗屁！這都封了山了，你把他們兩個孩子弄出村，還不就是想弄死他們！你這老貨，你還要臉不？」

「就這麼算了？怎麼可能！要不是因為那小兔崽子，我家根生能被迷了魂推了大丫嗎？我不管，要是崔大妮不賠銀子，我就拉著大丫的屍體上崔家堵門去！」

「大妮不能離開村子，她要是離開了村子，我家齊齊可怎麼辦呀？」

「……」

崔疙瘩話一說完，宗祠門口直接就嚷嚷開了，你一言，我一句，誰都不想吃虧，誰都不想沾一身腥。

「都給我閉嘴！」村長這會兒已經氣得一佛出世，二佛升天了，一聲大吼，直接蓋過了嘈雜的聲音，也讓村民的爭執停了下來。

村長看眾人都安靜了下來，環顧眾人，然後「哼」了一聲，目光直接掠過崔疙瘩，落到慶伯身上。「慶伯，您怎麼看？」

「這……命理一塊，確實不好說！不過，崔阿牛家的事乃事出有因，自然是怪不到那奶娃子身上。都是他家的孩子，就讓他們自家處理吧，村裡就不出面了。」村長都開了口，慶伯自然得給村長一個面子。慶伯終究是讀過書的人，自然不會跟崔疙瘩一樣，一味地將責任全丟在一個莫須有的罪名上。

「要不是崔大妮那死丫頭沒事非要給大丫做什麼新衣裳，我的乖孫孫才不會去推大丫！說到底都是那兩個煞門星惹的禍，她得賠錢！五兩……不，得賠十兩！賠了錢，這事就算了！」李老太見自家半點好都沒有討到，頓時就急了，衝到了慶伯面前，直接就嚷嚷開了。

「我呸！十兩？還當你們家那賠錢貨是個金娃娃呀！」崔三爺直接一口痰就吐到了李老太腳邊，一臉鄙夷地看著李老太。這一家家的，還真欺負大妮家沒人了，也不看看誰護著的！

這種挑釁，讓作威作福慣了的李老太如何受得了？當下就要破口大罵了起來，可是慶伯接下來的話，直接將她滿腔的怒火澆了個透心涼——

「怎麼，妳李婆子有意見？這有人證在，根生也認了，李婆子妳若是不依，那就只能讓村長把這事送到縣衙門去，讓縣太爺給作個主了。我好像記得這故意殺人的，是死罪來著，可是要抵命的。」

都是泥腿子出身的，自然對當官的有種天生的畏懼感，一旁的劉氏一聽要把根生抓去送官，哪裡還穩得住？頓時就慌神了，撥開自家婆婆，直接「噌噌噌」地爬到了村長面前，一把抱住村長的小腿，哭嚎了起來，哪還有之前打嘴仗的半點氣勢。

「村長啊！我們根生還是個孩子，不懂事，您可不要和他一般見識！他就是無心推了大丫一下，哪裡想得到大丫她命薄，就這麼掉下去了！村長啊，您可千萬不要把我兒子送到衙門去，我們崔家就只有這一根獨苗了，這要是抵了命，我們崔家可就絕後了啊！」

「閉嘴！不想見官就老實地一邊待著！」村長被鬧得也沒好脾性了，直接一腳甩了出去，將劉氏甩在了一邊，瞪了一眼還想撲過來的劉氏，轉而望向崔阿牛。「慶伯的話聽見了沒？是自己一家子關上門解決，還是將人送到縣太爺那裡公斷？大丫是閨女，根生是你姪子，這事你可得想清楚了！」

崔阿牛聽村長的口氣，便知道這事只怕賴不到崔大妮身上去了。這官家的事，哪裡是他們小老百姓能夠沾染的？當下崔阿牛便涎著一臉的討好表情，朝村長連連點頭說道：「這點小事怎麼好意思去麻煩縣太爺呢？不就是個丫頭片子嗎，我直接上山裡刨個坑，埋了就是了，也不用麻煩村裡了！」

村長臉上稍稍緩和了一些，眼角瞟了崔景蕙一眼，之前那大半肩膀血跡的畫面還歷歷在目，村長不由得加了一句。「既然你都想好了，這要是讓我發現以後你再去找大妮麻煩的話……」

「不會了！絕對不會再找大妮麻煩了！」崔阿牛忙擺手搖頭地保證道。俗話說，軟的怕硬的，硬的怕狠的，那崔大妮就是個狼崽子，他哪有膽再去找她麻煩？

「記住你說的話！屍體抬回去，別擱在這兒丟人現眼的！」村長一臉嫌棄地伸手指了指擱在一旁、用一件破衣服罩著的大丫屍體。

崔阿牛忙點了點頭，應承了下來，當下便喚了崔阿福、劉氏還有老娘，扯了根生，讓他們幾個帶著大丫的屍體先回去了。

宗祠這兒還沒有結束，不過這崔阿牛家一下子去了大半，倒是讓村長很是鬆了口氣，待目光落到崔景蕙身上的時候，卻是忍不住一陣頭痛。這命理一說，他是半信半疑的，可這天煞孤星的命，著實嚴重了一些，倒是不好處理啊！村長想了想，腦中紛亂如麻，卻是理不出一個頭緒來，只能將目光再度落到了慶伯身上。「慶伯，您看這大妮……」

「這天煞孤星，命數太硬，確實是留不得。不過嘛，神婆一人之言，也是當不得真。據我所知，安鄉縣泰安寺的戒嗔大師於命數一道頗有些名聲，若由大師算過，自然能讓人信服。不過眼下，大雪已經封山，只怕要等到來年二月才能出山，這倒是讓人有些為難了。」慶伯慢條斯理地將話攤明了說，只是說到最後，面上不免露出了幾分難色。

村長亦是點了點頭，都是一個村的，低頭不見抬頭見的，怎麼能因為這些個還沒影子的事，就讓人家絕了活路？這事不能幹！

「三爺說得對，這個時候將大妮姊弟趕出去，無疑就是要了他們兩個的命，這自然是使不得。這留在村裡，不是天煞孤星的命還好，若真是天煞孤星的命，只怕這親近之人還是會遭殃，這大妮姊弟如今可是住在安娘子家裡，這可不行啊！」

看在慶伯、村長說了幾句人話的分上，崔三爺倒是沒有噴兩人唾沫星子了，他拍了拍自己的胸膛，一口便應承了下來。「這有什麼好為難的？大妮是我姪孫女，團團是我姪孫子，就住到我家好了！我崔老三一大把年紀了，還怕這個？」

「村長，你怎麼看？」這到了作決定的時候，慶伯便不再多話了，轉而將決定權交給了村長。

「這……三爺，您可是想好了？」說實話，慶伯的話，村長是極其認同的；崔三爺能夠接住這燙手山芋，也是村長樂意看到的。不過這關乎生死，總也得問清楚才好。

這話崔三爺就不愛聽了，又不是上斷頭臺，有什麼為難的？「這有什麼可想的？我崔三爺命硬得很，還怕他一個奶娃子？」

「有三爺這話，我也就放心了。」村長點了點頭，轉而將視線落在了崔景蕙身上。「大妮，這事妳也看到、聽到了，雖說這做得確實有些不地道，但是為了村裡，我也沒有別的法子，只能先委屈妳了。等一下妳就把東西搬到三爺那兒吧，在明年二月出山之前，妳和團團……就別出門了。」

「行，這事我應了。」崔景蕙點了點頭，就在村長鬆了一口氣時，崔景蕙卻是話鋒一轉，語氣絲毫不見半分之前的軟和。「不過我也就把話擱在這兒了，我和承佑窩在屋裡，若是這村裡再有什麼事，可別胡攀亂扯到我們姊弟身上。這要是誰家的閒話被我給聽到了，那就休怪我不客氣了！」

「那是自然。大家都聽清楚了沒？這事沒出定論之前，我不想在別的地方聽到有關天煞孤星的半點消息。若是讓我知道誰走漏了風聲，毀了咱們村的名頭，那咱們村，這個人就別想待了！都回去好生和自己婆娘說說！」

村長看大妮這樣子，不由得苦笑了一下，略一躊躇，便將事情提升到了除村的地步。

在村長和大妮的雙重威脅之下，圍在宗祠門口的村民自然是不敢出聲了，皆是點頭應承下來。誰也不是傻子，自然不會在這個時候冒頭。

村長對這件事的處理結果，自然是無比的滿意，朝著慶伯拱了拱手，然後又朝著圍觀的村民擺了擺手。「天冷，都散了吧！」

「走！」崔三爺瞪了兩眼從慶伯發話後就如老僧入定一般的崔疙瘩，朝崔景蕙喊了一嘴，背著手，頭也不回地出了宗祠。

崔景蕙看了一眼站在角落裡，始終低著頭、看不出任何神情的琴姊，而後轉身跟上崔三爺的步子。

不多時，整個宗祠就走得乾乾淨淨，只留祖宗神龕在，漠視世人。

第五十三章　餵人狗奶

崔景蕙的東西，除了些衣裳以外，其他的從一開始她就什麼都沒有帶，所以收拾起來倒是快得恨。不過就在崔景蕙拿著包袱準備離開安大娘家的時候，卻遇到了一些阻礙。

「大妮，我不准妳走！」春蓮橫在門口，擋住了崔景蕙的去路，一臉倔強地堅持。

「妳不准可沒用，村長已經發了話了，不准我住在安大娘家。不過妳也別擔心，我這會兒只是搬到三爺那裡去而已，妳要是想我了，隨時可以過去找我。」崔景蕙小心護著團團，一臉無奈地看著春蓮。

「可以不走嗎？我捨不得妳！」春蓮一臉不捨地望著崔景蕙。她才不信那些個命理之說呢！李姨多好的人，老天怎麼可能把個天煞孤星的名頭安在李姨的孩子身上！

聽著春蓮一點都不講道理的話，崔景蕙無奈地看了她一眼，搖了搖頭，將包袱擱下，然後伸手點了點春蓮的額頭。「這個妳可作不了主！團團再也沾不得任何事了，妳要是不想我跟團團被趕出大河村，就好生聽話。」

一直守在一旁的吳嬸也是點了點頭，伸手將春蓮拉到一邊，讓出路來。「春兒，這個時候可不是妳耍性子能解決問題的。大妮說得對，只要妳和姑姑好起來，那麼背地裡嚼舌根的長舌婦自然就沒什麼好說的了。而且不就幾步路的工夫，等妳病好了，隨時都可以去三爺家看大妮。這大雪都封著山呢，妳還怕人跑了不成？」

既然娘都這麼說了，春蓮也不好再強求什麼。只是好不容易能和崔景蕙住一塊兒，現在又要分開，且大妮被村裡人這麼對待，指不定有多傷心，而自己卻還在這裡扯後腿，這樣想想，春蓮怎麼也提不起心情來。

「吳嬸，這些日子有勞你們家照顧了！」至於其他感謝的話，崔景蕙也不想再多說什麼。

出了房門又去到安大娘的房裡，跟安大娘道了聲別之後，由三爺拿著行李，崔景蕙抱著團團就往三爺的住處去了。

許久不曾來，卻是不知三爺的屋裡被撿拾得出乎崔景蕙意料之外的整潔。當崔三爺將崔景蕙領到三進屋前，崔景蕙站在門口，看著屋內明顯就是當成女子閨房裝飾起來的房間時，三爺的這番心意，讓她更不知道該說什麼。

「從今往後，妳就睡這個屋裡，當自己家住著就成。」崔三爺的臉上罕見地尷尬了一下，他站在門口，醞釀了好久，這才軟和了嗓子說了這麼一句客套的話。

「有勞三爺費心了。」

還不等崔景蕙道謝，他已經轉身快走幾步，直接往另一頭屋子走去了。

崔景蕙探頭往屋裡一看，第一眼便看見了角落處擺著的梳妝檯，梳妝檯上還擺著一個首飾盒子，看起來就是新打的物件。一腳踏進了屋子，屋子裡還沒有燒炕，顯得有些冷意，不過崔景蕙並不在乎這個。

這會兒她正被挨炕邊放著的一架明顯是新做好的搖籃吸引住了，搖籃裡放著的是幾隻打磨光滑的木質動物玩偶，崔景蕙伸手拿起其中一支撥浪鼓，輕輕地晃動了幾下，「咚咚咚」的清脆聲音在安靜的屋內顯得無比的清楚。

「三爺，謝謝您了！」對於崔三爺的這份心，崔景蕙是由衷的感謝。

「謝什麼謝？妳先在這屋待著，我去燒炕。」三爺就聽不得這個「謝」字。將包袱往屋內一擱，板著個臉又走開了。

崔景蕙也不以為意，照著三爺的吩咐，在屋裡待了一會兒，便覺得屋內多了一絲暖意。摸了摸炕，炕上的褥子已經是暖的了，將團團裹好放在炕上，崔景蕙這才得閒挨著炕頭坐下。

休息了一會兒，崔景蕙看團團睡得實沈，稍稍遲疑了片刻，還是出了門，直接往灶屋的方向走去。一進灶屋便看見崔三爺蹲在地上燒著地龍，而他身側趴著一條懶洋洋的土狗，看到崔景蕙這邊的響動，也只是抬頭看了一眼，便繼續趴在地上。

「三爺，我想弄點吃的。」現在崔景蕙是客居的身分，第一次自然是不好意思隨意翻動主人家的東西，而且她都看了一圈了，實在是沒發現灶屋裡有可以下鍋的糧食。

「糧食都擱在堂屋穀倉裡放著，自己去拿。」崔三爺頭也不抬地回了一句。

崔景蕙早就摸清了崔三爺彆扭的性子，自然是不會在意，轉身出了灶屋。堂屋的門並沒有開，所以崔景蕙先是回了自己那屋，再開了側門，進了堂屋。

因為關著門的緣故，所以堂屋裡的光線並不是很亮堂，不過這對於崔景蕙而言，當然是沒什麼區別。堂屋裡橫七豎八地放著一堆木頭，還有些個已經打磨成了一塊塊的木板子，地上擺放著一堆木匠用的工具——斗墨、鉋子、錐子一類的物件，顯然崔三爺在屋裡整日忙活著這個。

崔景蕙小心地避開堂屋的木頭，走到神龕的角落處，一個四四方方的穀倉頓時落入崔景蕙眼裡。崔景蕙伸手將穀倉上面可移動的幾塊木板拿開，盛滿了大半個穀倉的糧食頓時映入了眼簾，她稍稍查看了一番，米、麵、雜糧倒是全都有，甚至邊角處還擱著各種調料和乾貨。

這個時候，崔景蕙也不想弄什麼費時的吃食了，想了想，取了一勺子玉米麵出來，又裝了一些調料，這才重新轉回了灶房。

就在她離開的這麼一會兒工夫，灶膛裡的火已經燒起來了，鍋子裡也燒著小半鍋熱水，這倒是正合了崔景蕙的意。將玉米麵混水攪和成糊狀，往鍋裡下了油、鹽，崔景蕙便用筷子將麵糊一團團拋入已經滾開的水中，不多時，崔景蕙端了碗，盛了兩碗麵疙瘩出來，遞了一碗給崔三爺。

「三爺，來一碗。」

崔三爺抬頭看了崔景蕙一眼，抬起手來接過麵疙瘩，先是喝了一口湯，這才扒拉著筷子吃了起來。

崔景蕙見崔三爺沒有多話，便知道遂了三爺的味兒了。她這會兒也是真的餓了，拿起筷子直往嘴裡塞，暖呼呼的麵疙瘩進到肚子裡，只感覺整個人暖和了起來。

崔三爺幾下就把一碗麵疙瘩扒拉進肚子，卻還是有些意猶未盡，站起身來，抹了一把嘴，看到大鍋裡還盛著不少麵疙瘩，也不等崔景蕙動手，自己就盛了起來。

崔景蕙看到崔三爺只裝了半碗麵疙瘩，還留了大概半碗的量在鍋裡，忙將嘴裡的疙瘩嚥下，出聲道：「三爺，我夠了，不用給我留著。」

崔三爺原本打算放下的勺子自然是放不下了，他側頭撇了崔景蕙一眼，看她那菜碗裡還剩下一大半的麵疙瘩，努了努嘴，將鍋裡剩下的麵疙瘩全裝自己碗裡了。

「左邊牆根從右數來第三個罐子，裝一碟來。」

「嗯！」聽到崔三爺的話，崔景蕙含糊地應了一句，放下碗筷，拿了個小碗走到左邊牆根處，就見一溜的七個小罈子整整齊齊地擺在牆根下。崔景蕙數了第三個罈子，揭開瓦蓋，是醬蘿蔔，她裝了一小碗出來，重新封好了罈子，這才端到灶臺上。

兩人就著這一小碗醬蘿蔔，沒一會兒就將麵疙瘩給吃完了。

崔景蕙撿了碗筷，回頭便看見崔三爺在清鍋子。

「三爺，讓我來吧！」崔景蕙伸手接過崔三爺手裡的竹刷，麻利地將鍋子刷了一遍，又燒了點熱水，將碗筷一併給洗了。

崔三爺在一旁看著，也不說話，等到崔景蕙將手頭的活兒都幹完了，這才出聲問了句。

「那小奶娃子，妳打算給他弄啥吃的？」

「啊？」崔景蕙往鍋裡倒水的動作一滯，一時沒聽明白崔三爺話裡的意思。

「就是團團那奶娃子！以後吃啥？」崔三爺又說了一遍。

這回崔景蕙倒是聽明白了。這個問題，她不是沒有考慮過，本來是想著讓安大娘介紹一個不久前生產的婦人給團團餵奶，哪裡想到突然會弄出這樣的事來。

如今只怕就算她願意給錢，也沒有人敢來給團團餵奶了，畢竟這命理一說，對於這種落後地方的影響力是不容忽視的。

想到這個，崔景蕙倒是有些頭痛了。團團現在才一個多月大，這才吃了兩天米糊糊便已經結火了，這都一天多沒拉過臭了，以後要是總吃也不是個事兒。可是不吃這個的話，其他也沒什麼能入得了口的了。

若是家裡能有隻羊就好了！沒有人奶吃，這羊奶還是能湊合一下的……崔景蕙搖了搖頭，摒棄掉腦中的異想天開。這村裡誰有個錢銀，不是買牛，就是買驢子，誰會花那個閒錢買羊啊！

崔三爺看著崔景蕙滿臉的難色，不用崔景蕙說，他便已經明白，對於這事，崔景蕙也沒有別的什麼法子。他低頭看了一眼蜷在自己腳下的黃狗，遲疑了一下，這才有些試探性的開口。「要不，餵狗奶得了？」

崔景蕙倒是被崔三爺這個想法給愣了一下，這只聽說給人吃牛奶、羊奶一類的，倒是沒曾聽說過誰家有人給娃兒餵狗奶的。「狗奶，這人能吃嗎？」

聽到崔景蕙的質疑，崔三爺直接瞪了她一眼，反駁道：「怎麼不能？就咱們村妳見過的那個張槨頭，他就是吃狗奶撿回一條命的，這事村裡上了點年紀的人都是知道的！」

這樣說的話，那也卻是有幾分可信。可是，就算這狗奶能吃，村裡也沒聽說誰家有最近生崽子的母狗啊！這說了還不跟白說沒兩樣？想到這裡，崔景蕙臉上不免露出了幾分失望。

「這都封了山，就算別的村有生了崽的狗，只怕也是遠水止不了近渴。」

崔三爺眼底的餘光再度瞟了一眼地上的土狗。「妮子，妳這話，可是應了？」

「人奶是奶，羊奶是奶，狗奶也是奶，這有什麼不應的？只是現在天寒地凍的，這能產奶的狗難弄啊！」崔景蕙在這方面倒是沒什麼避諱，想她上輩子，蛇、鼠、蟲、蟻什麼沒吃過？只要能活命，便是狗奶又有什麼關係？

崔景蕙這麼一說，崔三爺倒是鬆了一口氣，伸出腳推了推蜷在地上的土狗，土狗「噌」地站了起來。這會兒不用崔三爺再說什麼，崔景蕙便已看到了土狗腹腔處漲得鼓鼓囊囊的地方，這不就是一條生了狗崽子還沒退奶的母狗嗎？

「三爺，這……這您是哪兒尋來的？可取了名兒？」崔景蕙忙蹲下身，一隻手摸了摸狗頭，另一隻手直接環過土狗的腹部，摸了摸土狗那漲得鼓鼓囊囊的地方，看來三爺早就有這樣的打算了。

「我向別人要的，前幾天那人給我送了過來，叫大黃。」崔三爺隨口答了一句，至於這究竟是如何要過來的，自然是沒有必要和崔景蕙細說。

「這真是太好不過了！三爺，實在是太感謝您了！」雖然這人吃狗奶，放不了明面上說，但是崔三爺這份心，崔景蕙卻是領受了。

這感激的話，崔三爺卻是不愛聽的，當下便開口趕崔景蕙回屋去了。「好了、好了，別在這裡瞎磨蹭了！還不趕緊回去看看團團醒了沒？」

「那我就先過去了。」一聽三爺這一說，崔景蕙也沒心思多待了，忙出了灶屋，急急忙忙趕回了自己那屋。進屋一看，團團還睡著，倒是讓崔景蕙鬆了一口氣。一回頭，看到大黃跟了進來，當下崔景蕙便有了主意。

尋了個瓦罐，崔景蕙將一件短小了的春衫反套在手上，然後將大黃抱了，置於雙膝上，不太熟練的開始擠起奶來。

雖然崔景蕙的手法不地道，但大黃可能是被奶水給漲狠了，倒也不掙扎，任由崔景蕙催動著。崔景蕙費了好大一會兒功夫，這才將大黃的奶水全部擠入瓦罐裡，雖然沒有裝滿瓦罐，但也過有大半了。

崔景蕙又給大黃順了順毛，這才將大黃放在地上。

沒有了腫脹的感覺，大黃樂得搖著尾巴圍著崔景蕙繞了好幾個圈，這才從虛掩的側門出去了。

崔景蕙望著瓦罐裡泛著乳香味的狗奶，稍稍躊躇了一下，出了屋門，打算去灶屋裡拿個小灶。團團太小，又是早產，雖說這狗奶可以吃，但還是煮過一次比較讓人放心。

這才穿過堂屋，崔景蕙便發現原本緊掩的大門這會兒已經打開，崔三爺正背對自己站在堂屋裡，手裡拿著一塊刨好的木板打量著。

崔景蕙有些好奇地多看了幾眼，卻也沒耽擱自己要做的事。尋了小灶，又撿了一些柴火，一併拿回簷下，崔景蕙生了火，連著瓦罐一併擱在灶火上，便不再去理會了。

回了屋子，將還沒有整理的包袱打開，把裡面的衣服都拿了出來。拿著疊好的衣服準備收拾進挨著牆根放著的大箱子，打開箱子卻發現兩套放得整整齊齊的被褥，一大一小。

崔景蕙將小的那套拿了出來，走到炕邊上的搖籃處，比對了一下，發現這小褥子剛好是比照搖籃的尺寸做的。這一刻，崔景蕙只覺得有股帶著暖意的酸澀從心口傳到了眼簾，她歪著頭望了側門一眼，聽著側門那邊鋸木頭的聲音，慢慢地彎了彎嘴唇，將手中的小被褥鋪到了搖籃裡，又將大的被褥拿出來擱在炕頭處。

「哇啊哇啊哇啊……」

崔景蕙還沒有整理完衣裳，睡在炕上的崔承佑卻是大哭了起來。她忙放下手裡的衣裳，將團團抱住，尾指輕輕地碰了一下團團的嘴唇，這還沒睜眼呢，團團便下意識張開了嘴，一副嗷嗷待哺的模樣。

崔景蕙遂用小碗盛了已經溫好的奶水，試探性地送了一勺子到團團的嘴裡，沒有吐，也沒有拒絕進奶，看到此景，崔景蕙倒是鬆了一口氣。連著餵了一碗半的狗奶，團團便不接了。

崔景蕙給團團重新換了尿片，便將團團塞入了搖籃裡，團團睜著眼睛玩了一會兒，就又睡下了。

這倒是讓崔景蕙再度得了閒，將手頭上的事都忙活清楚之後，崔景蕙終於有機會去看一眼正在堂屋裡忙得熱火朝天的崔三爺。

第五十四章　拜師學藝

「三爺，您這是打算做個什麼物件？」崔景蕙說話的時候，崔三爺正在一根木頭上拉墨，根本就沒時間搭理崔景蕙。崔景蕙也不著急，從側門處穿進了堂屋裡，越過雜亂的木頭，站到崔三爺的身後，看著他拉墨、畫線，一時間倒是入了迷。

忽然，崔三爺後退了幾步，卻是剛好一腳踩到崔景蕙的腳趾上，這突如其來的痛楚，讓崔景蕙瞬間回到了現實之中。

「妳怎麼在這兒？」這踩到人的觸覺自然是有所不同的，崔三爺這會兒便是再專注，也不可能沒發現這個。於是崔三爺鬆了腳，回頭看到是崔景蕙的時候，臉上不由得帶了一絲愕然，這妮子啥時候竄到他身後來的？

「看到三爺在這裡忙活，便過來看看了。三爺，這是做什麼物件？」見崔三爺不曾將她之前的話聽到耳裡，崔景蕙便又提了一次。

「我的棺材！」又不是什麼見不得人的物件，崔三爺自然是沒有半點隱瞞。他之前為自己準備的棺材給了李氏，這人上了歲數了，屋裡要是沒具棺材鎮著，心裡還真沒底兒。而且作為幹了一輩子木匠活的木匠，這要是死了以後，用的是別人做的棺材，這不明擺著就是讓人笑話的事？

所以崔三爺從送出了自己棺材的那一天起，就心心念念著要重新再為自己打造一具棺材。只是之前因為大妮的事給耽擱了下來，這好不容易把大妮那屋子裡的東西置辦整齊了，自然是輪到他自己的棺材了。

「這……我能幫忙嗎？」崔景蕙愣了一下，看著隨意擺在地上的木板塊，倒是完全沒有想到崔三爺做的是這個。一想到娘睡了崔三爺的棺材，自己還沒出一個銅板，崔景蕙倒是有些歉疚了起來。若不是因為沒了棺材，三爺也就不用重新給自己做了。

「妳想學嗎？」

崔三爺忽然問了這麼一句，崔景蕙倒是愣了一下。她完全沒有想到崔三爺會說這個，下意識裡搖了搖頭。「我……那個……並不是……」只是，拒絕的話到了嘴邊，怎麼也說不出來了。

「我教妳，雖說這活是累了點，但也算個手藝。」

崔三爺的乾脆，倒是讓崔景蕙有些無所適從了，這一時半會的，崔景蕙還沒醒過神來。

崔三爺看崔景蕙那愣愣的模樣，以為崔景蕙不願意，當下沈了臉色。「怎麼，妳還不願意呀？哼，不願意就——」

一聽三爺的語氣，崔景蕙忙開口，將三爺後面的話堵了回去。「不不不，我願意得很，三爺能教我，自然是我的榮幸！只是我一個……真的可以嗎？」說到最後，望著崔三爺的臉上多了一絲忐忑的祈盼。

這話說得崔三爺就不高興了。他自己的手藝，自己的路子，難道想要教誰，還要看別人的臉色？女的又怎麼了？不照樣是個人！「女娃又怎麼了？我願意教誰就教誰，哪個管得著！」

既然三爺都這樣說，崔景蕙自然不再拒絕了，忙點了點頭，答應下來。「嗯，那我學！」

「妳先跟在我後面看兩天，摸摸門道兒！」崔三爺並沒有直接開始教崔景蕙，這木匠活沒什麼訣竅，唯手熟爾，幹得多了，自然也就會了。崔景蕙一個門外漢，至少也得先摸清一個章程，認清楚這個活計該用上的物件才行。

崔景蕙既然有心想學，那自是認了真。況且，她不管怎麼說都比旁的人多活了兩輩子，所以不過上手兩三天，便已經能幫上忙了。

這麼飛速的進步，讓崔三爺望著崔景蕙的目光就跟看怪物一樣，不過越到後頭，崔三爺倒是有些習慣了。這有個稱心的徒弟，幹起活來倒是順手得很，原本預計得半個月才能做好的棺材，沒想到居然只花了不到十天的工夫，連棺材蓋都搞定了。

「沒想到妳這妮子還真有幹木匠的命！這幾天也是累著妳了，今年的活算是做到頭了，好生回去歇著吧！」崔三爺滿意地看了看已經擱在長凳上、上了油的棺材，扭頭看了一眼跟在自己身後同樣忙活了好幾天的崔景蕙，完全就是一副少見的好心情。

「嗯。三爺，這個可以先讓我練練手嗎？」早在幾天前，崔景蕙就看到了三爺的工具袋裡混進了一把刻刀，她摸上了木匠活，又看到了刻刀，心裡自然是有些別的想法了。三爺的活是不錯，可是對她一個姑娘來說，確實太笨重了些，所以她想試試，看能不能雕刻些簡單的髮飾一類的東西。

「咦？老吳頭吃飯的傢伙怎麼混到我這裡來了？」崔三爺扭頭一看，伸手接過崔景蕙遞過來的刻刀，只瞅了兩眼，便認出這是誰的東西了。只是他倒是沒想明白，怎麼就混到自己的東西裡來了？難道是放假那天喝酒的時候不小心丟進去的？

「想用就用，只一點，別弄壞了！這可是老吳頭的命根子，還要還給老吳頭的。」既然到了自己手上，自然沒有放著的道理，崔三爺直接將刻刀遞給了崔景蕙，還是囑咐了一句，用可以，用壞了他可就不好向老吳頭交代了。

「我定不會弄壞的！」崔景蕙一臉感激地望著三爺，沒有說道謝的話，因為她知道，三爺不會愛聽這個的。

「時辰不早了，我餓了。」崔三爺點了點頭，拍了拍身上沾著的木屑，然後走到崔景蕙那屋的側門處，直接坐在了門檻上，挨著門檻放著的，正是承佑睡著的那個搖籃。

崔景蕙看崔三爺那樣，便知道他的意思，由他看著團團，自己去灶屋弄吃的。「我這就去弄。」崔景蕙小心地收好刻刀，回了崔三爺一句，便直接出了堂屋，去到灶屋裡了。

日子就這麼平淡而緩慢的流逝，這座小小的院落，在大河村裡，就跟大別山裡那座荒蕪的山神廟一樣，乏人問津，無人理睬，就連蘭姊和春兒，這麼些個時日也不曾登門造訪。

崔景蕙雖然窩在這小小的屋裡，可是村子裡的事還是知道一些的。

當初在宗祠要將自己姊弟驅逐出大河村的崔疙瘩，在進入十二月的第一天，就在睡夢中遠離了這個世界。崔景蕙站在院子門口，親眼看到送葬的隊伍將崔疙瘩送上了墳山，那些個哭天喊地的親人，在經過崔三爺的院子，看到了崔景蕙時，第一個反應竟然是叫囂著，想要打死她，若不是有人攔著，只怕那些人真的就這麼衝過來了。

而就在崔疙瘩死後沒多久，大河村又出事了。這次出事的還是崔阿牛家，不過崔阿牛家的事，崔景蕙不想理會，也就沒放在心上。更何況，崔景蕙這會兒也沒工夫理會這些閒事，她將自己餘下的所有時間都寄託在那把小小的刻刀上面。

這日，崔景蕙溫了狗奶回去，看到三爺正坐在炕邊，手裡拿著的是自己快要雕琢好的一根寒梅樣式的髮釵。

「這是妳雕的？」崔三爺聽得響動，抬頭看了崔景蕙一眼，問道。

「嗯。雕得不好，讓三爺見笑了。」崔景蕙將手中的飯碗擱在桌面上，這才走到崔三爺的面前，有些不好意思地回道。這已經是她雕的第四根釵子了，先前三根，不是雕壞了，就是沒有達到自己預想的結果，眼前這一根釵子，應該是她目前來說最滿意的了。

聽得崔景蕙這般自謙，崔三爺完全不給半點面子的冷笑了一下，目光落在被自己拿在手中的寒梅髮釵。這釵頭的轉折處理得極其圓潤自然，梅花雕琢得亦是極其細膩，若手上功夫沒有幾分火候，只怕根本就雕琢不出如此自然、精細之物。

只是這般雕工，用在桃木上，卻是可惜了。

崔三爺做活的地方，老吳頭已經算是頂尖的雕工師父了，作為酒友，崔三爺自然是見過老吳頭的作品。雖說老吳頭專攻家具上的花式紋樣，但是就這梅花的雕刻功夫而言，眼前這妮子，只怕比起老吳頭也是半點都不遜色。這般功底，若是沒練過，他是不信的。

可是，他雖不常在村裡，卻也能肯定崔景蕙一直都是待在大河村裡的。作為村裡唯一的一個木匠師父，崔三爺實在是想不出，究竟是誰教她的？「妳以前可是學過？」

這個問題，崔景蕙倒是有些不好回答了。要說學過，她這一世還是在三爺這裡才開始重新摸木頭的；這要是說沒學過，她上上輩子還是摸過幾次的。可是長者有問，崔景蕙自然是不得不答，左右為難之際，也只能想著法子搪塞過去了。「算是吧，大半還是自己琢磨著的。」

崔三爺對崔景蕙這話自然是有所不信，但是看崔景蕙那為難的模樣，也沒有再深追下去。「雕得不錯！怎麼想著弄這個了？」

見崔三爺轉移了話題，崔景蕙倒也是暗暗鬆了一口氣。「之前想著蘭姊要及笄了，我也沒什麼好送的，便想自己弄個髮釵送給蘭姊。這上了手，便來了興致，所以多做了些，等開了春，到時候去鎮上看能不能換幾個銅板兒？」

崔景蕙這麼一說，崔三爺倒是沈默了下來。他看了崔景蕙好一會兒，然後將手中的髮釵放回了梳妝檯上，背著手就往側門走去，走到門檻時，這才扭頭看了崔景蕙一眼。「跟我來。」

「喔，好！」崔景蕙愣了一下，忙擱下手中的物件，站起身來。

崔三爺看崔景蕙動了，便轉過頭，跨過門檻，穿過堂屋，進到他自己平常待的屋裡。也不看崔景蕙有沒有跟過來，便直接走到擱在牆角邊上的一個木箱旁，將木箱打開，彎腰將裡面擱著的一疊衣服拿了出來，直接往地上一扔，然後彎下，拉住卡在箱底木頭上的一個鐵質的環扣，往上一拉，就這麼將箱底拉開了。

「這……是？」崔景蕙避開地上的衣裳，走到跟前，往箱底下一看，便看見一個大洞出現在自己的面前，是個地洞！

「在這裡等著！」崔三爺沒有回答崔景蕙的問題，而是直接跨進箱子裡，沿著一把直通洞底的木梯，下到了地洞裡。

崔三爺沒讓崔景蕙下去，崔景蕙自然不會自作主張的下去，好在崔三爺沒有在下面的地洞裡待上太長的時間。不多時，崔景蕙便看到崔三爺懷揣著一大捆木頭，出現在她的視線範圍內。

「拿著！」崔三爺爬上木梯，將手中那捆綁好的木頭遞給崔景蕙。

崔景蕙忙不迭地接過，便看見崔三爺又往下了，接著又抱了一捆木頭上來，這次不消崔三爺說，崔景蕙便主動伸手接過三爺手中的木頭。

這次崔三爺倒是沒有再往下了，而是直接蹬著木梯出了箱子，然後將箱子重新恢復成原來的模樣，這才轉身將崔景蕙擱在地上的兩捆大小不一、明顯就是邊角餘料的木頭拿了起來，往崔景蕙面前一送，嘴裡感嘆了一句。「這幹了一輩子的木匠，也就這麼個嗜好，沒想到還能派上用場，妳就拿了去吧！」

之前沒注意，崔景蕙倒是沒發現這兩捆邊角料的特別之處，聽崔三爺這麼一說，崔景蕙細看了一番，這才發現，雖然都是些邊角料，但明顯就是特意挑選出來、剩餘比較大塊的木料。而且這還只是粗略一看，崔景蕙就認出了其中有花梨木、烏木、黃梨木等，這怕是崔三爺費了好大功夫才收集來的！

「這……太貴重了，三爺，我不能要！」

崔景蕙雖說有些心動，但又怎好意思奪人所愛？畢竟崔三爺已經幫了她夠多了。

崔景蕙一拒絕，崔三爺便豎了稀眉，一臉沒好氣地直接將木材塞進了崔景蕙的懷裡。

「不過是些廢角料罷了，給妳就拿著，廢話什麼？我留著也就是用來壓棺材板的！」

「三爺……」崔景蕙雙手抱著沈甸甸的木頭，這份恩情，崔景蕙嘴上不提，卻是記在了心頭。

崔三爺沒有應，也懶得應，拍了拍手上的灰，便直接歪在炕上，自顧自的喝起了小酒。

幾杯酒下肚，卻不見崔景蕙離去，不由得撇了撇嘴，牛頭不對馬嘴地說了一句。「安鄉縣慶雲客棧的稻花香味道不錯！」

崔景蕙卻是聽明白了三爺話裡的意思，能為三爺做點什麼，崔景蕙自是極其願意的。

「嗯，等到時候得了錢，我定給三爺打來！」

三爺也不搭理崔景蕙。

崔景蕙這會兒有了念想，自然就沒有乾站著的理，她可得回去好好想想，可不能墮了這些個好料的名頭。

第五十五章　過大年了

年頭越來越近，這天兒也是越來越冷，紛紛揚揚的大雪不知下了多少場了，而大河村裡原本窩在屋裡的村民又開始忙活起來了。之前籠罩在村民頭上的烏雲因為大年的到來而被拋之腦後，即便大河村整個兒銀裝素裹，但是那種年的氣氛，卻讓這片被大雪遮掩著的山村多了幾分人氣。

而崔三爺的院子，依舊是靜悄悄的。崔三爺本來就一個人待慣了，這過不過年的自然是沒啥區別，所以崔三爺窩在屋裡沒事遛遛大黃，逗逗團團，喝喝小酒。飯有人做，衣服也有人洗，這小日子過得可是愜意得很。

崔景蕙這邊，每天有事就幹活，沒事就拿著刻刀雕琢著木頭，日子被堆得滿滿當當的，就連爹娘離世的那種悲慟，也在這緩緩流逝的時間中慢慢的消弭。

「啪啦啪啦……」

大年三十，是夜。

在這個舉家歡度新年、守歲的夜裡，崔三爺的小院卻早早的陷入了一片沈寂之中。不消說崔三爺灌了一肚子酒睡過去了，便是崔景蕙也沒有半點過年的喜悅，早早的陪著團團歇息了。

只是夜終究太靜了，所以這鳴放在夜空之中的鞭炮聲便顯得格外打眼，崔景蕙本來就淺眠，自然是毫無意外的被驚了起來。她睜開眼睛，看到的是被白雪映襯透著微光的屋頂，側過頭去，望向睡在自己內側的團團，忽然開口，輕輕地道了一句。「團團，新年快樂。」

團團自然是給不了崔景蕙任何回應，而崔景蕙閉上眼睛，卻是有些睡不著了。

「大妮！大妮！」

細碎的呼喊聲，從後門處傳到屋裡。若不是周圍實在太過安靜，只怕崔景蕙還以為是自己生出了幾絲錯覺。只是這個時候，誰還會上門來？

雖然疑惑，崔景蕙還是悄然的起了身，披了件棉襖，趿著鞋子走到後門口。

「是誰在外面？」

「大妮，是我！」門外又回應了一句

這會兒崔景蕙自然是聽清楚了，是春蓮！崔景蕙來不及想春蓮為什麼會這個時候來找自己，忙推了門栓，將春蓮放了進來。

待春蓮進屋之後，崔景蕙正要將門掩上，卻被春蓮猛的一下撲了過來，抱了個滿懷。

「大妮，我可想死妳了！」

「妳身上怎麼這麼冷？這手也是，這麼涼！有什麼話，咱們去炕上說。」

崔景蕙才不吃這一套，當下就將春蓮從懷裡扒拉了出來，伸手一摸春蓮的臉蛋，就像是摸了個冰疙瘩一樣；再摸了摸春蓮的手，也是冷得寒顫。當下便拉了春蓮到炕上，自然是不敢讓春蓮和團團處一頭，拉了另一頭的褥子，不容春蓮拒絕的直接將她塞了上去。

春蓮不反抗，也不回嘴，任由崔景蕙將自己裹得嚴嚴實實的，只拿一雙骨碌的大眼睛直愣愣地瞅著崔景蕙。

怕春蓮看不見，崔景蕙又點了盞燈湊了過來，這次挨著春蓮坐在炕上，目光落在春蓮臉上。約一個月不見，倒不見春蓮胖了，反而還瘦了好些，就連臉上的嬰兒肥都不見蹤跡，便是躺著也不見雙下巴。雖然看起來多了幾絲柔弱，可乍看之下，卻是讓崔景蕙忍不住有些心疼。「怎麼瘦了這麼多？可是之前那場風寒累的？」

就這麼一句，崔景蕙完全沒想到，竟讓春蓮直接紅了眼眶。

春蓮抽著鼻子，從褥子裡伸出雙手環住崔景蕙的腰，身體往崔景蕙那邊蹭了蹭，抬起頭，將腦袋擱在崔景蕙的大腿根部。「大妮，妳真好！」

「平白無故的怎麼說起這個來了？」崔景蕙也不拒絕春蓮的親近，手有一下沒一下地摸著春蓮的鬢角。

「我都這麼久沒有過來找妳，我還以為大妮妳不會願意再搭理我了，沒想到妳還是和以前一樣，害我忐忑了好一會兒。大妮，我真的不是故意不來找妳的。」春蓮將頭往崔景蕙的小腹處蹭了蹭，不敢去看崔景蕙的目光，語氣更是可憐兮兮的。

崔景蕙倒是沒想到春蓮說的是這個，早在崔疙瘩發喪的那天，她就想明白了，這會兒怎麼可能因為這個而責怪春蓮？「我知道，我並不怪妳，再說妳現在不是來了嗎？」

都說到這分上，春蓮見崔景蕙真的不生氣，心裡也是鬆了一口氣，臉上也多了幾分笑。「大妮，妳真好！我實在是太想妳了，這才偷偷摸摸爬了出來找妳。不過大妮妳放心，有春元給我把風，不會被人發現的！」

春蓮那得意洋洋的語氣，成功捕獲了崔景蕙的白眼一枚。她習慣性地伸手，戳了戳春蓮光潔的額頭。「看來咱春兒還真是吃一塹長一智了，知道動腦子了！」

「那是當然！都吃了這麼大的虧，也該長點記性了！」

春蓮這話說的，倒讓崔景蕙一瞬間有了一絲錯覺，這話能用在自己身上嗎？

還不等崔景蕙想明白這事，憋了一個月沒見崔景蕙的春蓮，卻是忍不住又絮絮叨叨開了。

「我本來是想來找妳的，都怪那個該死的崔疙瘩，早不死晚不死的，剛剛卡著點兒的就沒了。妳在屋裡沒出來，都不知道村裡說成啥樣子了，一個個的都說是因為在宗祠那天，崔疙瘩要趕妳和團團出村子，所以被團團報復了，這才會死的！」說到這兒，春蓮不由得嗤之以鼻，伸手摸了摸崔景蕙的臉。「大妮，妳可千萬別信這個，那崔疙瘩都六十好幾了，早就活夠本了，今年的雪又大，自然是輪到他頭上了。」

原來是這樣呀！她說怎麼著，上山那天崔疙瘩的家人對自己那麼大的反應，原來是將這事全給算到團團頭上了，還真是愚昧不堪呀！

崔景蕙的嘴角扯出了一絲冷笑，伸手一把抓住春蓮在自己臉上作亂的小手。「嗯，這本來就是子虛烏有的事，我不會放在心上的。」

「這種不相干的，大妮自然是不需要理會的！」春蓮聳了聳鼻子，嘟了下嘴巴。「就因為這個，我娘便不准我來找妳，說我若來找了妳，往後出門要是碰上了誰，怕是只要誰家出了點事都會賴到妳和團團頭上。我想著是這個理，這才一直忍著，可把我憋壞了。」

「吳嬸說得對，確實是這個理，這段時間不來找我是對的。這過了年，日子也就快了，等到二月，團團的事有了結果，到時候就沒顧忌了，妳先且忍忍。」崔景蕙點了點頭，這次沒有絲毫猶豫地和吳嬸站在同一戰線上。

「連大妮妳都這麼說！」春蓮本來想著以後沒事就偷摸著來尋崔景蕙，可崔景蕙這話裡的意思，不就明擺著讓她不要再過來了？還要一個多月啊！這一個月不見崔景蕙，她就已經渾身不自在了，要是再一次，她還不得難受死？

春蓮這模樣，啥心思都明明白白地寫在臉上，崔景蕙哪裡還有什麼不明白的？頓時有些哭笑不得地伸手將春蓮的臉蛋揉成了一個包子，沒好氣的低聲訓斥道：「可別任性！妳以後嫁了人，別說是一個月了，便是一年半載的見不到我也是正常的事，難不成妳到時候還打算把我拴妳褲腰帶上呀？」

「要是可以的話，我還真就想把妳拴褲腰帶上了！」春蓮好不容易將自己的臉從崔景蕙的手裡解救了出來，然後嘆了口氣，從炕上坐起身來，靠在崔景蕙的肩膀。

「大妮，妳要是個男的就好了，我鐵定嫁給妳。」

說到婚嫁，崔景蕙下意識裡摸了一把被她掛在脖子上的玉珮，眼中閃過一絲惆悵。沒想到重活一輩子，她依舊離席哥哥那麼遠，遠到讓她生不出半點希望。

崔景蕙側頭看著春蓮，卻是絲毫沒有半點情面地擊碎了春蓮的幻想。「我要是個男的，我鐵定不娶妳，所以妳還是老老實實等妳的石頭哥娶妳吧！」

昏暗的燈光中，春蓮並沒有看到這一刻崔景蕙情緒的變化，聽崔景蕙提到石頭，春蓮的臉上不免浮現出一絲憂色。「我娘又讓媒婆上門了，大妮，妳說我該怎麼辦呀？」

崔景蕙倒是沒想到，吳嬸這麼快就又重新開始張羅春蓮的婚事了。想到春蓮的心思，崔景蕙還是不由得問了一句。「妳和石頭有說過這事嗎？」

「我一個女孩子，哪裡好意思說這個！」一股紅暈悄無聲息地爬上了春蓮的面頰，只是春蓮不願意讓崔景蕙發現。「不說這個了，我還沒跟妳說新年快樂呢！」說著，春蓮倒是想起了什麼，從懷裡掏出一個紅封，遞到崔景蕙的面前。「這是我給團團的紅包，沒幾個錢，妳拿著。現在已經算是大年初一了，白天我可不敢過來的，提前給妳了。」春蓮怕崔景蕙不收，還特意多說了幾句。

崔景蕙接過，伸手摸了一下，也就六個銅板，倒是沒有還回去了。「那我就替團團謝謝妳了！春兒，新年快樂！妳也知道我手邊沒什麼東西，這個是我最近做的，就當是給妳新年禮物了。」

崔景蕙收了紅封，轉而從炕上下來，打開梳妝檯，拿了一個做成並蒂蓮樣式的髮釵遞給了春蓮。

「這個好漂亮啊！是大妮妳做的嗎？我好喜歡！」春蓮只看了一眼，便有些挪不開眼了。雖然不是女孩子喜歡的豔麗顏色，但是這髮釵的款式，春蓮卻是喜歡得不得了。髮釵的釵頭處，雕琢的是兩朵並蒂蓮，每一片花瓣都雕琢得無比的細膩，春蓮有些迫不及待地拿到手裡，望著崔景蕙的目光裡亦是藏不住的喜悅。「大妮，這實在是太漂亮了！」

「妳喜歡就好，好生收著吧！」崔景蕙並沒有告訴春蓮，這是用黃梨木的木頭雕琢而成的，以免春蓮收的時候有心理負擔。

「嗯！我定會好生收著的！」

「布穀、布穀……」

兩人正說著話呢，卻聽得一陣布穀鳥聲傳進屋裡來。

這時候怎麼會有布穀鳥？崔景蕙正疑惑間，卻看到原本還一臉高興的春蓮瞬間垮了臉色。

「大妮，我弟叫我了，我得回去了。」

「嗯，回吧，免得讓吳嬸擔心。」原來是暗號呀！她就說這個時候，怎麼會有鳥叫了？不過這暗號，也著實是有點……蠢。當然，這話崔景蕙也只是在心裡想想。她讓開地兒，讓春蓮下了炕，將春蓮送到了後門處。

春蓮不捨地又抱了崔景蕙一下，這才磨磨蹭蹭地出了後門。

崔景蕙站在後門處，看著春蓮走過小道，被一直等著的春元接到了，這才轉身回了屋子。

剛脫了衣裳，身子都還沒捂熱呢，崔景蕙便聽到後門處再度傳來了聲音。

「大妮？大妮……」

聲音軟綿柔和，崔景蕙一下子就聽出了是蘭姊的聲音，這還真是湊一塊兒了！但是這片心意，卻讓崔景蕙生不出半點抱怨。再度下了地兒，崔景蕙開了後門，便看到門外一高一矮的兩個身影，是崔景蘭和崔元生。

崔景蕙趕忙將兩人讓進了屋子，同春蓮一樣，將凍得一身寒氣的兩人直接塞到了炕上。

「怎麼想著這個時候過來了？」

「明天拜年，我們不好過來，這個時候大家都在家裡守歲，所以我娘就讓我和弟弟來，先給妳拜個年……」崔景蘭有些不好意思地看著正在剪燈花的崔景蕙。雖說是來拜年，可是這手上卻沒拿一個銅板兒東西，她本來就是個臉皮薄的，這話還沒說完，臉便已經變得通紅通紅。

最近家裡出了這麼多事，爹爹連過年都沒有回來，阿嬤整天躺在床上瞎叫喚，饒是崔元生，亦是長大了不少，這會兒被崔景蕙塞到炕上，雖然同樣有些不好意思，但卻還是乖乖的跟崔景蕙拜了個年。「二姊，新年好！」

崔景蕙根本就沒想到會有人過來，自然沒有準備什麼過年的東西，幸好之前春蓮給團團的紅封還在，這會兒倒是有個拿得出手的物件。「你們也新年好！我也沒準備什麼東西，這個就算是二姊的一點心意，拿著吧！」

「這？」崔元生看著崔景蕙手中的紅封，頓時眼睛一亮，只是卻不敢伸手去拿，轉而將視線望向了崔景蘭。

崔景蘭連忙將崔景蕙手中的紅封往回推。大妮帶著團團，根本就沒有生活來源，她怎麼好意思收崔景蕙的錢？「大妮，妳和團團現在也不容易，把錢收回去，別破費了。」

聽崔景蘭這麼一說，崔元生雖然有些失望，可還是垂下了頭，算是認同了崔景蘭的說法。

「一年到頭，也就這麼一次，收下吧！」崔景蕙卻是堅持著將手中的紅封遞到了崔元生的手裡，然後轉身從梳妝檯拿出了一支由雞翅木雕琢而成的蘭花樣式髮釵，遞到了崔景蘭的面前。「這本來是想在妳及笄的時候送給妳的，沒想到會拖延到了現在，不過正好，就當是及笄和新年一起的禮物了。」

「這……可是我這什麼都沒送妳，我——」崔景蘭接過崔景蕙手中的髮釵，紅著眼睛，一臉不安地望著崔景蕙。

崔景蕙微微扯了一下唇，打斷了崔景蘭的話。「你們能來，我就已經很高興了，哪還要帶什麼禮物？蘭姊、元元，新年快樂。」

這麼一說，崔景蘭反而感覺有些對不住崔景蕙了。這些日子，張氏一直拘著他們姊弟不讓出門，所以崔景蘭才沒能上大妮這兒來，只是張氏終究是自己的娘，即便自己覺得不對，也不能當著別人的面詆毀，所以崔景蘭張了張嘴，卻是什麼都沒說。

一時間，屋內倒是陷入了一片沈寂。

「啪啦啪啦！」

稀稀疏疏的鞭炮聲再度響徹夜空，崔景蕙望了一眼窗外，倒是勸說道：「蘭姊，還是早些回去吧，伯娘還在屋裡等著呢！回去之後別跟人說你們來過這兒，元元也是，知道了嗎？」

「嗯，二姊，我知道了！」對於崔景蕙的特別交代，崔元生慎重地點了點頭，應承了下來。

看崔元生應下了，崔景蕙轉而又囑咐了崔景蘭幾句。「蘭姊，二月之前，都別來我這兒了，等團團的事告一段落再說吧！」

崔景蘭雖然不明白大妮為什麼會這樣說，可也知道大妮一向是有主意的，她這麼說自然有她的道理，所以也不多問，只點了點頭，記在了心裡。「嗯，我知道了！」

「回吧！」

崔景蕙將姊弟兩個送出了屋子，看著白的雪襯著黑的夜，姊弟兩個一路往山上而去的背影，不知道為何，忽然覺得這天似乎也沒那麼冷了。

第五十六章　再算命理

二月二，龍抬頭，亦是萬物復甦之際。被皚皚白雪掩蓋了數月的大河村，在這一道道暖陽之中，終於回復了原本的模樣，寒風依舊，卻已然有了春的氣息。

被大河村刻意冷寂了近三個月的院子，這一天卻是熱鬧了起來。

「大妮，準備好了沒？」卯時剛至，天未破曉，剛叔一臉憨笑著站在崔三爺院子門口，直接忽視他身邊臉黑得就跟個黑炭一樣的崔三爺，對著崔景蕙的屋裡喊了一嗓子。

「來了，馬上就好！」東西早在昨日便收拾妥當了，崔景蕙只將團團嚴嚴實實地用一塊布兜綁在胸前，左手提著的是一個布條結成的網狀袋，裡面裝的是一個瓦罐，這是崔景蕙趕早擠出來的狗奶。這一去至少要花上一日的工夫，得將承佑的口糧準備著。

好在承佑已經四個月了，正是可以添加其他口糧的時候。崔景蕙還準備了一小包炒熟的精米磨成的米粉，要是路上耽擱了，也不至於讓承佑餓著。

而這幾個月來崔景蕙雕琢好的髮釵、梳篦、髮冠，墜飾，自然也是一併帶上了，其他的便是團團換洗的衣裳還有尿片了。饒是如此，這包袱的體積還是超出了崔景蕙的意料之外。

「這麼多東西？」剛叔看著崔景蕙手不得閒地走了出來，忙上前接過崔景蕙手中的大包袱。包袱雖然不是很重，卻是有些占地方的。

「就團團一身換洗的衣裳，還有些個尿片，這也是沒法子的事。」崔景蕙朝剛叔點了點頭，稍稍解釋了一下。

剛叔也是過來人了，既然崔景蕙都這麼說了，他也不多問，只提了包裹就往外走。

「那成，村長他們幾個都在道上等著了，我們快點去吧！這縣裡的路遠，可不得耽擱了。」

「妮子，要不我也一道兒去吧？」一直站在旁邊的崔三爺看崔景蕙要走，再度開口提道。就這麼讓大妮和團團兩個人去縣裡，他實在是有些不放心。雖說昨兒個晚上，崔景蕙便已經說了不讓他跟著去，可他這心裡總是不安穩、不妥當。

知道三爺是好意，只是前幾日村長早已定了一道去泰安寺的見證人數，三爺並不在裡面。這時候，崔景蕙自然是不願意再橫生枝節。「三爺，這沒多大的事，就當是去寺裡拜拜，您就放心好了。我最遲也就明兒個下午就會回來的，到時候我給您帶酒回來。」

「可……」相處了好幾個月，崔三爺自然也知道這妮子什麼性兒，跟他一樣的倔驢子脾氣，定下的事，就沒有更改的餘地，所以這會兒，崔三爺自個兒倒是為難了。

「大妮，要走了啊！」

遠遠的，又傳來了剛叔的聲音。

崔景蕙側頭一看，這會兒剛叔已經到驢車邊上了，她自然不好意思再耽擱下來。「三爺，不說了，我先走了！」

說完便提著瓦罐，加快步子，往大道上走去。

都這樣了，崔三爺也沒其他法子，只能眼看著崔景蕙越走越遠。

「好咧！都坐好了，要走嘍！」剛叔攙了一把崔景蕙，將崔景蕙弄上了驢車，坐在車頭，而後吆喝著驢子，驢車晃晃悠悠的就往山下趕去。

崔景蕙坐在驢車上，背靠著包袱，兩隻手將團團護在懷裡，雙腿盤起，將瓦罐死死夾在雙腿之間。驢車雖小，可是崔景蕙的身側卻是空出了一大片地兒，以村長為首的另外幾個人擠在不遠處，一看就顯得擁擠無比，卻是沒有人願意靠近崔景蕙半分。

崔景蕙也不在意，路還很長，她才不願意和人擠作一堆。

驢車自石頭嶺盤旋而下，穿過小鎮，再由官道，撒著蹄子，一路直奔安鄉縣。

等驢車趕到泰安寺的時候，已經是晌午時分了，這會兒崔景蕙只覺得自己全身被顛簸得都要散架了。

「到了，沒想到今天這人還挺多的。」剛叔跳下驢車，看著人來人往的寺廟前，伸手從身上掛著的布褡裡掏出一把乾草遞到驢嘴邊，側目望著從驢車上下來的村長。「村長，我就不進去了，這裡人有點多，我不放心我的驢子。」

「那成，你就在外面等我們，等這事辦妥了，我們就會出來，應該不用很長的時間。」村長也不勉強，望著一手托著團團頸部，一隻手正在往包袱裡拿東西的崔景蕙。「我們進去吧！」

「嗯。」崔景蕙拿了點尿片，又把瓦罐提上。團團這會兒早已是餓得直哼哼了，雖然她在路上餵了點乾米粉，但是怕團團消化不了，所以沒有餵多少，這會兒到了寺廟，想來應該能借到火加熱一下。

「小師父，戒嗔大師在寺裡嗎？」進到泰安寺的大殿裡，村長直接拉了個小沙彌問了起來。

小沙彌先是朝眾人行了一禮，這才開口問道：「貧僧了安，幾位施主找戒嗔大師有何貴事？」

此事乃村長牽頭，這會兒自然是由村長出面。「了安師父，我等是想讓戒嗔大師幫這個娃兒看一下生辰八字，不知道戒嗔大師可有時間？」

「原來如此。戒嗔大師昨日便已出寺，須得過些時日才能回轉，諸位若是不急，可七日之後再來。」了安瞟了一眼崔景蕙懷裡的團團，又向村長行了一禮。

不在寺裡？難道這是白來一趟了？村長完全沒想到，他們辛辛苦苦坐了半天的車，要找的人卻不在寺廟裡了。當下村長幾人面面相覷，一時間倒是有些不好划算了。

崔景蕙才不管這個，見村長和村裡的長輩走到一旁商量對策去了，便轉向了安說道：「了安師父，可否借炭火一用？」

「阿彌陀佛，女施主，這邊請。」不過是舉手之勞，出家人豈有拒絕之理？當下便引領崔景蕙進了內殿後院一間小小的禪房，禪房內有一火盆這會兒燒得正旺。

「女施主且在此處休憩片刻，若要離去，原路回轉即可。」

崔景蕙點了點頭，將瓦罐從兜網裡取了出來，擱在火盆之上，將團團給抱了出來，頓時一股不可言語的味道飄入崔景蕙的鼻子裡，她抱著團團的動作亦是頓了一下。

「小師父，那個……冒昧再問一句，不知何處能打得熱水？我想給幼弟清理一下。」

了安自然也是聞到了空中的異味，只是作為僧人，四大皆空，又怎會因為這而變了顏色？「女施主，請稍候，我這就去喚人打熱水過來。」

「那就有勞小師父了。」

或許是因為知道崔景蕙這邊等得急，了安出去不過半刻左右，便有小沙彌送了熱水進來。崔景蕙就著熱水，將承佑弄髒了的尿片換了，將承佑的下身清洗乾淨，又餵了承佑大半的奶水，這才得閒下來。

只是也不敢耽擱，將承佑重新裹好，正要出門，卻看到了安領著村長一行人正往這邊走來，崔景蕙索性也不走了，只敞著門，等村長一行人過來。

「大妮，我們幾個商量了一下，也不一定非得讓戒嗔大師看不可，寺廟裡師父這麼多，要不咱們換個大師看，妳覺得怎麼樣？」村長等人進了禪房，便直接將他們幾個商議的決定告訴了崔景蕙。

他們這次出門，村裡人都是知道的，要是回去帶不了一個結果的話，只怕那些個好不容易被壓住的村民要鬧騰開了。別說是其他的人了，村裡發生了這麼一些事之後，就連村長自個兒，每每看到崔景蕙的時候，心裡都不由得有點怵，所以他們一致商議之後，七天的時間太長了，他們等不起，倒不如換個大師問問。

「村長覺得可以，我自然是沒有問題。」崔景蕙本來就不相信團團是天煞孤星的命，她願意走上這一遭，只是想讓那些個愚昧無知的蠢貨不要一有事便將責任推到團團身上，管他是誰給看的，她要的只是一個平安符而已。「了安師父，請問貴寺還有哪位大師父精通命理一說？我們姊弟如今父喪母亡，又因村裡亂事連連，幼弟被一神婆批命，說乃是天煞孤星的命數，我雖不信，但世間之事，三人成虎，這番前來，實屬無奈，還望了安師父見諒。」

世人皆有垂憐弱者之心，出家人亦是以慈悲為懷自居，崔景蕙一開始便將自己置於弱者的位置，想來了安聽了自己這番言語，也會生出半絲憐憫之意。

「諸位施主，還請在此稍候片刻，且讓小僧先去問過住持可願相見諸位。」卻也如此，聽完崔景蕙的陳述，了安望向團團的目光亦是柔緩了幾分，也讓崔景蕙稍稍有些心安。既然了安願意通報，那想來見到住持大師也就不難了。

「有勞小師父傳稟了。」

「阿彌陀佛。」了安回了一佛禮，出了禪房，直往住持所在的禪房而去。

住持所住的禪房，題字為「空」，正是應和佛家四大皆空之理。了安去到時，住持這會兒正好在送客，客是一僧二俗：僧者，返璞歸真；俗者，氣度不凡。

見此，了安也是鬆了一口氣，待向眾人行禮之後，便將崔景蕙所求通報予住持，倒是讓原本打算離去的三人停住了腳步。

「天煞孤星，父喪母亡，這般命理只怕百年難得一見。在下倒是想看看，這孤星者，可與旁人有差異？戒心大師，可否讓在下同去一觀？」說話的乃是一錦衣玉冠男子，他「唰」地展開了手中的摺扇，嘴裡的話雖是對住持說的，但目光卻是望向身側的僧人。

戒心不過是小小一寺住持，哪裡敢拒絕貴人之求？而且這姜尚公子所求只怕並非自己，戒心自然是願意做個順水人情。

「於命理一塊，老衲雖有所涉獵，可在悟塵師叔面前，不過是班門弄斧罷了。既然佛緣至此，不若一併前去查看一番如何？」

悟塵微掀眼簾，眼透無奈地望了身側的姜尚一眼，道了聲佛偈，算是應承下了。「阿彌陀佛，能度世人，自是大善。請！」

「如此甚好！席儒，你也一併去。」姜尚頓時眉眼露笑，一合摺扇，朝身邊穿著文士長衫，儒雅溫和的男子發出了邀請。

還不等衛席儒開口，姜尚便已經往禪房外走了去。衛席儒見此，也不好掃了姜尚的興致，溫雅雋秀的臉上不由得露出一絲無奈，腳下卻還是跟了上去。

「來了、來了！」

一直等候在禪房裡的村長聽到一直守在門口的村民喊了一嗓子，瞬間便衝到了門口，待看到了安領著以住持為首的幾人過來，雖有疑惑，卻還是聰明地選擇了不問。

「諸位施主，這是本寺住持，這是幾位貴人，想來見識一下，諸位施主不必放在心上。」了安只將住持戒心介紹給眾人，至於其他的人與此事無甚關聯，自然是一筆帶過。

「是住持大師呀！」聽了安這麼一說，村長和幾個村民的注意都集中在戒心身上，臉上更是帶著驚喜的表情。若是住持給團團算的話，豈不是更令人信服？

「這天煞孤星，說的不會就是這個小娘子吧？看起來也沒什麼稀奇的地方啊！」姜尚站在戒心的身後，自然也看到了被村長幾個排除在另一邊的崔景蕙，他一眼就看到崔景蕙懷中的幼子，下意識裡還以為崔景蕙是個婦人，這打量起來便也沒有了顧忌。

可衛席儒卻是看得更明白一些。崔景蕙未曾挽婦人髻，分明還是個未出閣的女子，當下便上前一步擋了姜尚太過露骨的視線，有些無奈地低聲出言。「姜兄，慎言，這還是姑娘家。」

姜尚臉上的表情頓時一僵，自然也知道自己剛剛的行為有些失禮了，臉上不由得湧上了一絲窘迫，他剛剛確實是不曾留意了。

「這位公子，這天煞孤星指的不是大妮，是她弟弟！」不過是鄉野之地，男女之防也看得沒那麼嚴重，村長稍稍解釋了一下，卻是不敢對上崔景蕙的視線，轉而從懷裡拿出一張紙條遞給了戒心大師。這上面的生辰八字是他從安大娘那邊問到的，自然是做不得假。

「大師，這是那幼子的生辰八字，大師給看看……」

「這……」戒心伸手接過了村長手中的紙條一看，倒是有些猶豫了起來。他對於命理這一塊只能算是粗通，手中這生辰八字，乍看之下確實像是天煞孤星的命理，可若真是這命數，只怕他一開口，這幼子便沒了活路。出家人慈悲為懷，這自然是他不願意看到的，可是出家人不打誑語，這讓他口出誑語便是犯了忌諱，這倒是有些兩難了。戒心躊躇了片刻，心中忽然有了主意，轉而望向了身側的悟塵大師。「師叔，這孩子的命理，老衲有些拿不準，師叔您看？」戒心將紙條送到悟塵的面前，又為有些不安的村長解釋了一下悟塵的身分。「諸位施主放心，師叔乃是汴京皇覺寺的高僧，暫時歇腳於本寺，於命理一塊，戒嗔師弟遠遠不及。」

村長一聽是汴京來的，那可是京都，天子腳下，對戒心的話，哪還有半點不信？「大師說的，我們自然是相信的。」

悟塵不過是瞟了一眼，便明白戒心為何會猶豫了。初看之下，確實像天煞孤星的命數，這倒是有趣了。悟塵伸手接過紙條，轉而望向了崔景蕙。「這天煞孤星的命數，是何人所說？」

只可惜，這會兒崔景蕙的心與神都集中在衛席儒身上，根本就沒有聽見悟塵的話。一個村民見崔景蕙不回答，隔著老遠喊了一嗓子，卻連靠近都不敢。「大妮，大師問妳話呢！」

崔景蕙依然沒有聽見，因為在這一刻，世界已離她遠去。從衛席儒出現的那一刻起，她整個身體就像是不受控制了一樣，腦中更是空白一片。這是她的席哥哥呀！她原本以為這輩子再也見不到的席哥哥，卻不想就這麼突兀地出現在自己眼前！

不自覺間，崔景蕙只覺得自己的眼眶有些發熱，喉嚨處生澀無比。只是這般呆滯模樣，在這時候卻顯得太過突兀，一眼之下，便被人看出了端倪。

「席儒，你認識這小女子？」姜尚瞟了一眼崔景蕙那一副欲淚還休的模樣，有些詫異地打量了一番衛席儒。這小子看起來不像是個會招惹女子的人，這小姑娘怎麼這樣一副表情？

「不曾認得，許是認錯人了。」衛席儒此時也是一臉的詫異。這被喚作大妮的女子，雖姿色不似鄉野出生，可他確信，自己的記憶中不曾見過這小女子。

「哇啊哇啊……」

就在眾人疑惑間，團團的哭泣聲忽然在屋內響起，而恍神的崔景蕙終於回轉到現實中，她眨了眨眼睛，兩滴清淚便滑落臉頰。只是崔景蕙這會兒根本就顧不得掩飾，她勉強朝眾人扯了下嘴唇，拿了塊尿片，轉過身去。團團尿身上了，她得給團團換一下尿片。

趁著換尿片的工夫，崔景蕙終於穩住了自己的情緒，背著身將臉上的淚痕抹去，抱了團團走到離眾人兩公尺之隔處，儘量不將視線落到衛席儒身上。「大師，可是有話要問？」

村長雖然有些疑惑崔景蕙剛剛的失態，但也明白現在不是探詢這個的時候，忙開口向崔景蕙解釋道：「大師問妳，團團這天煞孤星的命數是誰算出來的？」

崔景蕙不解地看了村長一眼，這件事怕整個大河村裡的人都知道了，何必一定要等到自己來回答？雖然心思是如此，崔景蕙還是回答了這個問題。「是我爹出事後，阿嬤請鄰村的一個神婆算的。」

悟塵瞟了一眼鼻頭還有些紅的崔景蕙，目光轉而落到了崔景蕙懷裡的團團。「可否容老衲看一下這個孩子？」

「自然可以。」崔景蕙點了點頭，伸手將懷裡的團團往悟塵的方向送了送。

悟塵也不客氣，上前幾步，伸出手便摸向團團的骨骼，摸了好一會兒，這才收回手，心裡也多了一絲明悟，卻是閉眼沈思了起來。

第五十七章　富貴之命

一看悟塵這模樣，村長自然是急了，這可是大河村的大事，他得了消息，還得回去給村民一個交代呢！只是這會兒悟塵跟團團那娃子靠得太近，他也不敢上前，只能在原地大喊：「大師，這孩子……到底是不是天煞孤星？您就說句話吧！」

「不急、不急，老衲還有一問，待問過之後，老衲自會給你們一個答案。」悟塵扭頭，一臉高深莫測地朝村長搖了搖頭，再度向崔景蕙開了口。「女施主，老衲想問，為何爾等就認定了妳弟弟是這天地不容的命數？」

崔景蕙看了一眼懷中乖巧無比的團團，眼中盡是溫柔。「我從來就沒有信過這個，命由己，亦由天，豈是他人可隨意改動的？」

「大師，您是不知道，我們本來也不信的，可是這事也太邪乎了！這娃子還沒生，就剋死了他爹，他娘生下他沒多久也死了；還有我堂叔，就說了這娃子幾句壞話，沒幾天就死了；至於傷的、病的，那就更別說了！大師，您說說，這能不信嗎？」跟在村長後面的村民早就藏了一肚子火了，被崔景蕙的話一激，一股腦兒地就將村裡這些個事全抖了出來。

跟著村長來的另外幾個人，也是贊同地點了點頭。

姜尚先是一臉不可思議地望著那說話的人，臉上的表情忍了好幾次，終於還是忍不住，放聲大笑了起來。他拿著摺扇的手指著那人，模樣完全沒有半點貴公子的氣質可言。「哈哈哈，這位兄弟，你這話……哈哈哈，你這會兒也算是說了這娃兒的壞話了，要是你之前說的是真的，你就不怕你也會被剋死？」

姜尚這無心的話還沒說完，衛席儒便知道壞了！一眼望了過去，便看見那人被嚇得臉色發白，雙腿顫顫，只差軟倒在了地上。衛席儒只得再度伸手，將姜尚拉了回來。「姜兄，慎言。」

可這會兒再來阻止，終究還是晚了點。

那人本就是個膽小的，一聽到自己會被剋死，下意識裡膽都快要嚇破了！而站在他眼前的幾位師父，便成了他最後的救命稻草，他哪裡還顧得上什麼臉面不臉面的，直接「撲通」一聲就跪在了戒心的面前，倒頭便拜。「我不要死，我不想死！大師，救救我！我不是有心要這麼說的！」

「這……了安，快把這位施主扶起來！」這突然的轉折，弄得戒心也有些措手不及，他忙喚了了安將那人扶起。

「施主不用著急，姜公子只是打趣之言，施主不必放在心上。」見此狀況，悟塵也是眼帶無奈地看了姜尚一眼，轉而望向了村長，將手中的生辰八字遞了回去。

村長見此，哪還顧得上接什麼紙條？趕緊問道：「大師，可有了結果？這娃兒是不是天煞孤星呀？」

悟塵見村長不接，也不以為忤，伸手打了佛印，方才解釋道：「非也，非也，此乃隱命。這命理乍看之下，確實像是天煞孤星，實則與真正的天煞孤星不同，其真正的命數隱藏其後。施主可明白？」

「大師是說，我們都被騙了，這娃子不是天煞孤星？」

村長也是讀過幾年書的，悟塵的話又說得直白，這還有什麼不懂的？可是村裡出了這麼多事，要說這團團不是天煞孤星，他自個兒一時之間竟然有些無法接受！就好像原本被加上種種罪名的死囚，忽然有人說，他是無辜的，兇手不是他，這種落差實在是……

「大師，這要不是天煞孤星，那這娃子到底是什麼命呀？」又有村民忍不住問道。

這命理之說，解釋起來又豈是三言兩語說得完的？而且……便是他說了，只怕這些人不但聽不懂，反而會想得更多。眾生皆苦，他又何必為世人徒增煩惱呢？念及此，悟塵並不多言命數，只用淺顯的話語為眾人消除心中的疑雲。「這就難解釋了，爾等全當這是個富貴命吧！福祉厚實，非常人不能及便可。」

聽到悟塵這麼一說，早已在心裡認定了承佑就是天煞孤星的村民，無意識便脫口而出。

「這……這怎麼可能？」

而崔景蕙這會兒卻是鬆了一口氣，不管這和尚說的是真是假，既然他開口這麼說了，那就且當這是真的。畢竟她也不想讓承佑背負這樣的名聲活一輩子，所以面對質疑，崔景蕙毫不猶豫地就懟了回去。

「怎麼不可能？這位大師可是皇覺寺的高僧！皇覺寺知道嗎？想你也不知道，那是皇帝建的寺廟！你覺得這樣的高僧有必要誆騙你嗎？還是說，你這是認定了要把這剋門星的帽子栽贓在我弟弟頭上，好把我們姊弟趕出村裡？」

崔景蕙不過是眉尾微微一挑，那說話的村民便覺得心「咯噔」一跳，忙堆著一臉惶恐的笑，搖頭擺手的，深怕自己被崔景蕙給惦記上了。「不不，大妮，我不是這個意思，妳別誤會！那個……我剛剛就是放屁，妳可別放在心上。」

崔景蕙看這傢伙那熊樣，連看都不願意再多看一眼。她臉帶感激地望向了悟塵，抱著團團朝悟塵彎了彎腰。「多謝大師為幼弟正名，不知可否求得大師批字一幅，讓小女帶回村去，將此事做個了斷？」

「舉手之勞，不必言謝。」這一要求合乎情理，悟塵自然不會拒絕。遣了安拿了紙筆，悟塵當下便將自己的批命寫在紙上，並蓋上自己的私章。

「大師慈悲，此恩小女定會謹記於心。」崔景蕙伸手接過那張薄薄的、卻能改變團團命運的紙，再次向悟塵道了謝，然後拿著批命，又走到戒心的面前。「住持大師，不知可以請您也在此蓋上泰安寺的章印嗎？」這要求雖然有些無禮，可是崔景蕙也是沒有辦法，大河村裡讀書識字的沒有幾個，大半更是連縣城之外都沒有出過，有些個理，她能明白，可那些半輩子都和泥巴打交道的人卻不一定明白，所以當下她也只能厚著臉皮行事了。

戒心自然明白，崔景蕙打的什麼算盤，但區區一章，若能因此種下善緣，自是大善，又豈有拒絕之理？當下戒心便如崔景蕙所願，在悟塵的批命上蓋上了泰安寺的公印。「阿彌陀佛，女施主這下該是放心了。」

看到批命下面的兩個章，崔景蕙明顯是鬆了一口氣。「借大師吉言！」

崔景蕙轉而伸手將批命遞給村長。「這東西，還是村長您收著比較妥當。」

村長也不多話。

幾人再度向戒心等人道了謝，這才告辭，由著了安小師父領著去前院了。

崔景蕙等人一離開，姜尚便湊到悟塵的面前，一臉賊兮兮地說道：「悟塵大師，出家人可是不能打誑語的呵！」

悟塵完全不為姜尚所動，他微微掀了眼簾，看了一眼姜尚，慢條斯理地說道：「老衲並未打誑語，不知姜公子何出此言？」

「呿！」姜尚一臉鄙夷地看了悟塵一眼，轉而走到戒心面前，一把攬住戒心的肩膀，一臉期待地望著戒心。「戒心大師，您給說說，那小娃子是不是天煞孤星的命？出家人若是打誑語，可是成不了佛的，您可得想好了再說，別像某位大師一樣啊！」

「姜公子，這命理之數，本非老衲所長，老衲參不透。」雖說姜尚是姜老的兒子，須得以禮相待，可這悟塵可是皇覺寺的大師，兩兩相較之下，戒心自然是偏向悟塵。而且他這話確是肺腑之言，那娃子的命理，他確實看不透。

「你個老和尚，還真是無趣，算了！」姜尚得了個沒趣，頓鬆了戒心的肩膀，一臉無趣地撇了撇嘴，一揚手中的扇子，望向了衛席儒。「席儒，這熱鬧也看完了，我們該回去了！」

見此，衛席儒恭恭敬敬地向戒心和悟塵行了一禮。「兩位大師，小生告辭了！」

「走嘍！」姜尚最不耐煩這個，揚起扇子，在衛席儒的肩膀上敲了兩下，便率先出了禪房。

「施主慢走，恕老衲不遠送了。」

衛席儒又與兩位大師寒暄了幾句，這才轉身往姜尚的方向追了過去。

泰安寺外，剛叔一見眾人出來，便連忙迎了上去。「村長，見到戒嗔大師了沒？大師怎麼說？」

「戒嗔師父不在，不過團團的批命確實拿到了，這娃子不是天煞孤星。」村長知道剛叔是不識字的，也沒拿批命出來給剛叔看，只挑重要的給剛叔說了。

剛叔臉上頓時咧出一個大大的笑容，朝著崔景蕙點了點頭，明顯就是一副鬆了一大口氣的模樣。「這樣就好！這下子，村裡人就可以放心，大妮妳也不用擔心了！」

「讓剛叔擔心了！」崔景蕙心不在焉地回了一句，目光卻時不時地瞟向泰安寺的大門。忽然，她伸手將團團往剛叔懷裡一送。「剛叔，您幫我抱一下團團，我去去就來！」

「喔，好！」剛叔下意識裡將團團抱住，便看見崔景蕙飛快地奔到驢車旁，扯著包袱，拿了一串珠子模樣的東西，直接就往泰安寺衝了進去。

崔景蕙從大殿直接穿到後禪院，未到禪房時，便撞上了正在低聲交談佛法的兩位大師。

才剛將崔景蕙等人送出去的了安上前一步，望著跑得氣喘吁吁的崔景蕙，臉上帶著一絲疑惑。「女施主，妳這是……還有事嗎？」

衛席儒不在！發現這一事實的崔景蕙，原本滿心的忐忑瞬間化成失落，她稍稍低頭，掩飾掉嘴角滑出的一抹苦笑，然後伸出手，將手中之物遞到了悟塵大師的面前。

這是一串用普通繩子串得鬆鬆散散的手鏈，共十八顆木珠，每一顆都有龍眼大小，上面雕琢著形態、容貌各異的羅漢模樣，十八顆珠正好對應十八羅漢。這羅漢珠雖小，可每一顆珠的羅漢像都雕琢得精細無比，單這一串，崔景蕙便花了近一個月的時間。

「大師一言，於大師而言雖無足輕重，可對於小女而言，卻是救了幼弟一命。小女身無長物，唯有此物乃小女親手所雕，桃木所製雖不甚名貴，但這也算得上是小女的一份心意，還望大師能夠收下。」

悟塵身為皇覺寺高僧，什麼好東西沒見過？可是崔景蕙的這番心思，卻是合了他的心意，所以也不推諉，伸手接過了這串羅漢珠。「施主有心了。」

「是大師仁慈。」

沒有見到自己想見的人，崔景蕙也沒了興致，見悟塵收了羅漢珠，崔景蕙也不耽擱，告辭之後，轉身就走。直至出了泰安寺寺門，都沒有再看到衛席儒的身影，那顆原本有所期待、忐忑不安的心，頓時心如死灰，就連剛叔抱著團團走了過來，她都沒有發現。

「大妮，妳剛剛回去幹什麼了？」剛叔看崔景蕙來回一趟，整個人都變得有些怏怏的，面上不由得多了一絲擔心。

「沒什麼事，剛叔，我們走吧！」崔景蕙搖了搖頭，她現在什麼都不想說。伸手把團團接了過來，崔景蕙徑直坐上驢車，靠在自己的包袱上，整個臉都埋在了團團身上。

村長幾人見崔景蕙這模樣，皆是面面相覷。畢竟現在最應該高興的人就是大妮才對，可看大妮這模樣，哪裡有半點高興的樣子？

不過，有鑑於崔景蕙在村子裡的兇悍樣，也沒有人敢上前去勸上兩句，一行人都上了驢車後，剛叔趕著車，「噠噠」地往安鄉縣趕去。

崔景蕙神思恍惚，倒是沒有注意到驢車在進了安鄉縣後，車上的村民竟像是約好了一樣，在不同的地方下了驢車，最後驢車上只剩下了崔景蕙姊弟。

「大妮，等一下我會先趕車到慶雲客棧，去看看我家那兩個臭小子，妳看有什麼想要去的地方，我送妳去。」

剛叔爽朗的聲音盤旋於崔景蕙的耳邊好一會兒，崔景蕙這才聽明白了剛叔話裡的意思。她抬起頭，這才發現驢車上空蕩蕩的，就連懷裡的承佑，也不知道什麼時候又睡了過去。

崔景蕙摸了摸承佑的臉蛋，暖乎乎的，倒是鬆了一口氣，將他重新掩得嚴嚴實實的。望著大街上走過的各色行人，聽著湧進耳裡的各種聲音，她眼中再度閃過一絲恍惚。被拘在一個小空間裡太久了，這乍一出來，倒是有些不真實了。

崔景蕙自顧自的輕笑了一下，伸手摸了摸身側的包袱，已然有了主意。

「我做了髮釵之類的東西，剛叔知道什麼地方可以兜售嗎？」

「這個……我也不太清楚。要不大妮妳跟我一道去慶雲客棧，我讓我家的臭小子領妳過去。」剛叔也不常來縣裡，所以對於這個還真是不怎麼清楚，不過他兩個兒子一直在縣裡，應該會知道。

「那就麻煩剛叔了！」慶雲客棧，就是三爺說的那個賣稻花香的地方。崔景蕙沒想到這麼巧，她本來還打算等賣了釵子後去慶雲客棧給三爺打一罈稻花香呢，這倒是順便了。

「都鄉里鄉親的，有什麼麻煩的？大妮妳抓緊了，這邊人比較多。」剛叔回頭囑咐了崔景蕙一聲，一揚鞭子，驢車晃晃悠悠地走在街道上，融進了這一方繁華之中。

第五十八章　有人鬧場

「老剛啊，又來看你兒子了？這是你閨女？我怎麼記得你閨女成親還沒多久吧，怎麼，這麼快就抱上了？」

驢車趕到慶雲客棧的時候，已經是未時過半了，這會兒客棧裡面只稀稀落落地坐了幾個食客，剛叔的驢車一在客棧門口停下，就被正倚在帳房處說話的掌櫃看了個正著。都是老相識了，說話自然就沒了輕重。

「沈老闆，說什麼笑呢？這是咱村的一個閨女，這次有點事便跟著咱一道進城了。人家小姑娘還沒及笄，可不得瞎說。」剛叔也知道這沈掌櫃是說笑來著，可是這事關女子清譽，自然是含糊不得，忙跟沈掌櫃解釋了起來。

「我就說你這老貨怎麼可能生得出這麼俊的閨女！」沈掌櫃也知道自己這玩笑開得有些過了，隨口一句將這事糊了過去，然後扭頭就向後面喊了一嗓子。「德文、德武，快出來！你們爹來了！」

這人都在後面歇著呢，沈掌櫃喊了這麼一嗓子，沒一會兒，就看到通往後廚的簾子掀開，兩個長得一模一樣、和剛叔有六分相似的男子急匆匆地走了出來。

「爹，這個時候您怎麼來了？」

聽了這話，剛叔直接一巴掌就拍在說話那人的腦袋上。「怎麼著，臭小子，你這話什麼意思？難道老子看兒子，還要看時間對不對嗎？」

「爹，我不是這個意思！這山裡才解了凍沒多久，山路不好走，您這個時候來，我和德文哪能放心呀？」德武伸手摸了摸被打疼的地方，掛著一臉的委屈湊到剛叔的面前。

「這話還差不多！就村裡那點破事，既然答應村長了，咱自然也得走上這一遭。對了，大妮也跟過來了。」剛叔一把將德武那張委屈的臉推開，這才含糊地帶過這次來的原因。

好在德文、德武是知道這事的，剛叔這麼隱晦一說，也就明白了自家老爹提的是什麼事了。畢竟團團的事，並不是什麼值得炫耀的。

德文、德武這才注意到抱著團團站在門口的崔景蕙，忙招呼了聲。「大妮妳也來了？快進來坐坐！團團那兒沒啥事了吧？」

「只是謠傳而已，已經不打緊了。」崔景蕙回了一句，卻是站在門口沒有動。

剛叔這會兒也想起了崔景蕙之前的請求，一拍自己的後腦袋瓜子就問了起來，算是將那些個話題揭了過去。

「對了，你們兩個臭小子知道有擺攤的地兒不？大妮做了些髮釵什麼的，你們給老子想想，可以在啥地方賣？」

「這個，大妮妳要賣的東西多嗎？」德文想了一下，問了崔景蕙一句。

「不多，也就幾個而已。」崔景蕙搖了搖頭。這雕刻本就是細緻活，便是她緊趕慢趕，這一個冬天總共也只做了九件，且送出了幾樣，如今帶在身上的，便只有六件了。

「這樣啊，我想我知道該去哪兒了！」德文點了點頭，側頭望向了沈掌櫃。「掌櫃的，我出去一趟，送大妮去錦蘭街看看，成不？」

「去吧，正好我跟你爹嘮嘮嗑。」這會兒店裡沒什麼客人，沈掌櫃大手一揮，自然是應了。

「爹，那我先去了！老武，你陪爹先坐會兒，我一會兒就回。」德文又交代了幾句，這才走到崔景蕙身旁，笑了笑說道：「走吧，這錦蘭街離這裡沒多遠，走幾步就到了。」

「有勞文哥了！」崔景蕙早在下驢車之前，便將裝著髮飾的小包從包袱裡拿了出來，掛在手腕上拿著，這會兒應了德文一聲，便抱著團團，抬腳就要往外走。

剛叔見崔景蕙抱了團團就要跟著自己的傻小子走，愣了一下，忙跑了過去，攔住崔景蕙，望著睡得正香的團團。「大妮，我看團團也睡了，要不妳就把他擱我這裡吧，我給妳守著。妳現在帶個娃兒出去，也不方便。」

「這……太麻煩剛叔了吧？團團也沒多重，還是不要了吧？」崔景蕙愣了一下，看了看團團，倒是有些遲疑了。這一而再、再而三的麻煩剛叔，實在讓崔景蕙有些過意不去。

「我爹說得對，就把團團留在這兒吧！反正東西也不多，想來賣出去也不用花費多長的時間。妳放心好了，我爹照顧孩子可是有一手的。」德文也是點了點頭，順著他爹的話往下說。

「那……好吧。」崔景蕙躊躇了一下，點頭算是應了下來。

見此，剛叔忙伸出手小心翼翼地接過了團團。這換了人，團團也不過是吧唧了幾下嘴巴，動了幾下，半點要醒來的模樣都沒有，剛叔不由得放低了聲音，笑侃了一句。「這小傢伙，睡得可真香啊！」

崔景蕙笑了一下，走了幾步，把驢車上的包袱拿了過來，又不放心地囑咐了幾句。「剛叔，這裡面有換洗的尿片，還有衣裳。這個是熟米粉，用熱水一沖就可以吃了，要是我還沒回來，團團就醒了，您給沖上一碗就成。」

「成、成，我都記住了！」剛叔連連點頭，一旁的德文也伸手接過崔景蕙手中的包袱，然後擱在離自己最近的一張飯桌上。

崔景蕙這才算是鬆了一口氣，正要走，德文卻指了指她掛在前胸、用來兜團團的包布。

「這個不取下來？」

「這就是一塊布，等一下應該用得上。」崔景蕙將包布取下，然後把上面的結口拆開，在德文面前晃了一下，便折好直接擱在胳膊上。

德文愣了一下，然後笑了笑，站在門口，伸手往右邊一指。「我們往這邊走。」

「嗯，好。」

「這是芷蘭街，這裡面雖然也是賣飾品一類的東西，但這店裡的東西對我們這些平頭百姓，隨便一樣，便夠咱們好幾年嚼頭了。」德文知道崔景蕙是第一次來縣裡，所以只要經過什麼地方，便會向崔景蕙簡單的介紹一下。
聽了德文這話，崔景蕙停下腳步，側目一看，眼前這條大街上經過的人雖不算多，但身上的穿著打扮，確實不能和常人相比，一看就是有錢人花錢的地兒。
「文哥，這裡可以擺攤嗎？」崔景蕙沈吟了片刻，心裡已經有了決斷。
「沒聽說過不能擺，可是也沒看見有人擺過……」文德搖了搖頭，話還沒落音，便看到崔景蕙抬腳就往芷蘭街走去。德文當下心裡便是一驚，也顧不得大妮是個女子了，伸手抓了崔景蕙的胳膊，不讓她往裡去。「大妮，能在這裡買東西的，可都是有錢的主，這眼光可都毒著呢，妳可別亂來。」
崔景蕙卻不是這樣想的。她手裡的這些髮飾，可都是數得上數的木材，雖然是些個邊角料，但卻不能抹殺這木材原本的價值，而且她費了這麼大的心血，那可不是幾個銅板的事。
「有眼光才會識貨，識貨才出得起價錢。文哥，我不去錦蘭街了，就選這兒。」
壞了！壞了！德文一見崔景蕙那模樣，就知道大事不妙了。他怎麼就這麼多嘴，說哪裡不好，偏偏就說上芷蘭街了？這可真是捅了大婁子了！德文苦著臉兒，扯著崔景蕙的手，就不敢撒手。「大妮，妳再好好想想，這裡面隨便碰上哪一個，都是咱們得罪不起的。」
崔景蕙的手被拽得生疼，掙了兩下都沒有掙開德文的禁錮，只能無奈地放棄掙扎。只是這事她主意已定，也不想更改。「文哥，沒事的！也就賣些個小東西，你要是怕的話，就先回客棧去吧！反正我也知道地了，文哥你就不用陪我了。」

「這……這哪成啊！」德文頓時就急了，他要是把大妮就這麼丟這兒，自己回去了，還不得被老爹死死的揍上一頓？所以他怎麼敢回去！「大妮，真的，咱不去這成不？錦蘭街也沒多遠，過兩條街就到了，那裡來往的人可多了！」

這般勸說，確實完全動搖不了崔景蕙的念頭，她看了看自己被抓著的胳膊。「文哥，你鬆手吧，這不合適。我已經想好了，就在這裡。你要是不回去，就在這裡等我也行。」

被崔景蕙這麼一提，德文這才注意到，有好些人的目光頻頻往這邊看了。德文臉一紅，忙鬆了手，正要開口再勸崔景蕙幾句，卻看到就這麼一下的工夫，崔景蕙已經轉身走了幾步遠了。

德文有心去追，可卻不敢再放肆，只能眼睜睜地望著崔景蕙直接走到一百公尺開外的一個巷子口，就這麼把手上的布包攤在地上。

這都是什麼事呀！上芷蘭街擺攤，這事說出去，誰會信呀？

德文這一瞬間，感覺自己整個人就要崩潰了，只是又沒得其他的法子阻止崔景蕙，只能垂頭喪氣，一步三移地往崔景蕙的位置挪了過去。

崔景蕙才不管這些，將掛在手腕上的小布袋拆了下來，將裡面的髮飾一件件地擺在攤開的布上，將小布袋往身後一放，便一屁股坐了上去，一雙眼睛直溜溜地望著走來穿過的行人，也不吆喝。

不遠處的德文看了崔景蕙這模樣，一時間倒是有些哭笑不得了，這哪裡有半點賣東西的樣子啊！正要上去幫崔景蕙喊一下，卻看到一個明顯是丫鬟模樣的姑娘驚叫一聲後往崔景蕙的攤子上走去，他便一下子止了腳步。這些個有錢人家的女子，有太多的避諱，他上前去的話，只怕會驚嚇到她們，壞了大妮的生意。

「小姐，您看，居然有人在這條街擺攤呢！這賣的好像是木頭做的髮飾，小姐，您看，還挺好看的！」一個穿著簇新繡花棉襖、跟在一頂軟轎旁邊的丫鬟，看到崔景蕙的攤位，有些好奇地湊了上去，拿起了攤位上唯一一把由降香黃檀雕琢成月下嫦娥模樣的木梳，看了一眼，便直接送進了軟轎的飄窗之內。

「停！」只聽得轎子裡傳來一清亮的聲音，抬轎的腳夫便停了下來。「這般雕工確實精巧，香茗，給錢，這梳子我要了。」

「好咧，小姐！」香茗聽了小姐喜歡，頓時面上一喜，轉身面對崔景蕙的攤位，掏了荷包，拈了一顆銀瓜子出來，就往崔景蕙的攤上一放。

「這梳子我家小姐要了，多餘的錢就算是賞給妳的了。」說完，香茗便轉身想走。

然而，崔景蕙一膝蓋跪在地上，身子往前一湊，伸手一把就拉住了春茗的胳膊。「不夠。小姑娘，妳付的錢不夠。」

「妳幹什麼？快放手！」

兩個聲音，一併響起。

香茗聽懂了崔景蕙的意思，瞬間身體一僵，臉上有些不太好看地回頭望了崔景蕙一眼。

「妳鬆開，我知道了。這些夠了吧？」等崔景蕙鬆手之後，香茗又抓了三顆銀瓜子往崔景蕙手裡一塞，然後一臉不悅地朝崔景蕙翻了翻白眼，一扭屁股就要走。

崔景蕙盯著手中的三顆銀瓜子，嘆了口氣，有些無奈地再度將香茗給拽了回來。

「錢都給妳了，妳還想怎麼樣呀？」

「我不想怎麼樣，只是妳給的錢不夠而已。」崔景蕙一臉面無表情地說道。「這個髮梳，需要三兩銀子。」

香茗的臉瞬間就變得通紅了，一臉氣急敗壞地瞪著崔景蕙。「妳、妳這是打劫！」

「我的東西，我出的價。妳若想買便出錢，不想買就放下，我並不介意。」崔景蕙面無表情地看了香茗一眼，然後躬身，將落在攤子上的那顆銀瓜子拿了起來，連著之前的三顆一併塞進了香茗的手中，然後理也不理香茗，直接將手伸進了軟轎的飄窗之內。「小姐，請把我的梳子還給我。」

「香茗，跟這位姑娘道歉，這把梳子遠不止這個價。」軟轎裡的人依舊沒有露頭，只是說了一句。「王嬤嬤，給這姑娘五兩銀子，這梳子我甚是喜歡。」

原本躬身待在軟轎子另一邊的嬤嬤，從懷裡掏出了一串銀鏈子，扯了五顆遞到了崔景蕙的面前。

崔景蕙不接，只將目光望向一邊的香茗。

「那個……對不起，我不是故意的！」香茗不情願地嘟囔了一句，說完也不等崔景蕙答話，便使性子般地直接跑到了軟轎的另一邊。

雖然香茗這話說得不情願，可是崔景蕙卻並不在意這個。她伸手直接從王嬤嬤手中將銀珠子抓了回來。她可不是什麼有氣節的人，既然人家錢多得沒地方花，願意多給她二兩銀子，這哪有不收的理？所以崔景蕙這錢是收得毫不客氣。

「謝小姐惠顧。」

崔景蕙往後退了退，讓開道兒，便看見轎夫抬著軟轎，晃晃悠悠地離去，而那個叫香茗的丫頭，還回頭瞪了自己一眼。

對於這種事，崔景蕙根本就沒有放在心上。她轉身回到攤位後面，如老僧入定一般地坐在那裡。這人都有看熱鬧的心思，就剛剛香茗那麼一鬧騰，早就圍上了幾個看戲的行人，見崔景蕙一把木梳子賣了五兩銀子，這會兒自然是想湊上來看個熱鬧，所以那主僕還沒走出多遠，崔景蕙這攤子就被圍上了。

德文站在不遠處，有些瞠目結舌地看著這一幕，心裡忽然湧上了一個念頭——這莫不是走了狗屎運吧？花五兩銀子買把木梳子？有錢人的世界，還真是讓人搞不明白。

不過，還不等德文合上嘴巴，便看到攤位最前面，一個穿著綾羅綢緞的中年婦人猛的站了起來，指著崔景蕙大聲嚷嚷。

「什麼？二兩?!就這麼個破木釵子，妳賣二兩？妳坑誰啊！」

「妳可以選這個，這個只要五百錢。」對於這種惱羞成怒的瞎嚷嚷，崔景蕙根本就不放在心上，她連站都沒有站起來，只是伸手將那婦人手中黃梨木雕製的髮釵拿了回來，轉而遞上了一根相同樣式，卻是桃木釵身的髮釵。

只是，崔景蕙的一番好意，卻無人領受。挨著婦人站著的一個不過荳蔻年華的姑娘，直接就將崔景蕙的手推開，指了指那支黃梨木的釵子，朝著身邊的婦人撒嬌道：「我不要這個，娘，我要她手裡的那個！娘，妳買給我好不好？」

「我出一兩銀子，這兩支我都要！我閨女的釵子，自然不能和別人一樣，這釵子的樣式，妳以後不准做了！」婦人直接掏出一兩銀子，往崔景蕙的面前晃了晃，完全就是一副施捨加威脅的語氣。

崔景蕙一臉平靜地望著婦人那副跋扈的嘴臉，忽然笑了一下，直接將手中的兩支釵子一併送到那婦人的面前，然後當著那婦人的面，伸手一折，就這麼把兩支釵子給折斷了。

這折斷了也就算了，崔景蕙還拿著折斷的釵子往那婦人面前一遞，面無表情卻語氣十分驚訝地道：「哎呀，您看我這手，一不小心竟然把釵子弄斷了。貴客，您要是想要的話，這釵子折了兩段，價錢自然也得砍一半，我再吃點虧，就作五百錢賣給妳了。」

這婦人也是在安鄉縣橫慣了，崔景蕙這般不識趣的舉動，無疑是對這婦人的一種莫大羞辱。當下她便伸出手，直接將崔景蕙伸到自己面前的手打到一邊，而崔景蕙手中原本就斷成四截的釵子便順勢甩在了地上。

第五十九章 搧一巴掌

「妳！妳不知道我是誰嗎？竟然敢得罪我，妳還想不想在這縣裡混了！」

崔景蕙露出一臉愕然的表情，望著那婦人。「小女子這是第一次來縣裡，還真不知道貴客您是哪位？要不您就發發善心，告訴我吧！」

「我爹是安鄉縣的縣丞，妳毀了我的釵子，還忤逆我娘，我讓我爹把妳抓牢房裡去！」

這大的是這副德行，沒想到小的也是跋扈得很，一看自個兒娘沒占到上風，就直接提腳往崔景蕙身上踹去。

崔景蕙本就是不願意吃虧的性子，當下雙手往下一抓，便將小姑娘的小腿抓住，然後往旁邊一扯，小姑娘就順勢摔在了地上。

「哎喲，疼死我了！」

這下還得了？自己捧在心肝上的寶貝竟然吃了虧，當下，那婦人就跟個潑婦似的，擼起袖子就往崔景蕙的臉上招呼了過去。「敢打我女兒？我今天非得削死妳！」

這麼被人欺辱，就算是泥人也有生氣的時候。崔景蕙目光沈沈地望著衝過來的婦人，直接抬腳，側身一腳就踹在了那婦人的腹部，踹得對方往後踉蹌了好幾步，然後一屁股跌坐在地上。

這說也說不過，打也打不贏，氣得這婦人坐在地上直翻白眼，索性破罐子破摔，直接往早已退到邊上看戲的路人大叫了起來。「來人啊！給我抓了她，我家老爺重重有賞！」

路人中有認出這婦人的，看著崔景蕙頓時有些蠢蠢欲動。這可是縣丞老爺最喜歡的一個妾，要是因此入了縣丞老爺的眼，還怕沒好處嗎？這般想著，圍觀的路人中，頓時有幾個大老爺們往崔景蕙那邊走了過去。

這下可是有些不太妙了！德文這會兒哪裡還顧得上得不得罪人，急忙衝了過去，一把擋在崔景蕙的面前，強作鎮定地梗著脖子喊道：「你們別過來！幾個大男人欺負一個女人算什麼？有本事就衝我來！」

「文哥，這事你別管，要是他們真衝上來，你會吃虧的。」崔景蕙倒是沒想到德文會衝了過來，雖然有些不自量力，但是這片心意，卻是難得。

只是這雙拳難敵四手，要是真對上了，哪有半點勝算？

「別說那麼多了，快收了東西，等一下我叫跑的時候，就趕緊地跑！」德文一雙眼睛死死地盯著走過來的四個人，嘴裡輕聲的囑咐著崔景蕙。這好漢不吃眼前虧，打不過沒關係，只要跑得過也成！

就在這一觸即發之際，一個輕佻的聲音傳入眾人的耳裡——

「哎喲喲，這大街上的，這麼熱鬧在做什麼呢？咦？席儒，這不是咱們在寺廟碰到的那個小妮子嗎？沒想到這都能碰上，這莫不是思慕衛兄，一路尾隨我們而來的？」姜尚搖著扇子，直接穿過人群走了進來。待看到德文身後的崔景蕙，更是挑了挑眉角，然後側頭望了一眼離他不遠處的衛席儒，一臉玩味地用扇子指了指崔景蕙。

「姜兄，慎言。」衛席儒伸手將姜尚指著崔景蕙的扇子壓了下去，有些無奈地朝姜尚搖了搖頭。「女子清譽大於天，切不可隨意汙言。」

姜尚早已聽習慣了衛席儒的說教，臉上的表情沒有半點變化，完全就是一副死豬不怕開水燙的模樣。他搖頭晃腦地往人群裡一瞅，頓時盯住了一個正往別人背後縮的瘦竹竿模樣的猥瑣漢子，他咧出一個燦爛無比的笑容，然後伸出扇子，往那人一指。「趙小子，你也在？出來跟本公子說說，這鬧的是哪一齣戲，讓本公子也高興高興！」

「這個……姜公子，我也是剛來，我什麼都不知道！」那個被姜尚喚作趙小子的男人哭喪著一張臉，慢吞吞地湊到了姜尚面前，偷偷地瞄了那自姜尚出來後就安靜下來的婦人，苦笑著擺了擺手。

眼前這姜公子，他得罪不起；那邊是縣丞大人家得寵的小妾，他也得罪不起。所以，他就只能當自己什麼都沒有看見了。

「不知道？我剛剛看著你可是要動手來著，怎麼現在就不知道了？還是說，你根本就沒有把本公子放在眼裡？」姜尚根本就不理會此人的糾結，他湊到這人面前，說話之前臉上還帶著七分的笑，等話說完，臉上已無半分高興。

這瞬間變臉的功夫，直接將姓趙的嚇得渾身一哆嗦，連話都開不了腔了，哆哆嗦嗦地對著姜尚露出了一個討好的笑，接下來卻直接兩眼一翻，口吐白沫，渾身抽搐地往地上癱了下去。

姜尚似乎也見慣了此人這模樣，完全沒有半點詫異，直接撇了撇嘴，往一旁挪開了幾步，怕沾染了什麼晦氣東西一樣。「孬貨，又來這招！」

而另一邊，自從姜尚出現之後，崔景蕙的目光便瞬間膠著在衛席儒的身上。這次有了德文哥的遮掩，再加上眾人的視線都落在了眉目舒朗的姜尚身上，倒是沒有人注意到崔景蕙望著衛席儒的目光有些露骨。

崔景蕙的目光太過於專注，自然也就沒有注意到原本都上前來了的路人直接就縮了回去，而那對跋扈囂張的母女這會兒連屁都不敢放一個，整個場子，姜尚就像是個光芒四射的英雄一樣。唯一可惜的是，崔景蕙根本就不稀罕，因為在她的世界裡，從頭到尾就只有長身玉立、溫文爾雅的衛席儒。

那目光太過炙熱，衛席儒原本只是不經意瞟了一眼，卻瞬間發現了不妥，不過衛席儒身為謙謙君子也不揭穿，只微微側身，試圖避開崔景蕙灼人般的視線。

衛席儒一動，姜尚不過頃刻間就發現了端倪，他促狹地笑了一下，直接伸手扯了衛席儒胳膊上的棉襖，不顧衛席儒的反抗，拉扯著他走到了德文的面前，抬起下巴對著德文偏了一下。「讓一邊去！」

德文一臉局促，一副手腳都沒地兒放的模樣，面容扭曲了好一會兒，這才扭出了一張怪異的笑臉。「這……姜公子，小的……」

「廢話什麼？本公子沒時間和你磨蹭，我有話想問這小妮子。」

姜尚還不等德文將話說完，直接伸手將德文往旁邊一撥。

德文就像是中了魔障一樣，順著姜尚的手，身體下意識就往一側挪開了好幾步，瞬間將身後一直盯著衛席儒、連眼睛都不願意眨一下的崔景蕙露了出來。

姜尚看了看崔景蕙，再瞅了瞅有些狼狽地避開崔景蕙視線的衛席儒，嘿嘿一笑，用扇子戳了戳衛席儒的胸口。「我說小妮子，這傢伙叫衛席儒，妳認識他嗎？」

「姜兄，你怎可……」在一女子面前，隨意洩漏我的名諱！衛席儒正要說出這句話的時候，卻聽到耳邊傳來一道悲戚的低語，低不可聞，衛席儒只覺心底一顫，猛的偏過頭去，第一次正眼望向崔景蕙。

「席哥哥，我終於見到你了。」

「妳……剛剛說了什麼？」衛席儒的聲音因為震驚、不可置信而變得有些破碎，這一刻，他有些不太確定自己剛剛聽到的話是否有偏差。

因為在聽到那一聲低語的同時，衛席儒腦海裡頓時浮現出了一個小小的身影，正一聲聲「席哥哥」地叫喚著自己。

只有囡囡，會用軟糯糯的聲音叫著自己席哥哥，甚至霸道得不允許其他的人這麼叫喚他。

可囡囡現在應在千里之外的汴京才對，而眼前這小姑娘為什麼會知道這個稱呼？這件事，他必須問個清楚明白！

糟了！崔景蕙在無意識地叫出「席哥哥」之後，便猛然驚醒了過來，再聽到衛席儒的問話，便知道自己幹了蠢事。

自己沒有憑證，也沒有依據，而且汴京那邊，景蕙猶在，只是環繞爹娘膝下的卻不是她罷了。

沒有人會相信，真正的張景蕙早已淪落鄉野。況且她身上還背負著一樁交易的姻緣，她不能告訴席哥哥，現在絕對不能。

一瞬間的惶然，在崔景蕙按到掛在心口處的那塊玉珮之後，紛亂的思緒慢慢的平復了下來，就連眼神也變得清明。

「我只是說，謝天謝地，終於得救了。衛公子，怎麼了嗎？」崔景蕙平靜地說完之後，轉而望向了姜尚。「多謝公子出手相助，這裡應該沒小女子什麼事了，小女子就先走了。文哥，幫我收拾一下東西。」雖然還想多看席哥哥幾眼，只是崔景蕙也知道，現在不是時候。而且她也怕再待下去，自己會失態，所以她當機立斷地喚了德文一句，自己便率先蹲下身去，開始收拾攤位上的東西。

「小妮子，別忙著走啊！我這人好奇心重得很，妳還沒告訴我，妳到底認不認識這傢伙啊！」姜尚哪會這麼容易就被崔景蕙打發了？他蹲下身，一手搶過崔景蕙正在收拾的一個墜飾，另一手的扇子指了衛席儒一下。

這樣的糾纏，只怕若是沒有得到他要的答案，這人是絕對不會放自己輕易離開了吧？崔景蕙心裡有了這個認知，也不再抬頭看衛席儒。等了這麼久，盼了這麼久的人，她怕再看一眼，就會沈溺下去，無法自拔。「不認識，只是這位公子肖似我一個故人而已。」

姜尚聽了這話，表情奇怪地上下打量了崔景蕙一下，然後便抖開扇子，半掩著臉大笑了起來。「哈哈哈……就妳這麼一丁點大的小妮子，還有故人？咳咳……哈哈，笑死我了！」

「愛信不信，不信拉倒。」這人長得人模人樣的，沒想到竟然是個神經病。崔景蕙看了一眼姜尚那副快要笑岔氣的模樣，直接收了最後一樣飾物，捲起地上的包布就往外走。「文哥，咱們走吧！」

這麼有趣的小妮子，姜尚怎麼可能輕易放她走？他扇子一橫，擋在了崔景蕙的面前，瞇著一雙桃花眼湊近她，一副賤兮兮的模樣。「別走啊！小妮子，我們幫了妳這麼大的忙，難道妳就沒有點謝禮？我看妳這小妮子長得還不錯，不如以身相許給本公子當個小妾怎麼樣？我姜家可是在京裡當大官的，妳跟著我，吃香的、喝辣的，想要什麼都有！小妮子，妳覺得本公子的提議妙不妙呀？」

姜家！當官的！崔景蕙目光沈沈地望了姜尚一眼，心中隱隱有了一絲猜測。「你們姜家之前可有個當通政史的官兒？」

「妳也知道？那是我大伯——」

「啪！」

姜尚正得意洋洋之際，哪裡會想到，眼前這妮子突然就動了手。這離得又近，姜尚根本連躲閃的機會都沒有，就被崔景蕙一巴掌直接搧到了臉上，直接把姜尚給搧懵了。

「這是你們姜家欠我的！我爹是大河村的崔順安。」一巴掌搧下去，崔景蕙只覺得自己的手指都發麻了。她冷著張臉，漠然地望著姜尚臉上瞬間浮現的手指印，扭頭招呼德文便走。「文哥，我們走吧！」

德文早已被崔景蕙嚇得是手腳發軟，心裡發苦，可是崔景蕙都走了，他可沒膽子再留在這裡承受姜尚的怒火，所以他沒有任何猶豫地追了上去。

「姜兄，你還好吧？」衛席儒也沒有想到，崔景蕙說變臉就變臉，而且脾氣還這麼大，直接就動上手了，而姜尚更是一副被打懵了的模樣。

「噗！」姜尚一口血水吐了出來，兩眼放光地盯著崔景蕙離去的背影，扇面往手心一拍，一聲喝采道：「好！夠辣、夠膽兒，本公子喜歡！」

衛席儒瞬間覺得，自己的話白問了。

「不過，這小妮子臨走之前的話，是什麼意思？崔順安？這名字我怎麼聽著有點耳熟呀？」姜尚想起崔景蕙臨走之前說的話，什麼是他們姜家欠她的，還有那個崔順安是怎麼回事？他好像在哪裡聽過這個名字，怎麼一時間就想不起來了？姜尚用扇子蹭了蹭自己的鬢角，想了一會兒，還是沒理出個所以然來，正要選擇放棄的時候，旁邊的衛席儒卻想起了。

畢竟當初慶江河邊上撈出此人屍體的時候，衛席儒是在場的。

「你堂姪伯青，崔順安就是救他的那個人。」

「我說怎麼有印象，原來還有這麼一回事！這緣分啊，還真是擋也擋不住！」姜尚頓時恍然大悟，原來這小妮子還算得上是他們姜家的救命恩人，那這一巴掌挨得不虧。

衛席儒其實也不想打擊姜尚，可是那小妮子最後那眼神，明顯就是帶著恨意的。而且聯想到之前在泰安寺裡聽到的話，還有那張生辰八字，只怕這妮子的娘親也是差不多時間去的。

姜尚當她是救命恩人，只怕那小妮子卻當姜家是害她父母雙亡的仇人！

「姜兄，聽我一句，莫要招惹這姑娘為妙。」

姜尚聽聞此言，回頭高深莫測地對衛席儒一笑，搖頭晃腦地說道：「衛兄，你不懂，不懂！」

這人生多無趣呀！總得找點樂子樂一樂，才不辜負這大好的時光啊！

衛席儒確實不懂，姜尚這種人圖的是什麼，他也不想懂。他來姜家，不過是因為聽聞姜家花了高價請封神醫過來為之前落水的稚子治病。封神醫與和他聯姻的汴京張家一向交好，他們衛家流放於此多年，京都那邊一直未曾有景蕙的消息傳來，他娘實在不放心景蕙，這才再三要求他前來姜家打探個虛實。

只是，雖見了封神醫，不論他如何探詢，得到的消息都不過隻字片語，他早已是心存疑惑，如今看來，他倒是應該親自上汴京那邊去一探究竟了。至於這個妮子，絕對是說謊了，他敢確信，她肯定認識自己。

「衛兄，磨蹭什麼呢？」姜尚走出好一段路了，正想和衛席儒說些什麼，卻發現衛席儒還站在原地，根本就沒有跟上來，頓時招呼了一聲。

「這就來！」衛席儒心中已然有了主意，面上卻不顯半分，回了姜尚一句，抬腳便走，目光卻落到了離腳不遠處的幾截斷釵子上。也不知為何，竟鬼使神差地彎腰，將斷釵撿了起來。

第六十章 終會好轉

「大妮，妳這也太能惹事了！」直到走出了老遠，德文還沒緩過勁來，他一臉心有餘悸地頻頻後顧，生怕會突然蹦出個人，朝他們打過來。

「不好意思，都是我太衝動，連累到文哥了。」這個時候，再逞強也不過是些個口舌之爭罷了。而且崔景蕙剛剛見過了衛席儒，心情還沒有平復下來，並不想多說話，所以便直接乾脆地承認了自己的錯誤。

德文不過是隨口一說而已，哪裡想到崔景蕙這麼乾脆地認錯，一時之間，倒是讓德文愣住了，臉上有些不好意思了起來。「我知道這不是妳的錯，只是下次，大妮，妳最好還是別這麼衝動。」

「怎麼？文哥，還想有下次？」崔景蕙愕然地側頭看了德文一眼，倒是沒看出來，文哥膽子還挺大的，她還以為這次已經把德文嚇得夠嗆的了。

德文看到崔景蕙戲謔的目光，頓時有種搬起石頭砸在自己腳上，有苦說不出的感覺。

「不，我不是這個意思……算了，不說了，我們還是快點回去吧！」

這正合了崔景蕙的意思，當下兩人便加快速度趕往慶雲客棧，還隔了老遠，就聽見慶雲客棧那邊傳來一陣「哇啊哇啊」的哭泣聲，是團團！

當下，崔景蕙哪裡還穩得住，直接提起裙襬，一溜煙小跑著就往慶雲客棧跑去，不多時，便看到剛叔抱著哭得撕心裂肺的團團，正在慶雲客棧門口繞圈子。

剛叔一看到大妮，立即急著迎了上去。「可回來了，我這實在是哄不住了！」

崔景蕙剛一靠近，剛叔就直接將團團往崔景蕙面前一送，憨厚的臉上一臉的無奈。本來還以為是個奶娃子，帶起來不費什麼功夫，哪裡想到，這哭起來簡直就快把房頂都給掀掉了！他可是什麼法子都想到了，可就是沒搞定一個奶娃子。

「可能是有些認生了，倒是讓剛叔受累了。」崔景蕙抱在懷裡，拍著背部，安慰了一會兒，便見團團趴在肩膀上，哭聲也慢慢地停了下來，只是之前哭得太狠了，這會倒是止不住地抽泣。這可憐兮兮的小模樣，讓崔景蕙既自責，又心疼。

「沒啥！東西都賣完了沒？」這去了還沒半個時辰的工夫就回來了，剛叔雖然是鬆了一大口氣，可還是忍不住有些掛心。

一路追上來的德文，聽到爹的話，頓時苦了臉，張嘴就想抱怨。

「都差不多了！剛叔，團團餵了沒？」只是，德文還沒開口，崔景蕙便恰到好處地橫了進來，開口錯開了話題。

「我按妳的法子，沖了一碗米粉，不過我餵的，這娃兒不肯吃，我就溫在灶臺上了。要不妳再餵點？」剛叔轉身掀了簾子，從後面的灶臺端了一碗沖好的米糊糊遞給了崔景蕙。

團團早就已經餓了，而且又哭了老半天，這崔景蕙一餵，哪還有不吃的道理？

剛叔見此，倒是落了心，邊往外走，邊向崔景蕙招呼了句。「大妮，妳且餵著，我去把驢車趕過來，這時辰也不早了，咱得往回趕了。」

崔景蕙待剛叔出門之後，一邊餵著食，一邊朝沈掌櫃問道：「掌櫃的，你們店裡的稻花香多少錢一罈？」

這是來生意了？沈掌櫃望著崔景蕙，頓時笑得跟個彌勒佛一樣。「中罈一百二十錢一罈，大罈二百文一罈。小姑娘要是想買的話，我可以給妳優惠一點。」

崔景蕙沈吟了片刻後，從懷裡掏出之前那位小姐給的一顆銀珠子，遞到了沈掌櫃的面前。「大罈的給我裝四罈，再給我弄兩份硬菜，我給掌櫃一兩銀子如何？」

「得，我這就給妳安排去！」倒不想還是筆大生意，沈掌櫃笑著起身替崔景蕙安排去了。

將東西歸攏到剛叔的驢車上，待剛叔和德文、德武道了別之後，驢車便晃晃悠悠地往城門處駛去。待接了村長和其他人之後，驢子便撒開蹄子，往大河村的方向奔去。

崔景蕙摟著團團，在晃晃悠悠中看著湛藍天際慢慢轉為天青色，最後似蒙上了一層灰一樣，越來越暗，直至天邊最後的一縷光明被黑暗完全吞噬，漫天的星光灑在山道上，映照在越來越慢的驢車上。

不過幸好，星夜璀璨，倒是不至於看不清道兒，只是須得當心些才是，畢竟這個時候，若是出了事，那就真的是叫天天不應，叫地地不靈了。

當驢車終於踏進了大河村的村頭時，已近亥時了，整個村落早已籠罩在了夜色的薄紗中，一片寧靜。

而崔景蕙一眼便看到村頭的大石頭上貓著的一人一狗，是三爺和大黃。他們這是……在等自己？頓時，一股莫名的感動將崔景蕙整個身心都包裹住。

「三爺！」

驢車走到三爺的面前，亦是停了下來，崔三爺慢悠悠地從地上站了起來，走到驢車邊上，看著崔景蕙，那張精瘦的臉雖然沒有表情，可崔景蕙卻能夠感覺到三爺是高興的。

「回來了！」

「嗯，回來了！」崔景蕙點了點頭，轉而向剛叔喊道：「剛叔，要不我在這兒下了吧！」

剛叔還沒發話，崔三爺便瞪了崔景蕙一眼，直接走到剛叔身側，向剛叔說道：「下什麼下？剛子，你慢些趕車，我跟著走就是了，反正也沒幾步路了。」

「好咧！三叔，您可是有福了，看到車子上的酒罈子沒？那可是大妮特意買來孝敬您的！」剛叔遂了三爺的意思，讓驢車走得更慢些，然後伸了鞭子指了指挨著自己身側放著的四個酒罈子，語氣中帶著幾絲羨慕。他也是好酒中物的，平常也就喝個二鍋頭，這稻花香確實沒捨得買，畢竟費銀子得很。

「糟蹋了我那麼多好木頭，要是連這個酒都孝敬不上，那我這師父不就白當了！」三爺嘴裡說著不屑的話，可是心裡確實美滋滋得很。

「怎麼沒聽三叔提起過這事？我剛還在納悶了，大妮怎麼做起手藝活來，原來是您老教的，看來三叔您是後繼有人嘍！」剛叔是真的為三爺高興，三爺鰥了一輩子，後面連絲血脈都沒有，這徒弟如半子，而大妮也是個孝順的，這身後的事，也算是有著落了。

剛叔這話說得誠心，只是有人卻不是這樣想的。

「哼，不就是個丫頭片子，學了手藝又能怎麼樣？」聽見崔老怪收了個丫頭當徒弟，這坐在驢車上的一個村民頓時心理就不平衡了。想當初他帶著自己兒子上崔老怪家不知道求了多少次，崔老怪都沒有答應，一想到自己兒子竟然連個丫頭都比不上，當下他就沒忍住。

只是這話說出來，卻是有點掏心窩子。

當下，崔三爺臉上的表情就沈了下來，當著村長的面，揪著那村民的前襟，就把那人給扯下了驢車，然後直接一腳就給踩在了腳下。「崔愣子，你他娘有種的就給老子再說一次！」

村長坐在驢車上，看著這模樣，直接嘴角抽了抽，也不知道該說崔愣子嘴賤，還是怪崔三爺手癢了。

三爺的動作太快了，等崔景蕙反應過來早就晚了。崔景蕙護著團團的頭，忙從驢車上跳了下來，伸手扯了扯三爺胳膊上的襖子。「三爺，這種人說話您就當他是放屁得了，為這生氣，不值得。」

三爺側目望了崔景蕙一眼，夜色沈沈中，確實看不清崔景蕙此刻的表情，他微瞇了眼睛，腳上的千層底又在崔愣子的胸口轉了幾下，這才鬆開。他沒有生氣，只是替大妮不值而已。

「我們走！」三爺伸手從驢車上將幾罈子酒弄了下來，招呼了崔景蕙一聲，直接越過驢車就往前面道上走去了。

崔景蕙看三爺這模樣，轉而伸手從驢車上拽過自己的包袱，然後拿起之前讓沈掌櫃準備的吃食，塞了一包給剛叔。「剛叔，這是給您的。」

也不等剛叔拒絕，便托著團團，匆匆往崔三爺的身影趕去。

在經過崔愣子的時候，明明看得清清楚楚，崔景蕙卻還是裝作沒注意，一腳踩在正撐著地、想爬起來的崔愣子手上。

「哎喲！」崔愣子慘叫一聲，伸出另一隻手往崔景蕙這邊推開。

崔景蕙本就是存心的，又怎麼可能著了崔愣子的道？她像是不小心發現了這一事實一樣，卻又重心下壓，踩在崔愣子的一條腿上，以此為支點，向前面跳出了好幾步，方才停了下來。「愣子叔，這天太黑了，我一時間沒看清楚，希望愣子叔不要見怪。」

崔景蕙這話才剛落了腔，不遠處的崔三爺便接了一嘴。「哼，他敢！」

這般威脅的語氣，讓原本髒話都快喊出喉嚨的崔愣子，硬生生地咽了回去。該死的崔老怪！該死的崔大妮！以後千萬別栽在他手裡！

崔愣子在心裡咒罵了無數次，甚至恨不得將這一老一少大卸八塊，可是眼下卻又只能眼睜睜地看著兩人越走越遠。

直至看不到兩人的身影，崔愣子這才橫著個臉，往地上吐了口濃痰。「我呸！」也不上驢車了，直接捧著手往另一側走去。

剛叔也不喊崔愣子，一揚鞭子，驢車越過崔愣子身側，融進了這片黑暗籠罩下的村落。

「陪爺喝一盅？」

崔景蕙將早已睡過去的承佑小心翼翼地放在炕上，裹好被褥，這還沒來得及收拾包袱，便看見三爺站在門口，手裡還端著碟餅子，看來是剛從灶屋那邊過來的。

「好，我整理一下就過來。」崔景蕙也不矯情，點了點頭，手腳麻利地將包袱拆了，將團團換下的尿片都拿了出來，直接丟在院子裡用來洗衣服的木盆裡，然後從院子穿到三爺屋裡。

這會兒三爺已經坐在炕上，炕上擱了張小桌子，挨著桌子腿放著的正是崔景蕙今兒個買回來的一罈稻花香。

「吃吧！趕了這麼遠的路，該是餓了。」崔三爺看到崔景蕙過來，將碟子往崔景蕙面前推了推，然後倒了一碗酒，送到崔景蕙面前。「以前喝過酒嗎？」

崔景蕙這一天都沒吃過東西，之前還不覺得，現在一碟餅子放在眼前，還真是感覺有點餓了。她也不跟崔三爺客氣，直接拿了一個餅子就往嘴裡塞，溫熱的口感，顯然這餅子是特意留給自己的。

「沒有，這是第一次。」崔景蕙將嘴裡的餅子嚥下，雙手接過酒碗，送到鼻子邊上聞了聞，一股清潤的酒香吸入鼻翼中，讓崔景蕙忍不住湊到碗邊，試探性地抿了一小口。

一股沁人的芬香沿著喉嚨傳入了腹中，瞬間變成了一團火，蔓延進崔景蕙的四肢百骸之中，讓崔景蕙吹了一天冷風的身體瞬間被一股暖陽包裹住。

是不難喝，但也沒那麼容易接受。

「味道如何？」在暈黃的燈光下，崔三爺看著崔景蕙一口酒下去，瞬間變得紅潤的臉，抬了抬眉毛問道。

「還行！」

「再來？」這妮子，果然對自己胃口。崔三爺端著自己面前的酒碗，往崔景蕙面前移了幾分。

崔景蕙會意地端起碗，對著崔三爺的碗碰了一下。「乾！」

崔三爺臉上的皺紋頓時開了花，他看著崔景蕙又抿了一口，這才問道：「大妮，團團那兒沒事吧？」

「沒事了，是神婆子算錯了。團團不是天煞孤星，是皇覺寺的高僧給團團批的命，還蓋了印章，村長收著呢，想來明天大家夥兒都會知道了。」

「好！這實在太好了！」三爺聽到這個消息，懸在心口的那塊石頭終於落了地，這下那些個蠢貨就無話可說了吧！

「嗯，這確實是值得慶祝的事。正好有酒，今天晚上就喝個痛快！」崔景蕙喝了幾口，倒是覺得越喝越順了，也不用崔三爺勸，便自顧自地喝了起來。

不過崔景蕙終究是第一次喝酒，只多喝了些，便已經有些上頭了。就連崔三爺跟她說了些什麼，聲音也是離她越來越遠，直至最後，她隱約只聽見崔三爺說了一句「大妮，別擔心，和齊大山家的婚事，三爺會想辦法解除的」，然後她就什麼都不記得了。

崔三爺只看到崔景蕙垂著的頭晃了晃，然後便直接歪倒在小桌子上，醉睡了過去。崔三爺愣了一下，不由得笑著搖了搖頭，俯身將崔景蕙面前還剩小半碗的酒倒進了自己的碗裡，仰頭一口就將整個碗裡的酒乾了下去，然後從炕上走下來，伸手拿起擱在炕裡頭的一床被褥，將崔景蕙整個人包裹住，送回到了團團身邊躺著。

「好孩子，好好睡一覺，等醒過來，什麼都會好的。」崔三爺看著兩個睡得香甜的孩子，輕聲說了一句，這才轉身掩好門戶。

院外星光璀璨，如銀輝灑落在這片夜色裡，無限溫柔。

——未完，待續，請看文創風725《硬頸姑娘》3

硬頸姑娘 2

國家圖書館出版品預行編目資料

硬頸姑娘 / 鹿鳴著. --
初版. -- 臺北市 : 狗屋, 2019.03
冊 ; 公分. --（文創風）
ISBN 978-986-328-973-9（第2冊：平裝）. --

857.7　　108000571

著作者　鹿鳴
編輯　黃淑珍
校對　林慧琪　周貝桂
發行所　狗屋出版社有限公司
地址　台北市104中山區龍江路71巷15號1樓
電話　02-2776-5889～0
發行字號　局版台業字845號
法律顧問　蕭雄淋律師
總經銷　知遠文化事業有限公司
電話　02-2664-8800
初版　2019年3月
國際書碼　ISBN-13　978-986-328-973-9

本著作物由廣州阿里巴巴文學信息技術有限公司授權出版

定價250元
狗屋劃撥帳號：19001626
網址：love.doghouse.com.tw　E-mail：love@doghouse.com.tw